AIK
Marie u

Aiko Onken

Marie und er und ich

Roman

GOLDMANN

FSC

Mix
Produktgruppe aus vorbildlich
bewirtschafteten Wäldern und
anderen kontrollierten Herkünften

Zert.-Nr. SGS-COC-1940
www.fsc.org
© 1996 Forest Stewardship Council

Verlagsgruppe Random House FSC-DEU-0100
Das FSC-zertifizierte Papier *München Super* für Taschenbücher
aus dem Goldmann Verlag liefert Mochenwangen Papier

1. Auflage
Originalausgabe Oktober 2008
Copyright © 2008 by Wilhelm
Goldmann Verlag, München, in der
Verlagsgruppe Random House GmbH
Umschlaggestaltung: Design Team München
unter Verwendung eines Fotos von Plainpicture
IK · Herstellung: Str.
Druck und Bindung: GGP Media GmbH, Pößneck
Printed in Germany
ISBN: 978-3-442-46920-8

www.goldmann-verlag.de

Für R.

Sie wird ein feingestreiftes Sommerkleid tragen und langsam die steile Kurve der Autobahnbrücke hinaufgehen. Unter ihren Achseln sind zwei kleine dunkle Schweißflecken, es ist noch früh am Morgen, aber der Tag verspricht heiß zu werden. Sie streicht sich das lange blonde Haar aus dem Gesicht und atmet tief und gleichmäßig. Die Brücke führt über das schwarze Band der Autobahn, die Luft darüber flimmert in der beginnenden Hitze. Am Scheitelpunkt der Brücke, kurz bevor der Weg sich wieder sanft nach unten neigt, bleibt sie stehen. Sie geht in die Knie und legt ihre Handtasche in den schmalen Grünstreifen, der den Fußweg von der Fahrbahn trennt. Dann schlüpft sie aus ihren Schuhen und stellt sie daneben. Sie tritt an das schmale Eisengeländer, das sich warm, beinahe heiß anfühlt. Unter ihr jagen auf vier breiten Spuren die Autos vorüber, klein und glänzend wie bunte, hartgepanzerte Insekten, die in der Sonne blitzen. Sie stemmt die Hände auf das angestoßene Metall und schwingt erst das eine, dann das andere Bein über die Brüstung. Es sieht nicht aus, als ob sie überlegt. Dann springt sie in die Tiefe, das lichtgraue Kleid flattert in der heißen Luft, als sie fällt.

Sie wird von einem Auto erfasst, einem blauen Golf

mit einem gelben Wunderbaum am Rückspiegel. Ihr Körper schlägt eine tiefe Delle in die Motorhaube und zertrümmert die Windschutzscheibe, der Fahrer rast in die Leitplanke, erleidet leichte Schnittverletzungen und einen Schock, von dem er sich nicht mehr erholen wird. Sie wird, schon tot, durch die Luft geschleudert, prallt nach sieben Metern Flug auf den sonnenwarmen Asphalt und überschlägt sich mehrere Male. Als sie am Fahrbahnrand liegen bleibt, sieht sie aus wie ein blutiges Gemengsel von Gliedmaßen, ihr Schädel ist zerschmettert und ihr Gesicht kaum noch zu erkennen. Der Krankenwagen kommt unnötigerweise mit Martinshorn und Blaulicht. Sie lässt eine leere Wohnung, einen angefangenen Brief und ein Rätsel zurück, das nie gelöst werden soll. Sie allein weiß, warum sie es tut. Vielleicht ist es ein ganz plötzlicher Entschluss. Ein Gedanke, der auf einmal da war, wie etwas in sie Hineingefallenes, dem sie ohne zu zögern folgt. Oder er ist lange und langsam in ihr gereift und dann aufgebrochen wie eine hässliche Blüte. Vielleicht ist es auch nur einer dieser Tage, an denen ans Fallen denken schon Fallen ist. Am Abend wird das blutdurchtränkte Kleid aus Shantung-Seide in einen Pathologiemülleimer geworfen. Allerdings sind es bis dahin noch gute drei Jahre.

»Bin ich nicht«, sagt Marie mit Nachdruck, ihre schlanke Hand greift zehn Zentimeter an ihrem Glas mit dem Rest Jahrgangssekt vorbei. Sie sitzt mir gegenüber, kerzengerade, mit aufgestützten Ellbogen und angriffslustig gesenkter Stirn. Ihre Stimme ist fest und voller Entschlossenheit. Nur ein aufmerksamer Zuhörer hätte die delikate Schwere der Zunge herausgehört, mit der sie die Vokale um eine Idee in die Länge zieht. Wir starren uns an, Auge in Auge. Ich weiß, dass sie lügt.

»Bist. Du. Doch«, sage ich mit einer strengen Pause nach jedem Wort, und das gewichtige Klopfen meiner Zeigefingerspitze auf der Tischplatte bekräftigt zusätzlich jede Silbe. Beim »doch« knicke ich mir den Fingernagel um.

»Aua«, sage ich überrascht und stecke den Finger in den Mund. Marie lacht auf, drei kurze, gackernde Töne. Beim zweiten Versuch bekommt sie das Glas zu fassen.

»Bin ich nicht«, wiederholt sie, »und überhaupt bist du, Madame«, und unkultiviert wie sie ist, zeigt sie mit einem ovalgefeilten Nagel auf mich, »die Letzte, die das behaupten kann. Du warst an dem Abend überhaupt nicht dabei.«

Der letzte Abend auf der gottverlassenen Nordseeinsel.

Lagerfeuer am Strand, Brandungsrauschen und Mücken-schwärme. Ich mit Sonnenstich im Bett. Ich sehe Marie über den Mahagoniküchentisch hinweg an und beginne flüchtig, die Jahre zu zählen. Ich weiß nicht, was mich mehr erschreckt, dass wir uns schon so lange kennen oder dass wir unsere Abende inzwischen mit wohligen Nostalgieschauern verbringen.

»Dasch macht ja nun überhaupt nichtsch«, sage ich an dem Finger in meinem Mund vorbei. »Esch wurde mir aus verläschlicher Quelle schugetragen.«

»Schugetragen!«, kräht Marie und wirft das kastanien-braune Haar zurück. »Du hast nach der dämlichen Watt-wanderung in den Speisesaal gekotzt! Danach war nichts mehr mit schugetragen!«

»Hey! Ich hatte einen Sonnenstich!« Ich lasse mit einem ploppenden Geräusch den Finger aus dem Mund fahren.

»Und wenn schon. Es hat trotzdem niemand mehr mit dir geredet.«

Ich stehe unter leichtem Schwanken auf. Ich habe ein wenig Schlagseite, finde aber den Weg zum Küchen-schrank, in dem noch ein frisches Päckchen Zigaretten liegen müsste.

»Hör auf, es zu leugnen«, sage ich im Gehen und blei-be stehen, weil ich vergessen habe, weshalb ich vom Tisch aufgestanden bin. Ich wechsle wieder die Rich-tung, stütze mich mit den Handflächen auf der Tisch-platte ab und sehe Marie von oben herab an.

»Ich weiß genau, dass du am letzten Abend mit dem Nasenbär in den Dünen verschwunden bist. Ich weiß es genau, hörst du, ich weiß es genau!«

Ihre Haltung ist die reine Provokation. Marie erinnert sich, woran sie will, und es ist ihr egal, wenn zwei Dutzend Augenzeugen gegen sie aussagen. Jeder, der damals dabei war, wusste, dass Marie in den käsegelben Nordseedünen ihre Unschuld an den Lehrer der neunten Klasse eines oberpfälzischen Jungengymnasiums verloren hatte, die am selben Tag angereist war. Marie hatte sofort ein Auge auf den graumelierten Mittvierziger im fliederfarbenen Cordsakko geworfen, obwohl er die größte Nase in der westlichen Welt hatte. So groß war die überhaupt nicht, hatte Marie gesagt.

Sie hebt den Kopf und sieht zu mir auf. Es schadet nichts, dass sie nur einen Schuh anhat und ihre linke Pupille ein Stückchen in Richtung Nase verrutscht ist. Mit den hohen Wangenknochen, dem langen, schlanken Hals und dem olivfarbenen Teint hat sie die kühle Hoheit einer Königin vom Nil. Cleopatra mit Silberblick. Nur die Nase ist ein wenig zu groß. Sie legt mit einer anmutigen Bewegung das Kinn in die rechte Hand, ihr Ellbogen ist auf den Tisch gestützt, die langen braunen Locken umfließen malerisch ihr Gesicht.

»Da ist nicht das Geringste gewesen«, sagt sie würdevoll. »Wieso suchst du eigentlich die ganze Zeit über Streit mit mir? Du gräbst heute Abend eine erfundene Geschichte nach der anderen aus, nur um mich zu ärgern.«

»Erfunden? Gar nichts ist hier erfunden, ich erinnere mich, als wäre es gestern gewesen!«

Ich sehe mich in der Küche um. Inzwischen habe ich aufgegeben, darüber nachzudenken, weshalb ich aufgestanden bin. Ich weiß nicht, warum mir heute Abend so eigenartig viel wieder einfällt, was ich vergessen geglaubt habe. Alles ist auf einmal voller Erinnerung, als hätte ich ein altes Tagebuch aufgeschlagen. Und es ärgert mich, dass Marie daran herumradiert. Es ist auch so schon wenig genug, was am Ende übrigbleibt.

»Und da ist sehr wohl was gewesen«, sage ich entschieden. »Am letzten Abend saßen alle bis auf mich am Strand beim Lagerfeuer, und der Nasenbär hat mit seiner Nase gewackelt und dir ein Zeichen gegeben und ist in den Dünen verschwunden, und du bist hinterher. Danach warst du dann so liebestaumelig, dass du gegen einen dicken Pinienast gelaufen bist. Ich weiß noch genau, dass du am nächsten Tag im Bus ein dickes blaues Auge hattest.«

Marie zuckt zusammen und greift nach ihrer Zigarettenschachtel. Sie kneift das linke Auge zu und späht mit dem rechten in die leere Packung. Dann steckt sie den Zeigefinger hinein und rührt betrübt darin herum. Sie schüttelt die leere Packung mit der Öffnung nach unten, klopft mit der Hand auf das andere Ende und macht ein trauriges Gesicht. Ich unterdrücke ein Lächeln.

»Aber vielleicht war es ja auch gar kein Ast, und der Nasenbär hat dir nur seinen riesigen Zinken beim Knutschen ins Gesicht gerammt und seine –«

Weiter komme ich nicht, weil ich mich neben den Stuhl setze.

Früher am Abend war Marie mit einer Flasche Sekt unter dem Arm hereingekommen, während ich noch damit beschäftigt war, mich fertig zu machen. Stadtfein nannte Marie das. Ich hatte die Tür für sie geöffnet, während sie die Stufen zu meiner Wohnung hinaufstampfte.

Sie hatte ihren schwarzen Ledermantel ausgezogen, die Handtasche auf das Sofa geworfen und war in der Küche verschwunden, ich hatte den Kopf aus dem Badezimmer gestreckt und ihr ein »oh, là, là« hinterhergerufen. »Du mich auch«, kam es zurück. Eine Schranktür ging auf und wieder zu, ein Korken knallte, dann verstummten die schnellen Schritte ihrer hohen Absätze auf dem Wohnzimmerteppich für einen Moment.

»Hey, Modeopfer«, kam ihre Stimme aus dem Flur, »ein Bild an der Wand? Ganz was Neues. Passt gar nicht zu deinem Bahnhofshotelstil.«

Meine Wohnung war zu karg für den opulenten Geschmack der Innenarchitektin, die in diesen Tagen ein extravagantes Badezimmer für ein schwerreiches Jetset-Paar einrichtete. Ich mochte mein helles Parkett, meinen Schurwollteppich, meine nackten weißen Wände und den Blick über die benachbarten Dächer. Marie tauchte mit zwei gefüllten Gläsern in den Händen hinter mir im Badezimmerspiegel auf, der einzelne Diamant in ihrem Ausschnitt funkelte im Neonlicht. Sie war eine Erscheinung, das musste der Neid lassen.

»Teuerste«, sagte ich, während ich den neuen Lippenstift aus der Hülse gleiten ließ, »du lässt aber reichlich tief blicken. Wir gehen doch nur zu einer Vernissage.«

Das Oberteil aus dunkelviolettem Crêpe de Chine stand ihr ausgezeichnet, das war keine Frage. Ich war lediglich der Ansicht, dass es einen direkten Zusammenhang zwischen gesellschaftlichem Anlass und angemessener Brustbedeckung gab, und vielleicht gab es sogar einen mathematischen Quotienten dafür. Sie stellte eins der Gläser neben mich auf den Waschbeckenrand.

»Das Bild kenne ich überhaupt nicht«, sagte sie. »Von wann ist das?«

Ich spannte die Lippen und konzentrierte mich darauf, die Farbe aufzutragen.

»Von vor zwei Jahren«, sagte ich. »An seinem Geburtstag.«

»Das war aber nicht in Berlin, oder?«

»Bei seinen Eltern. An dem Tag hatte er mich ihnen vorgestellt.«

»Und wie lange hängt das da schon?«

Ich tat, als wäre ich mit der Wimpernzange beschäftigt.

»Ein paar Tage. Ich hatte irgendwie Lust, es aufzuhängen.«

»So plötzlich?«

»Gestern war Jubiläum«, sagte ich, ohne aufzusehen, »es ist jetzt eineinhalb Jahre her.«

Maries Katzenaugen bohrten sich wie Suchscheinwerfer in mein Gesicht, aber sie sagte nichts mehr. Sie strich mir mit der Hand über den Rücken und stieß ihr Glas gegen meins.

»Prost«, sagte sie, »süßer Strom Vergessen.«

Ich begutachtete die Zange in meiner Hand und antwortete nicht. Marie griff nach meinem Lippenstift, setzte sich auf den Badewannenrand und prüfte die Farbe auf ihrem Handrücken, und als mir das Schweigen zu betreten wurde, fiel mir die Klassenfahrt ein. Ich drehte mich zu ihr um, streckte beide Arme in ihre Richtung, verdrehte die Augen und ließ die Zunge aus dem Mund hängen. Marie verzog erbost das Gesicht, holte aus und warf den Lippenstift nach mir.

Sie hatte sich gleich in der ersten Nacht in eines der Jungenzimmer geschlichen, was natürlich bei Strafe verboten war. Auf dem Rückweg über den langen weiß gekalkten Korridor bog sie zu früh ab, landete im Zimmer von Frau Klassenlehrerin Tanzer und warf siegessicher die Tür hinter sich zu. Das allein war schlimm genug, denn Frau Tanzer gehörte zu der Generation von Lehrern, die in der Abschaffung der Prügelstrafe einen schweren pädagogischen Fehler sah, und es kostete zahllose Beteuerungen, Betteleien und das solidarische Eintreten mehrerer Mitschüler, um Marie von der nächsten Fähre nach Hause freizukaufen. Das größere, zumindest folgenreichere Problem aber war, dass Marie das Zimmer von Frau Tanzer unbescholten wieder zu verlassen suchte, indem sie die Arme in die Luft streckte und tat, als schlafwandle sie. Für diesen missratenen Geistesblitz bezahlte sie mit einer nicht enden wollenden Spottlawine. Noch Jahre später torkelten wildfremde Schüler plötzlich mit halbgeschlossenen Augen und vorgereckten Armen über die Schulflure, wenn sie Marie begegneten. Sie trug es mit größtmöglicher Fassung, und dann, als es irgendwann vorbei war, äscherte sie die Geschichte ein und beschloss, dass der ärgerliche Vorfall niemals stattgefunden hatte. Das kannst du nicht machen, habe ich ihr immer wieder vorgeworfen, du kannst nicht einfach so tun, als wäre das nie passiert, nur weil es dir nicht in den Kram passt, so funktioniert das nicht. Aber so machte sie das. Sie musterte einfach aus.

Als ich mich nach dem Lippenstift bückte und dabei auf den Badezimmerfliesen ausglitt, stimmte Marie ein lautes Gelächter an. O mein Gott, sagte sie, die Ohrenqualle, weißt du noch? Ich wusste noch. Sie hatte bei der Wattwanderung platt und tot und glitschig auf dem glänzenden Meeresboden gelegen. Ich war ausgerutscht und draufgefallen. Aber was ich auch noch wusste, war die Sache mit den Dünen und dem Nasenbären im Cordsakko, und damit fing der Streit erst richtig an. Ist nie passiert, sagte Marie. Ist wohl passiert, sagte ich.

Wir beschlossen, die Sache wie Erwachsene zu regeln, und mussten dazu die Flasche Sekt öffnen, die ich immer für Notfälle im Kühlschrank habe, denn die eigenartig kleine Flasche, die Marie mitgebracht hatte, war irgendwie schon wieder leer. Wir setzten uns an den Küchentisch, stemmten die Unterarme auf die Tischplatte und verschränkten die Hände ineinander, und wenn mein Ellbogen nicht in einer Sektpfütze ausgerutscht wäre, hätte ich Marie mit ihrem Puddingbizeps beim Armdrücken geschlagen. Marie johlte, überhörte mein wütendes Schreien über Schiebung und nach Revanche und prostete sich in alle Richtungen selbst zu. Wir tranken weiter, denn ich war noch nicht bereit, mir die Erinnerungshoheit streitig machen zu lassen. Und dann war ich aufgestanden, weil meine Zigaretten alle waren, hatte vergessen, warum ich aufgestanden war, und hatte mich neben den Stuhl gesetzt.

Ich schlage hart auf dem Küchenfußboden auf, Marie kreischt und klatscht begeistert in die Hände. Möglicherweise hätten wir die zweite Flasche nicht trinken sollen. Ich ziehe mich mühsam am Stuhlbein in die Höhe, lege das Kinn auf die Tischkante und sehe zornig zu ihr hinüber. Zumindest ist mir eingefallen, dass ich wegen der

Zigaretten aufgestanden bin, die ich als eiserne Reserve hinter den Raviolibüchsen verstecke. Zigaretten sind genau wie Erinnerungen, man sollte Vorräte davon anlegen. Ich stemme mich auf die Füße und gehe zum Küchenschrank, wo ich die Schachtel finde. Marie hat noch nicht ganz aufgehört zu lachen, als ich mir eine Zigarette zwischen die Lippen stecke. Sie macht große Augen.

»Ooooh, du hast noch Zigaretten?«, sagt sie. »Kann ich auch eine haben?«

»Sicher«, sage ich, ohne aufzusehen, und werfe die Schachtel nach ihr. Aus Spaß und ohne Wucht. Leider überdrehe ich die gekonnte Hüftrotation, verliere das Gleichgewicht und verfehle ihren Kopf um mehr als einen Meter. Die Schachtel prallt hinter ihr an die Wand und fällt auf den Boden. Marie blickt mich kühl an, steht wankend auf und sagt leise: »Netter Versuch.« Sie bückt sich umständlich nach der Schachtel, nimmt eine Zigarette heraus und wirft die Schachtel auf den Tisch. Sie setzt sich wieder und zündet die Zigarette mit ihrem billigen Einwegfeuerzeug an. Große Klappe und kein Funken Stil, denke ich und muss lächeln. Ich achte genau darauf, mich dieses Mal in die Mitte des Stuhls zu setzen, neige den Kopf und strecke ihr mit geschürzten Lippen die Spitze meiner Zigarette entgegen. Marie tut, als sähe sie es nicht. Sie pafft mir eine dicke Rauchwolke direkt ins Gesicht, natürlich verziehe ich keine Miene. Dann strahlt sie mich an, täuscht ein wenig Überraschung vor und sagt: »Oh, tut mir leid, Liebes. Brauchst du Feuer?«

»Jaaahaa«, sage ich, mit leise abfallender und dann wieder höflich aufsteigender Intonation.

»Hier bitte, Liebes«, sagt Marie und wirft das Feuerzeug über ihre rechte Schulter. Ich höre, wie es krachend im Spülbecken landet, und lasse verblüfft die Zigarettenspitze zwischen meinen Lippen sinken. Marie grinst mich siegessicher an. Sie lässt mich meine Zigarette an der Glut von ihrer anzünden, und für einen Moment rauchen wir einvernehmlich. Marie und ich, wir verstehen uns.

»Wo ist eigentlich mein anderer Schuh?«, fragt Marie, als wir zu Ende geraucht haben. Sie blickt sich suchend in der Küche um.

»Ich weiß es nicht«, sage ich und lege den Kopf auf den Tisch.

»Hilf mir suchen«, sagt Marie und klopft mit der Fingerspitze auf das Glas ihrer Armbanduhr. »Wir hätten schon vor einer Stunde da sein müssen.«

»Ich habe eigentlich gar keine Lust.«

»Los, aufstehen! Es ist immerhin deine Schuld, dass wir da hin müssen. Er ist dein Freund.«

»Freund eines Freundes«, korrigiere ich.

»Wenn schon. Freund eines Freundes ist immer noch deine Schuld«, sagt sie und steht auf. »Ich rufe uns ein Taxi.«

»Na gut«, sage ich. Ich trinke rasch die beiden Sektgläser aus, greife nach den Zigaretten und suche meine Tasche, während Marie schon den Hörer in der Hand hat.

»Bin ich eigentlich schick genug für die Kunst?«, frage ich und streiche über das rauchgraue Seidenkleid, das mir ein halbes Monatsgehalt wert war, auch wenn meine Monatsgehälter nicht allzu hoch sind. Ich habe mir nie Gedanken darüber gemacht, ob ich eitel bin. Ich mag gute Kleider, egal ob ich sie trage oder auf dem Laufsteg sehe. Andererseits kann es auch nicht schaden, anständig angezogen zu sein. »Wie sehe ich aus?«

»Wie die junge Audrey Hepburn«, sagt Marie, ohne aufzusehen, »nur viel zu blond.«

»Ignorantin«, erwidere ich. Auf dem Weg ins Wohnzimmer versuche ich mit den Fingerspitzen gegen eine verirrte Locke auf ihrer Schulter zu schnipsen, aber sie weicht rechtzeitig zurück und zeigt drohend mit dem Hörer auf mich. An der Innenseite ihres Handgelenks, das dabei aus dem Ärmel rutscht, sind ein paar kleine rote Punkte.

»Was ist das denn da?« Ich zeichne die Stelle an meinem eigenen Handgelenk nach.

»Cleo, das kleine Mistvieh. Ich habe versucht, sie von meinem Sessel zu schubsen, da hat sie zugebissen. Sieht fies aus, oder?«

Sie streckt mir das Gelenk entgegen. Man kann deutlich zwei größere Bissspuren erkennen, wo sich die Eckzähne in die Haut gebohrt haben, dazwischen sind ein paar kleinere Abdrücke. Die beiden großen sind kreisrund, dunkelrot und haben schwarz verschorfte Ränder.

»Ja. Eine fiese Stelle für so einen Biss.«

Marie grinst und fuchtelt mir mit dem Handgelenk vor dem Gesicht herum.

»Lass das«, sage ich und schlage nach ihrer Hand, »von so was kriege ich Alpträume.«

Sie streckt mir die Zunge raus und zieht ihren Ärmel hoch.

»Ich kann Katzen nicht ausstehen«, sage ich und schüttle mich.

»Sie haben sieben Leben«, flüstert Marie und hält den Hörer ans Ohr.

Marie drückt auf den rot beleuchteten Schalter, während ich die Wohnungstür abschließe. Das schwarze Leder an ihrem ausgestreckten Arm glänzt verräterisch in den funzeligen vierzig Watt des Treppenlichts.

»Ich wünschte, ich hätte dieses Teil gemacht«, sage ich. »Das ist und bleibt der phantastischste Mantel, den man sich vorstellen kann.«

Eigentlich hätte ich ihn haben sollen, denn ich hatte ihn gefunden. Ich hatte ihn sofort gesehen, als wir das Geschäft betraten, er hing da, als hätte er auf mich gewartet. Er war knielang, pechschwarz, so teuer wie ein Kleinwagen, und wir wollten ihn beide. Das Leder war seidenweich und der Schnitt die reine Magie. Ich konnte trotz meines fachmännischen Blicks nicht ausmachen, wie es funktionierte, aber ein Bierfass hätte darin eine Taille gehabt, und zwar eine aufregende Taille. Vermutlich habe ich ihn deswegen Marie überlassen, es gab ihn nur einmal, und sie brauchte ihn dringender. Trotzdem liebte ich den Mantel genauso sehr wie sie, und nur in einem hitzigen Streit hatte ich einmal Nuttencape dazu gesagt, wegen des dunkelroten Innenfutters, und es hatte mir gleich darauf leid getan.

Ich streiche verliebt über das herrliche Leder und seufze: »Ich hätte ihn dir nie überlassen sollen. Aber den vererbst du mir, wenn du vor mir stirbst, oder?«

Marie lacht laut und höhnisch. »Kommt überhaupt

nicht in Frage. Der wird mit mir verscharrt, das werde ich testamentarisch verfügen.«

»Wie kann man nur so selbstsüchtig sein!«

Wir gehen nebeneinander die Treppe hinunter.

»Ich vererbe doch noch nicht mal meine Gene, warum sollst du denn dann bitte den Mantel kriegen?«

»Weil ich deine Freundin bin.«

»Na und? Bei Mode hört die Freundschaft auf.«

»Das ist wenigstens ein Argument. Aber wenn du doch mal Kinder kriegst?«

»Auf keinen Fall.«

»Warum eigentlich nicht?«

»Viel zu riskant. Stell dir mal vor, es wird ein Junge! Dann habe ich irgendwann einen Mann im Haus!«

Ich muss lachen. »Aber sag mal«, lenke ich ein, »du hast doch noch kein Testament gemacht, oder?«

»Nein. Wieso?«

»Wenn ich dich jetzt die Treppe runterstoße, habe ich noch eine Chance auf den Mantel?«

Sie hakt ihren Arm fest unter meinen.

»Das werde ich ab sofort wohl besser jedes Mal machen, wenn wir auf einer Treppe sind«, sagt sie.

»Und du tust gut daran«, erwidere ich.

Das Treppenlicht brennt mal wieder zu kurz, und wir müssen den letzten Absatz im Dunkeln bewältigen, aber zu zweit geht das ganz gut.

»Na, wär der nicht was für dich?«, sagt Marie leise in mein Ohr, während wir auf dem Taxirücksitz durch die schwach beleuchteten Straßen rasen. Der Fahrer sieht aus wie der sehr alte Marlon Brando. Sein fleischiger

Nacken quillt unter der Kopfstütze hervor und ist mit kurzen, öligen Haaren bedeckt, die merkwürdigerweise nach Himbeeren riechen.

»Sehr witzig«, sage ich und sehe aus dem Fenster. »Ich hätte dir die Sache mit dem Taxifahrer nie erzählen sollen.«

»Komm schon, das war doch nur ein Witz.«

»Aber kein guter.«

»Ich wusste nicht, dass das mit diesem Taxifahrer so ernst war.«

»War es auch nicht. Ach, lass mich in Ruhe.«

»Entschuldige«, sagt sie und drückt meine Hand durch den Samthandschuh. Die Digitaluhr im Armaturenbrett springt auf die volle Stunde, der Fahrer schaltet das Radio ein.

»Wer ist dieser Maler eigentlich, der da heute Abend ausstellt?«, fragt Marie.

»Keine Ahnung. Ein Freund von Sean. Mehr weiß ich eigentlich auch nicht.«

»Ein Freund oder ein Freund?«

»Ein Freund, denke ich. Er hat nie so wirklich viel von ihm erzählt.«

»Muss ja ein guter Freund sein, wenn Sean eine Vernissage für ihn schmeißt.«

»Kann schon sein.«

»Wie kommt er eigentlich dazu, so was zu veranstalten? Ich dachte, er ist Visagist.«

»Ist er ja auch. Ich glaube, das war Zufall. Die Frau, der die Galerie gehört, ist eine Freundin von ihm.«

»Der kennt auch alles und jeden, dein All American Boy, oder?«

»Ich hab dir schon mal gesagt, du sollst ihn nicht so nennen.«

»Ich weiß. Ist mir aber egal. Macht er das gern, so einen Rummel organisieren? Ist doch bestimmt 'ne Menge Arbeit.«

»Ja, bestimmt. Aber vielleicht macht es ihm Spaß.«

»Everybody's darling, du kannst sagen, was du willst. Und dieser Künstler, was malt der so?«

»Keine Ahnung. Werden wir ja sehen. Lea wird übrigens auch da sein, ich habe ihr gestern Bescheid gesagt. Sie bringt ihren Kerl mit.«

Ich verdrehe die Augen, aber Marie steigt nicht darauf ein.

»Kennst du eigentlich die Leute, mit denen Sean so rumhängt?«, fragt sie.

»Ein paar. Er hat, glaube ich, ziemlich viel mit seiner New Yorker Clique zu tun. Wieso?«

»Nur so. Siehst du Sean noch oft?«

»Geht so. Er war neulich abends mal bei mir, davor habe ich ihn auch lange nicht gesehen. Er arbeitet viel.«

»Und?«

»Was, und?«

»Was habt ihr gemacht? Seid ihr ausgegangen? Worüber habt ihr geredet? Ist er über Nacht geblieben?«

»Meine Güte, bin ich die Auskunft? Wir sind zu Hause geblieben, haben was getrunken und ferngesehen. Der Wein schmeckte nach Kork, in der Glotze lief ein Pippi-Langstrumpf-Marathon, und geredet haben wir über dich und darüber, dass du eine schlecht frisierte und ausgesprochen vulgäre Person bist. Er ist über Nacht geblieben, und wenn du wissen willst, ob ich mit ihm im Bett war: Nein. Er spielt lieber mit Jungs als mit Mädchen, falls du das vergessen hast.«

Jetzt ist sie eingeschnappt und sieht aus dem Fenster in die vorüberrauschenden Straßen.

»Was ist los mit dir?«, frage ich und berühre sie in Gedanken an der Schulter. »Warum fragst du das alles?«

Marie dreht sich wieder zu mir.

»Ach, bloß so. Weißt du, es ist nur so merkwürdig mit Sean. Du erzählst nie was von ihm. Du sagst immer nur, du warst bei ihm, oder er war bei dir, oder ihr wart zusammen irgendwo. Und sogar das muss man dir aus der Nase ziehen. Wenn's nach dir ginge, würdest du wahrscheinlich kein einziges Wort über ihn sagen.«

Vielleicht stimmt das sogar. Aber wenn es so ist, dann liegt es nur daran, dass es über Sean nicht viel zu erzählen gibt. Außer, dass er irgendwie immer da war, damals. In den Wochen und Monaten nach dem Tag, an dem ich aus dem Flugzeug stieg und nichts mehr wie früher war und nie mehr sein würde. Obwohl eigentlich gar nichts geschah. Obwohl gar nicht alles endete, nicht mit einem lauten Kreischen auseinanderbrach oder lautlos in Staub zerrieselte, womit man doch eigentlich hätte rechnen sollen. Damals, vor achtzehn Monaten. Nachdem er gestorben war. Er. Das war das Erstaunliche daran, dass der Lauf der Welt sich die äußerste Unfassbarkeit bedenkenlos gefallen ließ. Alles ging weiter, ganz wie immer, und deswegen war es gut, dass Sean da war. Natürlich war er nicht immer da, nicht die ganze Zeit über, aber es kommt mir zumindest so vor, und nachprüfen kann ich es nicht mehr. Meine Erinnerung ist nicht sehr auskunftsfreudig. Sie ist wie ein großes weißes Laken, das man auf einem Dachboden über ein altes Möbelstück geworfen hat, zum Schutz vor Staub und Licht. Es liegt glatt und reglos da und reicht bis auf den rauen Holzfußboden, so dass man nur erahnen kann, was darunter ist. Es könnte ein kostbarer kleiner Rokoko-Sekretär sein oder ein Küchenschrank aus dem Möbelhaus, oder vielleicht auch nur ein paar aufeinandergestapelte Pappkartons. Ich weiß nicht mehr genau, wie es damals war, ich weiß nur noch, dass ich nicht verloren war. Ich habe die Tage und Wochen, die kamen und wieder gingen, nicht im Bett verbracht, nicht irgendwo in der Zeit gestrandet in abgedunkelten Zimmern, in einem wattigen Dahindämmern mit halbgeschlossenen Augen, nur aufgerüttelt von langen, fiebrigen Träumen. Es war alles wie immer, ich weiß, dass alles da war, ich kann mich nur nicht mehr erinnern. Ich weiß, dass ich das Haus verließ. Straßenbahn fuhr, zur Arbeit ging, Telefonnummern wählte, Kaffee trank, Zigaretten rauchte. Es ging ja weiter, ich ging ja weiter. Aber ich erinnere mich an nichts davon. Ich erinnere mich nur daran, dass irgendwie immer Sean da war.

»Das ist nun auch wieder nicht wahr«, sage ich, »ich erzähle schon ab und zu von ihm. Außerdem sehe ich ihn ja auch gar nicht so wahnsinnig oft.«

»Trotzdem. Es ist, als ob du uns voneinander fernhältst. Er ist dein bester Freund, und trotzdem ist er praktisch ein Fremder für mich.«

Ich verziehe das Gesicht und habe einen Kommentar zu ihrer Überempfindlichkeit auf den Lippen, aber ich sehe an ihrem Gesicht, dass der Spaß vorbei ist. Ich seufze und will etwas Beruhigendes sagen, aber da lenkt der dicke Fahrer den Wagen an den Straßenrand. Ich wühle in der Handtasche nach meinem Portemonnaie, aber Marie ist schneller und sagt: »Lass mal.«

Ein paar einzelne Schneeflocken wehen durch den Lichtkegel der Straßenlaterne, als wir aus dem stickigen Taxi in die Nachtluft steigen, der Wagen braust hinter uns davon. Die großen Fenster der Galerie sind hell erleuchtet, dahinter wütet ein Meer aus dunklen Anzügen und grellen Abendkleidern.

»O Gott, wie in einem Bienenstock«, sagt Marie. Die Leute sind zu einem langsam pulsierenden Klumpen geballt, alles ist ein träges Wogen aus Körpern, die sich in stetigem Vorübergehen aneinanderreiben und ineinanderdrängen. Fast meint man, das geschäftige Brummen und Summen bis auf die Straße hören zu können. Wir stehen vor den hell erleuchteten Räumen wie vor einem großen Terrarium und betrachten das seltsam fremde Treiben. Wenn man länger hinsieht, werden Details sichtbar, gestikulierende Hände, die auf etwas in der Ferne weisen oder schüttelnd ineinandergreifen, in den Nacken geworfene Köpfe hinter langstieligen Gläsern. Eine winzige Frau mit einer perlweißen Turmfrisur schielt durch ein goldenes Opernglas. Marie hebt ein unsichtbares Sektglas und lächelt gequält, ich bin ganz ihrer Meinung. Aber wir müssen hinein und sind sowieso schon viel zu spät. Ich atme noch einmal tief durch, dann drücke ich entschlossen die schwere Glastür auf. Warme, trockene Luft, Zigarrenrauch und eine schwere Wolke Parfum weht uns entgegen. Das elektrisierende Summen ist viel leiser, als es von draußen den Anschein hatte, das Gemurmel der vielen Stimmen überraschend dezent und das Gelächter so zurückhaltend, dass es plötzlich gar nicht mehr zu den zurückgeworfenen Köpfen passen will. Feines Kristallglas klirrt leise aneinander, aufmerksam aufeinandergerichtete Augen glitzern verräterisch. Die Anzüge sind dreireihig, die Kleider gut und gerne im vierstelligen Bereich, und der Schmuck ist bombastisch. Marie und ich sehen prüfend an uns hinunter und nicken zuversichtlich. Wir gehören nicht ganz dazu, aber wir müssten durchgehen. Aus versteckten Lautsprechern schlägt der unvermeidliche Free Jazz einen leisen, fiebrigen Takt.

»Das nenne ich mal eine Vernissage«, sagt Marie, als die Tür hinter uns mit einem ekelhaft saugenden Gummilippengeräusch zufällt.

»Wie aus dem Lehrbuch«, stimme ich zu, streife meinen Mantel ab und sehe mich nach der Garderobe um.

Ein bekanntes Gesicht taucht aus dem Menschenknäuel auf. In einem dunklen Armani, der ihm so gut steht, dass ich Angst bekomme, stürmt Sean mir entgegen, sein gewinnendes Lächeln wird zu einem Strahlen. Mit dem blonden Strubbelhaar, den breiten Schultern und dem Grübchen im Kinn ist er das Beste, was Amerika für Berlin getan hat.

»Maja«, ruft er und breitet die Arme aus, »endlich! Wo wart ihr so lange?«

Nur in den Wellentälern der Vokale hört man noch den Ostküstenakzent, ansonsten ist er bis in die Zehenspitzen assimiliert und auch noch stolz darauf. Ich habe es aufgegeben, ihm einreden zu wollen, dass eine deutlich erkennbare Fremdherkunft ihm eine Form von kosmopolitischem Chic verleiht, den er unbedingt ausnutzen sollte. Das ist wie ein Label, habe ich gesagt, wie ein zeitloses Accessoire, und ich verstehe etwas von Accessoires. Es ist das aufgeklebte Zubehör, das uns unverwechselbar macht, habe ich gesagt, darunter sind wir alle gleich langweilig. Wir waren darüber in Streit geraten, was vermutlich so kommen musste bei jemandem, der Gesichter macht. Sean ist Visagist, und eigentlich ist es unmöglich, dass wir uns verstehen. Die ideologischen Unterschiede sind einfach zu groß.

Sean packt mich und zieht mich in seine Arme, ich lasse mich gegen seine Schulter sinken und schließe für einen Moment die Augen. Er drückt die Lippen auf meinen Scheitel und sagt leise in mein Ohr: »Wie geht's dir, alles in Ordnung?«

Ich nicke mit dem Kopf an seiner Brust und drücke ihn an mich, ich weiche erst zurück, als die Weichheit seines Körpers mich plötzlich erschreckt. Ich lege die Hand auf seinen Arm, mit der anderen streiche ich eine kleine blonde Strähne aus seiner Stirn, die sofort wieder zurückfällt.

»Bei dir auch?«, frage ich schnell.

Er sieht mich ernst an und legt die Stirn in Falten, aber er nickt und schließt dabei die grauen Augen. Er beugt sich vor und küsst mich sanft auf den Mund. Ich stupse mit dem Zeigefinger gegen seine Nasenspitze und fahre spielerisch sein Profil entlang, dann streife ich seine Arme von mir und trete einen Schritt zurück. Ich mustere ihn von oben bis unten und versuche, eine Augenbraue hochzuziehen.

»Kannst du mir mal sagen, wieso du heute so gut aussiehst?«

Er grinst und wiegt den Kopf hin und her. »Natürliche Schönheit kommt von innen«, rezitiert er, akzentfrei. Ich bleibe misstrauisch.

»Du siehst irgendwie so ekelhaft glücklich aus. Schläfst du mit diesem Maler?«

Er schüttelt den Kopf. »Er spielt für euer Team. Was eine fürchterliche Verschwendung ist, denn er ist zum Niederknien. Durchaus was für dich übrigens, genau dein Typ. Ich überlege schon seit Stunden, wie ich ihn dazu bringe, zu deinem Geburtstag aus einer Torte zu springen.«

»Du weißt immer genau, was ich will«, sage ich zufrieden, »aber wie kommst du eigentlich dazu, diese Show hier für ihn zu veranstalten?«

Neben mir räuspert sich Marie, ich drehe mich erschrocken um.

»Entschuldige bitte«, sage ich etwas verlegen zu ihr und berühre ihren Arm. Zu Sean sage ich: »Sean, du kennst ja Marie.«

»Natürlich. Hallo, Marie«, sagt er, und küsst sie auf die Wange, »schön, dass du da bist.«

Marie lässt sich den Kuss gefallen und sagt hallo, aus dem Augenwinkel wirft sie mir einen bedeutungsschwangeren Blick zu.

»Was sagt ihr«, sagt Sean und breitet die Arme aus, »das ist mal eine Vernissage, was?«

»Wie aus dem Lehrbuch«, bestätigt Marie.

Wie ein großes Stück Schatten löst sich da ein schwarzer Anzug aus dem Menschengewühl und steuert aus den Tiefen der Galerie auf uns zu. Mit riesigen Schritten durchquert er den Raum und nähert sich uns, die wir dastehen, wehrlos und verwundbar hinter dem abgenutzten Geplauder und dem bedeutungslosen Lachen. Ich sehe ihn zuerst, wie er auf uns zukommt, zielstrebig, geradlinig, wie eine langsame Gewehrkugel. Ich hätte nicht im Leben damit gerechnet, ihm hier zu begegnen, ihm überhaupt wieder zu begegnen, trotzdem erschrecke ich nicht. Noch trennen uns fünfzehn Meter blankes Parkett, jeder Meter ein Sekundenbruchteil. Zeit, um das Gesicht zusammenzusetzen, das in meinem Kopf in lauter Einzelteilen durcheinanderwirbelt. Im hellen Deckenlicht ist sein kurzgeschnittenes Haar nachtschwarz über der hohen Stirn mit der kleinen, sichelförmigen Narbe an der linken Augenbraue, die mir sofort aufgefallen ist, als wir uns das erste Mal sahen. Die Nase ist lang und gerade, die Wangenknochen noch so markant und die Lippen so dunkel und voll wie ich sie in Erinnerung habe. Aber es sind nur Teile, an die ich mich erinnern kann. Als er mit diesen langen, wiegenden Schritten auf uns zukommt, sehe ich sein Gesicht wie zum ersten Mal. Etwas überläuft mich, einmal heiß und einmal kalt. Die ungewöhnlich dunklen blauen Augen haben mich längst gesehen. Das Lächeln ist verschmitzt und fragt vernehmlich: Was wirst du tun?

Dann sieht Sean ihn und streckt ihm mit einem Hauch hoffnungsloser Sehnsucht die Arme entgegen. Ich muss lachen.

»Der Künstler«, erklärt Sean und sagt, an ihn gewandt: »Meine Freundin Maja und ihre Freundin Marie.«

Er lächelt warm und unverfänglich, schüttelt erst mir, dann Marie die Hand und sagt freundlich: »Herzlich willkommen.«

Ich bin nicht in der Lage zu entscheiden, ob ich mir die Spur gutgelaunten Spotts in seiner Stimme nur einbilde, Marie und Sean scheinen nichts zu bemerken. Er legt eine Hand auf Seans Schulter, sie sehen gut aus nebeneinander. Ein schönes Paar, wie ein Salz- und ein Pfefferstreuer. Zugleich wie zwei Vorschläge, zwischen denen man sich entscheiden muss. Als ich seinen Blick auf mir spüre, gebe ich eilig vor, jemanden in der Menge erkannt zu haben. Ich schaue konzentriert über seine Schulter hinweg in die Leere, ziehe die Augenbrauen in die Höhe und öffne den Mund zu einem kleinen, stummen »Oh! Du hier?« Ich hebe sogar die Hand und deute ein zierliches Fingerspitzenwinken an. Der Aufwand ist gar nicht nötig, der peinliche Moment dauert nicht lange. Noch bevor mir das Blut in den Kopf schießen kann, kracht etwas ohrenbetäubend laut im Hintergrund, und jemand stößt einen gedämpften Schrei aus. Unser Gastgeber zieht den Kopf zwischen die Schultern und saugt die Luft durch die aufeinandergestellten Zähne.

»Das klang teuer«, sagt er zu Sean und fügt hinzu: »Bist du eigentlich haftpflichtversichert?«

Sean schüttelt traurig den Kopf. Unser Gastgeber klopft ihm auf die Schulter, dann entschuldigt er sich bei uns und verschwindet hinter einem Vorhang aus gutgekleideten Menschen.

Sean sieht ihm kopfschüttelnd nach und seufzt: »Ist er nicht umwerfend?«

»Durchaus adrett«, antwortet Marie und zuckt mit den Achseln, dann legt sie den Kopf auf die Seite und sieht ihm kritisch nach. »Süßer Arsch.«

Ich schließe für einen Moment die Augen.

»Ich sehe lieber nach, ob er Hilfe braucht«, sagt Sean, »aber gebt mir mal eure Mäntel.« Er nimmt uns die Mäntel aus den Armen, zwinkert und sagt: »Wir sehen uns später, ja?«

»Sicher«, sage ich, »wir gehen erst mal was trinken.«

Er drückt unter den Mänteln hindurch meine Hand und verschwindet. Ich greife Marie am Handgelenk und ziehe sie zu der kleinen Bar an der Seite des Raumes. Wir setzen uns auf die hohen Chromhocker an der außer uns leeren Theke. Das aufgetakelte Barkeeperchen mit dem viel zu engen Hemd über der Muskelbrust stellt wortlos und ungefragt zwei winzige Gläser Sekt vor uns ab, deren bescheidene Ausmaße sogleich argwöhnisch von Marie beäugt werden.

»Was war denn das mit dem Winken gerade?«, fragt sie, es wundert mich nicht, dass sie meine kleine Show durchschaut hat. Ich blicke mich vorsichtig um.

»Das war der Taxifahrer«, zische ich leise und dicht vor ihrem Gesicht, meine Hand wühlt in der Handtasche nach der Zigarettenpackung.

»Was, und dem hast du zugewunken? Der dicken Himbeere von gerade? Wieso das denn? Wieso ist der überhaupt hier? Er kann doch gar nicht –«

»Nicht der, du Idiotin! Er! Der Künstler!«

»Wer? Was?«

Ich schüttle meine rechte Hand in Richtung unseres Gastgebers, oder zumindest in die Richtung, in der er verschwunden ist. »Er ist der gottverdammte Taxifahrer! Mein gottverdammter Taxifahrer!«

Das mit dem Taxifahrer war vor ein paar Tagen passiert. Marie und ich waren zu einem gepflegten Couch-Potatoe-Abend verabredet, mit Tiefkühlpizza, Grappa vom Discounter und einem Val-Kilmer-Video. »Ich gehe gleich noch in die Videothek«, hatte Marie am Telefon gesagt, »Schwulenporno oder Val Kilmer?« Ich hatte beschlossen, das Schlimmste zu verhindern, Marie hatte etwas enttäuscht geklungen. »Wir haben doch noch den Grappa«, hatte ich tröstend gesagt.

Ich wartete darauf, dass die Waschmaschine fertig wurde, hinter den Fenstern wurde es langsam dunkel. Auf einmal hörte ich asthmatische Geräusche aus dem Badezimmer. Ich ahnte nichts Gutes und eilte durch das Wohnzimmer in den Flur, wo mir bereits eine nach Waschpulver duftende Wasserlache entgegenkam. Ich fluchte, stapfte über den vollgesogenen Teppich und stellte die Maschine ab, die unter metallisch klingendem Ächzen und Keuchen mit Auslaufen beschäftigt war. Ich öffnete die Trommel und wurde von einem neuen, seifigen Wasserschwall begrüßt, zog die tropfnassen Klamotten heraus und warf sie in die Badewanne. Dann griff ich einen Stapel frischer Handtücher, um der Überschwemmung Herr zu werden. Als ich die Seifenlauge aus den Teppichen im Wohnzimmer und im Flur gerieben, die komplette Wäscheladung mit der Hand ausgewaschen, gewrungen und aufgehängt hatte, war es spät geworden. Und nachdem ich geduscht und mich angezogen hatte, war ich zu müde, um zur Haltestelle zu laufen, acht Stationen zu fahren, umzusteigen, weitere sechs Stationen zu fahren, um dann noch einmal sieben Minuten zu Maries Wohnung zu laufen. Das war ein echtes Manko: Marie und ich waren schlecht angebunden, aber keine von uns wollte umziehen. Ich sah zweifelnd auf die Uhr, ich würde viel zu spät kommen. Außerdem war es kein guter Tag für öffentliche Verkehrsmittel. Ich spähte prüfend durch meine schlecht geputzten Wohnzimmerfenster und stellte trotz der Dunkelheit fest, dass der Himmel grau war. Draußen fiel ein feiner Eisregen, der Wetterbericht hatte Schnee angesagt, und es wehte ein eisiger Ostwind. Ich seufzte und entschied mich trotz meiner Urlaubssparpläne für ein Taxi. Ich würde wesentlich weniger zu spät kommen, und etwas Luxus würde mir auch ganz guttun. Ich goss mir einen kleinen Sherry ein und ging ins Bad, föhnte in Ruhe meine Haare und summte dabei »Amazing Grace«. Dann legte ich ein schnelles Abend-Make-up auf und löschte das Licht. Ich zündete mir eine Zigarette an, griff nach dem Telefon und rief die Nummer im Kurzwahlspeicher auf. Die dynamische Stimme am anderen Ende der Leitung versprach mir, das Taxi würde in fünf Minuten da sein. Ich trank den Sherry im Stehen aus und brauchte wie üblich deutlich länger als fünf Minuten, um meine Handtasche zusammenzupacken. Ich konnte meine Schlüssel nicht finden, das Mobiltelefon war verschwunden, und mein silbernes Lieblingsfeuerzeug hatte sich auch versteckt. Ich war noch immer auf der Suche nach den Schlüsseln, als ich von draußen ein Hupen hörte. Ich lugte durch die Scheibe der Balkontür und sah den großen elfenbeinfarbenen Wagen auf der Straße stehen. Ich fand den Schlüsselbund unter einem Sofakissen und wollte schon aus der Wohnung hetzen, als das Telefon klingelte. Ich wäre normalerweise nicht rangegangen und hätte den Anruf dem Anrufbeantworter überlassen, wenn mich nicht mit einem Mal das diffuse Gefühl überkommen hätte, dass etwas nicht stimmte, dass irgendetwas nicht so war, wie es sein sollte. Ich blieb stehen und sah mich um, es schien eigentlich alles wie immer. Von der Straße wiederholte sich das ungeduldige Hupen. Ein leerer Kaffeebecher stand auf dem Couchtisch zwischen aufgeschlagenen Magazinen, ein zerknautschter Pullover ließ seine dünnen Arme leblos über die Sofalehne hängen. Auf dem weißen Teppich lag das Küchenmesser, das mir nach dem Zerteilen eines Apfels vom Tisch gefallen sein musste, die schlanke Klinge glänzte im Deckenlicht. Ich blickte an mir hinunter, ich war fertig angezogen und hielt meine Handtasche unter dem Arm, ich sah die verschwommene Reflexion meines Gesichts im Glas der Fensterscheibe und erwiderte meinen fragenden Blick. Dann nahm ich wie im Traum den Hörer ab, und seine Stimme drang in mein Ohr, leise, traurig, unaufhaltsam wie eine Lawine und überwältigend vertraut.

»Wo bist du«, sagte er ganz leise. Er. »Du fehlst mir.«

Für den Bruchteil einer Sekunde war alles wieder da, das ganze Davor, das ganze Danach. Das ganze Damals. Der Schwindel, die Betäubung, und das seltsame Gefühl, an der obersten Spitze eines gottverlassenen Turms auf einem halsbrecherisch schmalen Balkon zu stehen und mit toten Augen in das leere All hinauszustarren. Und in mir und um mich war nichts, nur diese unheimliche Leere und ein paar leblose Erinnerungen, blass und verformt und so weit entfernt wie der verdammte Mond am Himmel.

Ich sagte leise in den Hörer: »Du bist tot«, dann legte ich auf. Von draußen hörte ich einen wütenden, langgezogenen Hupton, der immer leiser wurde und sich schließlich in der Ferne verlor. Ich setzte mich vorsichtig auf die Couch und blieb für ein paar Minuten reglos sitzen. Als ich bemerkte, dass ich noch immer den Telefonhörer in der Hand hielt, drückte ich die Wahlwiederholungstaste und bat die dynamische Stimme um ein zweites Taxi. Sie lachte und sagte, es wäre wieder in fünf Minuten bei mir, ich möge aber doch bitte auch erscheinen. Ich versprach es und legte auf, zündete eine Zigarette an, rauchte ein paar hektische Züge und zog meinen Mantel über. Ach was, dachte ich, ach was. Ich schüttelte den Kopf und versuchte zu lachen, aber es gelang mir nicht. Ich machte das Licht aus und zog die Tür hinter mir zu.

Wenig später stand ich auf dem Gehweg. Der feine Eisregen fiel noch immer, ich fröstelte und wickelte mich enger in den Mantel. Ich schielte missmutig an der dürren Kastanie neben dem Haus empor, deren kahle Zweige im Wind ächzten. Ich hatte mich schon oft über den kranken Großstadtbaum geärgert, weil die kümmerliche Krone noch immer dicht genug war, um im Sommer das gesamte Licht von meinem Balkon abzuhalten. Außerdem wartete ich nur auf den Tag, an dem eine kräftige Windböe ihn direkt in mein Wohnzimmer warf. Ich begann, meine Hände in den Handschuhen aneinanderzureiben und vor den beschmierten Rollläden der verlassenen Apotheke auf und ab zu gehen. Ich hatte mich nie daran gewöhnen können, über einer leerstehenden Apotheke zu wohnen, ich gruselte mich bei dem bloßen Gedanken. Ein Paar Scheinwerfer bog um die Ecke und bohrte sich durch die dunkle Straße, in den grellen Lichtkegeln sah ich die Eisflocken wirbeln. Ich trat auf die Fahrbahn und winkte mit dem ausgestreckten Arm, der Wagen kam am Straßenrand zum Stehen. Ich öffnete die Beifahrertür, weil ich gern vorne sitze, als plötzlich ein kalter Windstoß durch die Nacht fegte, mir die Tür aus der Hand riss und sie mit lautem Knallen wieder zuwarf. Ich hielt mit der einen Hand notdürftig meinen Mantel zusammen, mit der anderen öffnete ich die Wagentür zum zweiten Mal, stemmte sie gegen den heulenden Wind auf und ließ mich rasch auf den Sitz fallen, bevor der Wind sie hinter mir ins Schloss fallen ließ.

Ich strich mir das zerplusterte Haar aus dem Gesicht und drehte mich zum Fahrer, in diesem Moment erlosch die kleine Lampe über dem Rückspiegel. Lauter Schatten sprangen in sein Gesicht, und es sah aus, als zerplatze es vor meinen Augen in Stücke. Ich erschrak, aber er war dicht neben mir, und wenn ich genau hinsah, konnte ich ihn zwischen den Schemen hindurch erkennen. Die ungewöhnlich dunklen blauen Augen sahen mich freundlich an, das kurze Haar lag nachtschwarz über der geraden Stirn. Im schwachen Licht des Armaturenbretts warfen die hohen Wangenknochen einen geschwungenen Schatten über die Wangen mit dem terracottafarbenen Teint, die vollen Lippen waren zu einem kleinen Lächeln verzogen. Über der linken Augenbraue hing eine schmale Narbe wie ein kleiner blasser Halbmond.

»Alles in Ordnung?«, fragte er, die Stimme tief und angenehm und gerade so rau wie der Anflug von Dreitagebart an seinem Kinn. Es war warm in seinem Taxi, und trotz des Winters trug er nur ein T-Shirt. Ich war nicht sicher, ob ich das aufgesetzt finden sollte – »Ach was, der hat einfach Hitze. Bestimmt ein Nacktschläfer«, hatte Marie später gesagt –, aber er gehörte zu den Männern, die ihr T-Shirt ausfüllten. Der dünne Stoff verriet einen wohlgestalteten Oberkörper, mein Blick wanderte über die kräftige Wölbung des Bizeps die Unterarme entlang zu den langfingrigen Händen, von denen ich noch nicht wusste, dass sie einen Pinsel hielten, wenn sie nicht gerade auf dem Lenkrad lagen.

»Ja«, sagte ich etwas atemlos, »das war nur der Wind.« Die Umstände waren zu widrig für einen besseren ersten Satz. Er lächelte, ich lächelte ein wenig zurück, vielleicht sah ich eine Idee zu daneben aus. Er sah mich erwartungsvoll an, und ich wollte auch etwas sagen, aber ich fand den Anfang nicht. Das erste Wort, dem eine harmlose, bedeutungsvolle oder hinreißende Konversation folgen kann, lag wie ein schwerer grauer Klumpen auf meiner Zunge und löste sich nicht. Nichts geschah, wir sahen uns nur an, und ich begann mich zu fragen, ob am Ende eine Art von Zauber in der trockenen Wärme der Taxiluft lag. Es roch ein wenig nach Wunderbaum. Dann wurde sein Lächeln breiter, die sanft geschwungenen Lippen gaben die makellosen Zähne frei. »Wenn Sie mir sagen, wohin es gehen soll, können wir fahren«, sagte er.

Ich hörte umgehend auf zu lächeln und beschloss, dass ich etwas in meiner Handtasche suchen musste, wobei ich mich bemühte, so viele Haare wie möglich in mein Gesicht fallen zu lassen. Den Kopf über den Schoß gebeugt sagte ich: »Dieffenbachstraße, bitte«, und es wäre mir beinahe gelungen, beiläufig zu klingen, wenn nicht zwischen der zweiten und der dritten Silbe ein Tonhöhenunterschied von etwa einer Oktave gelegen hätte. Er legte den Gang ein, und wir fuhren los, die Straße hinunter und in die Nacht hinein.

Nach diesem Auftakt schien es mir eine gute Idee, nichts mehr zu sagen, und stattdessen konzentriert geradeaus zu blicken und bewegungslos das Ende der Fahrt abzuwarten. Dass er mir nicht im Geringsten entgegenkam, machte die Situation nicht besser. Aber als ich ihn einmal für einen kurzen Moment aus dem Augenwinkel ansah, hatte er amüsiert die Mundwinkel verzogen. Ich ärgerte mich darüber, dass die Fahrt so kurz war, und dachte, ich hätte eine erfundene Adresse irgendwo am Stadtrand nennen sollen. Dann hätte ich viel länger bei ihm im Auto sitzen können, und draußen wäre die eisige Winternacht vorbeigerauscht. Er hätte das Radio eingeschaltet, leise Musik wäre erklungen. Die Traviata natürlich. Hin und wieder hätte ich von der vereisten Straße aufgesehen und hätte einen verstohlenen Blick auf sein Profil geworfen. Allerdings wären wir irgendwann an der fiktiven Adresse angekommen, und ich hätte aussteigen, ein neues Taxi rufen und in der eisigen Kälte warten müssen, bis es gekommen wäre. Bestimmt hätte ich mir eine Blasenentzündung geholt. Aber vielleicht wäre er auch gar nicht sofort losgefahren, sondern noch stehen geblieben, mitten auf der Straße, mit laufendem Motor, um mir nachzusehen und sich zu vergewissern, dass ich auch sicher ankäme. Dann wäre ich umgekehrt, zurück in das warme Taxi gestiegen, hätte verlegen gelächelt und die richtige Adresse genannt, oder vielleicht auch vorgeschlagen, dass wir einfach wieder zurück zu mir fahren sollten. »Wo ich wohne, weißt du ja«, hätte ich gesagt und dabei verschmitzt geklungen. Und auf dem Rückweg über die glitzernden Straßen hätte ich meinen Kopf auf seine Schulter gelegt. Daran, dass Marie mich bis zu diesem Zeitpunkt mindestens achtzig Mal angerufen und ins Telefon gekeift hätte, wo zum Teufel ich bliebe, dachte ich nicht.

Ich erwachte aus meiner Traumstarre, als wir um die große rote Backsteinkirche bogen, die das baldige Erreichen des Fahrziels ankündigte. Ich richtete mich in meinem Sitz auf und strich das Revers meines Mantels glatt. Warum denn nicht, dachte ich, warum denn auch nicht. Und gerade, als ich etwas sagen wollte – ich weiß nicht mehr, was es war, aber ich hatte schon begonnen, den Kopf zu drehen und den Mund zu öffnen –, hörte ich unter mir, im Fußraum des Wagens, ein lautes, heiseres Fauchen. Ich fuhr zusammen und beugte mich nach vorne. Mich überkam eine böse Vorahnung, und tatsächlich saß am Boden auf den schwarzen Gummifußmatten das verfluchte Katzenvieh, sah aus den geschlitzten Augen zu mir hoch und fauchte mich zornig an. Ganz wie im Traum. Ich fuhr zurück, aber es war zu spät. Der schlanke, honigfarbene Körper sprang mit einer geschmeidigen Bewegung auf meinen Schoß, und mit geisterhafter Geschwindigkeit gruben sich kleine, spitze Zähne in mein linkes Handgelenk, das ruhig auf meinem Schenkel gelegen hatte.

Sie hatte mich. Der Schmerz war scharf und schneidend, doch ich wusste aus der Erfahrung langjähriger Alptraumarbeit, dass es Ruhe zu bewahren galt. Laut aufzuschreien, den Arm wild zu schütteln und mit der Faust auf das Tier einzuschlagen war sinnlos, es verbiss sich dann nur noch tiefer. Ich kämpfte den Impuls nieder und legte die rechte Hand vorsichtig auf den kleinen Kopf in meinem Schoß, meine Finger umrundeten langsam den Schädel und suchten unter dem weichen Fell den Unterkiefer. Die spitzen, ledrigen Ohren drehten sich unruhig in verschiedene Richtungen, aber das Tier ließ mein Tasten bewegungslos geschehen. Erst als ich das hintere Ende des Kiefers gefunden hatte und ihn behutsam mit den Fingerspitzen aufzubiegen versuchte, sanken die kleinen Zähne tiefer in meine Haut, und der Schmerz wurde schneidender. Ich zog rasch die Hand zurück, der Druck der Kiefer lockerte sich wieder. Ich seufzte, es war einen Versuch wert gewesen. Voller Abscheu sah ich auf den sehnigen Körper hinunter, der jetzt ausgestreckt auf meinem Schoß lag. In meinem Handgelenk pochte es leise an den Stellen, an denen sich die Zähne in meine Haut gebohrt hatten.

»Wie ist die Nummer?«, kam es von dem Sitz neben mir.

»Was?«, fragte ich zurück und schüttelte verwirrt den Kopf.

»Dieffenbachstraße«, sagte er, »welche Hausnummer?«

»Zweiundzwanzig«, sagte ich.

Der Wagen passierte noch zwei Nebenstraßen und blieb vor Maries Haus stehen. Ich begann mich zu fragen, wie ich mit der Katze an meinem Puls das Portemonnaie in meiner Handtasche finden und Geld herausnehmen sollte. Die Tasche lag in meinem Schoß, demonstrativ darüber ausgestreckt lag der Körper der Katze. Ich versuchte, die Finger meiner rechten Hand unter dem weichen Fell hindurchgleiten zu lassen, langsam und sehr behutsam, um keine weitere Vertiefung des Bisses zu riskieren. Um Zeit zu gewinnen, sagte ich schon einmal: »Vielen Dank. Was bekommen Sie?«

»Ach, schon in Ordnung«, sagte er, »das Taxameter war gar nicht an, das funktioniert manchmal nicht so richtig.«

Er boxte mit der rechten Faust auf das rot leuchtende Display, auf dem deutlich sichtbar der Fahrpreis zu lesen war, woraufhin das Gerät ein beleidigtes Geräusch von sich gab und nur noch Nullen anzeigte. Er zuckte mit den Achseln, und das verschmitzte Lächeln zauberte unzählige Lachfältchen um seine Augen. Ich schüttelte lachend den Kopf und dankte ihm und vergaß über den Moment der Leichtigkeit beinahe das neue Problem, denn ich musste ja einhändig aussteigen und dabei eine einigermaßen gute Figur machen. Und außerdem die Katze so pfleglich behandeln, dass ich aus dem Wagen kam, ohne Blutflecken auf dem Sitz zu hinterlassen. Das Taxi war sauber und aufgeräumt. Der mag keine Flecken auf seinen Sitzen, dachte ich. Das Tier sträubte sich ein wenig, als ich erste Anstalten machte, es auf den Arm zu nehmen, was mit nur einer Hand nicht ganz einfach war. Der kleine Kiefer spannte sich, und der Schmerz nahm zu. Ich sah ein, dass es auch mit äußerster Vorsicht nicht gehen würde, und entschied mich für die schnelle Variante. Entschlossen biss ich die Zähne zusammen, stopfte den gesamten Katzenkörper kurzerhand in die Handtasche und klemmte sie unter den Arm. Der Schmerz war scharf und rasend, aber es gelang mir, gleichzeitig mit der rechten Hand die Tür zu öffnen und auszusteigen. Noch einmal sah ich ihn bedauernd und mit mutmaßlich schmerzverzerrtem Gesicht an, dann bedankte ich mich erneut und wollte schon die Autotür zuschlagen, da fragte er: »Gibst du mir deine Telefonnummer? Für den Fall, dass das Taxameter wieder funktioniert und ich die Fahrt in Rechnung stellen muss.«

Er beugte sich über den Sitz und hielt mir einen Notizblock und einen silbernen Kugelschreiber entgegen wie ein Autogrammjäger. Ich stand da, meine Handtasche mit der Katze darin unter den linken Arm geklemmt, ihre Zähne tief in mein Handgelenk gegraben, und wieder hatte ich eine Hand zu wenig, um nach Stift und Block zu greifen. Es dauerte einen peinlichen Moment, ehe ich auf die Idee kam, den Kopf kokett auf die Seite zu legen und ihm die Nummer zu diktieren, aber dieses Mal war er schneller. Er lachte leise, zog die Hand zurück und begann, etwas auf den Block zu kritzeln. Vielleicht hatte der Blutverlust schon begonnen, meine Sinne zu vernebeln, aber der profane Vorgang schien mir eine tiefere Bedeutung zu haben. Er riss den Zettel ab, faltete ihn in der Mitte zusammen und steckte ihn, an den Schultern der Katze vorbei, in meine Handtasche.

»Dann ruf einfach mich an«, sagte er und lächelte. Seine Augen funkelten. Dann rieb er sein Kinn zwischen Daumen und Zeigefinger und deutete wie ein Arzt mit dem stumpfen Ende des Kugelschreibers auf den Katzenkopf an meinem Handgelenk.

»Das sieht übrigens ernst aus«, sagte er, »damit solltest du dir was einfallen lassen.«

Ich nickte, er lächelte aufmunternd. Dann sagte ich: »Ich rufe an«, warf die Tür ins Schloss und trat von der Fahrbahn zurück, hinter der Scheibe tauchte sein Gesicht in der Dunkelheit unter. Der große Wagen fuhr langsam an mir vorbei, ich sah ihm nach, bis er hinter einer Kurve verschwunden war. Ich drückte auf Maries Klingel, sofort ertönte der Summer, ich stieß die Haustür auf, ging durch den Hof und stieg in den dritten Stock hinauf. Die Wohnungstür stand schon offen, und Marie kam mir aus dem Badezimmer entgegen.

»Sieh dir das an«, rief ich verzweifelt. Ich deutete mit der freien Hand auf das unnatürlich vorgestreckte Gelenk meiner linken Hand und den festgebissenen Katzenkopf daran. Ein mauvefarbenes Frotteehandtuch lag über Maries Schulter, mit dem sie sich die Haare trocknete. Sie sah mich an und fragte: »Was meinst du?« Vorwurfsvoll hielt ich den Arm etwas höher, schüttelte ihn ein wenig, direkt vor ihren Augen, und sah selber hin. Die Katze war nicht mehr da.

»Ich muss so schnell wie möglich von hier verschwinden«, sage ich, nachdem ich mein Glas in zwei langen Zügen geleert und angestrengt durch die Menschenmenge gespäht habe, um herauszubekommen, wohin Sean mit meinem Mantel verschwunden ist. Der Sekt ist schal und widerlich.

»Ach!«, sagt Marie. »Jetzt mach dich mal nicht nass, es ist doch überhaupt nichts passiert. Ihr seid euch eben unter Umständen wiederbegegnet, mit denen keiner gerechnet hat. Und er hat so getan, als würde er dich nicht kennen, um dich nicht in Verlegenheit zu bringen. Was darauf hindeutet, dass er ein ganz feiner Kerl zu sein scheint. Für einen Mann.« Sie zuckt mit den Achseln. »Außerdem sieht er gut aus. Irgendwie so nach griechischem Götterknaben.«

»Mag ja alles sein«, sage ich und zünde mir eine Zigarette an, »trotzdem ist mir die Sache mehr als peinlich.«

Ich stoße eine blaue Rauchwolke aus, winke dem Barkeeper, der mit verschränkten Armen in der Ecke seiner Bar steht, und zeige mit dem Finger auf mein leeres Glas. Er bequemt sich und nimmt das Glas, ohne mich eines Blickes zu würdigen. Als er sich umgedreht hat, fange ich doch wieder an.

»Wer rechnet denn aber auch mit so was? Vor ein paar Tagen war er noch Taxifahrer und weiter nichts, und jetzt ist er plötzlich Maler und ein Freund von meinem Sean, und wir sind hier bei seiner blöden Vernissage! Und was sind das für Leute hier, guck dir die Schickeria an! Siehst du die fette Schnecke mit der Perlenkette? Die hat gerade ihren Kaugummi in einen Zwanziger gespuckt!«

»Das stimmt doch überhaupt nicht«, protestiert Marie.

»Du könntest ruhig etwas mehr zu mir halten«, sage ich. »Außerdem weißt du, was ich meine. Was ist das hier? Fährt der Mann zum Spaß ein bisschen Taxi, weil es ihn langweilt, dass diese unanständig reichen Geschäftsmänner und ihre juwelenbehangenen Luxusweibchen ihm ein Vermögen für seine Bilder in den –«

»Aber, aber!«, fällt Marie mir ins Wort. Ich trinke mein zweites winziges Glas aus und winke nach dem Barkeeper. Mir wird schon wieder schummerig im Kopf.

»Vielleicht fährt er ja Taxi, um Weiber aufzureißen«, grinst Marie und weicht zurück, als ich sie zornig ansehe. »Oder er ist gar nicht so wahnsinnig erfolgreich, wie das hier aussieht. Du weißt doch genauso gut wie ich, wie so was läuft. Vermutlich hat dein Sean hier einfach einen guten Job gemacht.«

»Und wenn schon. Das wird mir alles ein bisschen viel.«

»Hast du gesehen, dass unter seinen Schuhsohlen noch die Preisschilder kleben? Ich hab's gesehen, als er vor uns davongelaufen ist.«

Ich unterdrücke ein Schmunzeln. »Süß«, gebe ich zu. »Aber vielleicht haue ich doch besser ab.«

»Quatsch«, sagt Marie, »stell dich nicht so an, wir bleiben hier. Schließlich ist der Sekt umsonst.«

»Aber er ist schal, eine Frechheit, oder?«

»Wahrscheinlich hat die kleine Thekenschlampe vorher die Pulle geschüttelt.«

»Ach«, mache ich, »so subtil ist die nicht.«

Der Barkeeper stellt wortlos ein neues Glas vor mir ab, wackelt breitbeinig zurück in seine Ecke und prüft den Zustand seiner Frisur in dem riesigen Spiegel, der angekippt über der Bar hängt.

»Was ist das eigentlich für 'ne Schnöselette?«, frage ich Marie nach einem Blick in seine Richtung. »Ich meine, wie verliebt in sich selbst kann man sein?«

»Wahrscheinlich hat er gelernt, sich selbst zu blasen, und braucht seitdem niemanden mehr«, sagt sie.

»Du kommst langsam in Fahrt, oder?«, frage ich stirnrunzelnd. Marie stößt ihr halbvolles Glas gegen meins.

»Na, das war ja wieder klar«, sagt eine vorwurfsvolle Stimme hinter uns. Wir drehen uns gleichzeitig um, vor uns steht Lea in hellem Leinen und Perlenschnur. Sie bräuchte nur noch ein kleines Fleckchen Sommerwiese um sich herum, und fertig wäre die Waschpulverreklame. Sie legt einen schlanken Arm um jede von uns, ihr Lächeln ist fürsorglich wie immer.

»Es ist nie schwierig, euch irgendwo zu finden. Man muss einfach nur die Bar ansteuern, und entweder sitzt ihr drunter oder ihr liegt – nee, Moment. Also, entweder sitzt ihr davor oder liegt unten drunter.« Sie schüttelt verärgert den Kopf.

Marie strahlt und öffnet den Mund. Eine kleine spitze Bemerkung liegt abschussbereit auf ihrer Zunge, ich schüttle leicht den Kopf. Wenn jemand einen eigentlich ganz ordentlichen Spruch von langer Hand vorbereitet und ihn dann trotzdem vermasselt, dann ist das ein Jammer und kein Grund zum Spotten. Marie schließt den Mund wieder.

Ich lächele Lea an, und Marie sagt versöhnlich: »So gehen wir uns wenigstens nicht verloren. Im Übrigen war ich schon in deinem Badezimmer und weiß genau, dass du hier diejenige bist, die Schnapsflaschen in ihrem Wäschekorb versteckt. Also zeig nicht mit dem Finger auf uns.«

Lea reißt die Augen auf. »Als ob ich …«, sagt sie, dann ist der Groschen gefallen. Sie schlägt Marie auf die Schulter, Marie lacht. »Und dass du in deinem Ladensafe wirklich nur den Schmuck versteckst, habe ich auch nie ganz geglaubt«, fügt sie hinzu. Lea ist Goldschmiedin und hat ein wunderschönes kleines Schmuckgeschäft direkt unter ihrer Wohnung, das aussieht wie eine Schatztruhe.

»Seid ihr schon lange hier?«, fragt Lea. Sie zupft nervös an den kurzen Strähnen ihres neuen Ponys und sieht sich interessiert in der Galerie um. Ihr schmales Gesicht ist kläglich überschminkt, in ihrem Mundwinkel klebt ein kleiner Klecks Lippenstift. Ich bin versucht, ihn mit der Ecke eines Taschentuchs wegzuwischen.

»Gerade gekommen«, sagt Marie und zieht behutsam den Ärmel über ihre Armbanduhr. »Wo ist denn dein Herzallerliebster?«

Lea verzieht das Gesicht. »Der wollte nicht mit, obwohl ich ihn gebeten habe, mich zu begleiten.«

»Gott sei Dank. Es ist schon langweilig genug hier.«

Lea öffnet den Mund und schließt ihn wieder. Marie grinst.

»Komm schon, er ist nun mal ein Langweiler.«

Ich werfe Marie einen zornigen Blick zu, sie seufzt, greift nach Leas Handgelenk und zieht sie auf den Hocker neben sich. Dann winkt sie nach dem Barkeeper und zeigt mit dem Finger erst auf ihr Glas und dann auf Lea.

Die beiden beginnen ein Gespräch, das ich an mir vorübergehen lasse, denn ich habe beschlossen, mich mit den künstlerischen Ergüssen unseres Gastgebers zu befassen. Ein malender Taxifahrer, murmle ich nachdenklich, vielleicht auch ein taxifahrender Maler. Ich bin mir nicht sicher, was der Unterschied ist. An den hohen Wänden hängen jedenfalls großflächige Aquarelle, die mich überraschen und ein wenig ärgern. Ich hatte beschlossen, seine Bilder für das Allerletzte zu halten, zumindest für ausgesprochen mies. Und ich hatte mir schon die Pose zurechtgelegt, in der ich, mit geradem Rücken und übereinandergeschlagenen Beinen, was auf einem mit Kunstleder bezogenen Barhocker nicht leicht ist, aber sehr elegant aussieht, eine Haarsträhne aus dem Gesicht streiche und mit der frisch angezündeten Zigarette in meiner linken Hand (das Sektglas in der rechten), auf die Bilder zeige. Aus der Zigarette steigt dabei ein langgezogener, kerzengerader Rauchfaden auf. Ich hätte vertraulich, aber so laut, dass zumindest der schnöselige Barkeeper es hört, zu Marie gesagt: »Was hältst du eigentlich von den Bildern?« Und nach einer gewichtigen Pause hätte ich kritisch, aber nicht unfreundlich hinzugefügt: »Bestenfalls mittelmäßig, oder?« Leider wird das schwierig. Phantastische Farben, denke ich, und ich verstehe etwas von Farben. Grelle Landschaften in unruhigen, abgehackten Pinselstrichen. Blaue Hügel mit grünen Sonnen darüber, karmesinrotes Meer, glühend violette Bäume. Darin immer dunkle und helle Stellen wie hineingerissene Löcher.

Am anderen Ende des Raumes, unter einem brennend hell angestrahlten Gemälde wagt er es, herumzustehen. Allein, ein Sektglas in der Hand. Er blickt nachdenklich in die Menschenmenge, die sich in kleine dunkle Knäuel zerteilt hat und mit sich selbst beschäftigt ist. Ich brauche einen Moment, um zu erkennen, dass der blauschwarze Wutausbruch hinter ihm eine Wolkenformation darstellt. Ich staune darüber, wie selbstverständlich er dasteht, wie selbstverständlich seine Hand das Glas hält. Als wäre gar nichts dabei, als wäre es ganz normal, dass er da ist, dass er so dasteht. Dann dreht er den Kopf und sieht mich durch den ganzen weiten Raum hindurch an, als ob er die ganze Zeit über gewusst hätte, wo ich bin.

Ich ducke mich unter seinem Blick und drehe mich schnell zu Lea und Marie, die die Köpfe zusammenstecken und ein angeregtes Tuscheln begonnen haben. Ich sehe auf den ersten Blick, dass es um eine der kleinen weißen Pillen geht, die Lea in einem antiken Pillendöschen aus Filigransilber aufbewahrt. Lea hat schon die Hand in ihrer Handtasche vergraben und wühlt darin herum, während sie freudig zu grinsen beginnt. Ich kann hören, wie im Inneren der Handtasche der Silberdeckel auf- und wieder zuklappt, dann tauchen Leas schlanke Finger mit den rosa lackierten Nägeln wieder auf und legen mit einer gekonnten Bewegung etwas Kleines in Maries geöffnete Hand, während Lea so abgewandt und beiläufig plaudert, als würde die aufsässige Hand gar nicht zu ihr gehören. Ebenso beiläufig wirft Marie die Tablette in ihr Glas, wo sie auf den Boden sinkt und eine feine Schnur von Luftbläschen hinter sich herzieht.

»Maja?« Lea hält mir eine geschlossene Hand entgegen. Marie sieht etwas verlegen an mir vorbei und schüttelt kaum merklich den Kopf.

Ich drehe den Kopf zurück und schaue für einen Moment in das Wolkenbild. Er steht immer noch darunter, allein, wie eine Statue, und wie eine unbestimmte Botschaft, deren Wortlaut ich nicht entziffern kann. Ich will nicht wissen, ob er mich schon wieder ansieht oder immer noch. Ich möchte nur zu ihm hinübergehen und ihm entgegenschreien, dass er aufhören soll, einfach dazustehen und mich anzusehen mit diesen ungewöhnlich dunklen blauen Augen, mit dem geneigten Kopf und einem Gesicht, das aussieht wie über die gesamte Leinwand hinter ihm verschmiert. Ich wende mich ab, nicke Lea zu und strecke ihr mein Glas entgegen. Lea schubst die kleine Pille über den Glasrand, ich sehe der feinen Perlenschnur nach und ignoriere Marie, die neben mir auf dem Chromhocker sitzt und mich mit geöffnetem Mund ansieht.

Es könnte ein paar Minuten oder ein paar Stunden später sein, ich weiß es nicht. Die Welt ist irgendwie spitz und eckig. Alles ist einen Schritt nach vorn getreten und hat messerscharfe Konturen angenommen, die im Neonlicht funkeln und aussehen, als müsste man sich schneiden, wenn man ihnen zu nahe kommt. Ich habe Marie und Lea in der großen weißen Geschwindigkeit hinter mir zurückgelassen und schwirre durch die weiten Räume, ich spüre den kühlen Stiel eines umgekehrten Sektglases zwischen den Fingern. Von allen Seiten grollen mich die turmhohen Bilder an, die Farben dröhnen in meinen Augen. Vor einem muss ich mich ducken, weil es irgendwie größer ist als der Rahmen, in dem es steckt. Es platzt heraus und springt mich zähnefletschend an, ich zucke zusammen, aber ich bin in Sicherheit, solange ich hinsehe und nicht blinzle, denn es stürzt nur hervor, wenn ich die Augen schließe. Ich bleibe in sicherer Entfernung stehen und starre ihm ins Gesicht, es benimmt sich und kriecht zurück in den Rahmen, wo es nur noch leise pulsiert. Ich betaste die bebende Oberfläche mit den Augen, es ist ein Alptraum in Acryl. Es zeigt die Rückenansicht eines Mannes, man sieht ein schwarzes Jackett und einen dunklen Hinterkopf. Er steht am linken Bildrand, seine rechte Hand liegt ruhig auf einer Stuhllehne. Er steht vor einem riesigen Fenster, das den Rest des Bildes einnimmt, irgendwo hoch oben muss das sein, denn es gibt einen Blick in die Tiefe frei, von dem mir die Knie weich werden. Unten ist eine breite, gemütliche Brücke zu sehen, mit fein gemeißelten Balustraden aus hellem Sandstein und gusseisernen Laternen. Sie führt über einen grünlichen Fluss, und ihr Kopfsteinpflaster schimmert feucht. Dahinter scharen sich lange Reihen aus niedrigen Häusern mit roten Ziegeldächern und kleinen Fensterkreuzen in weißen Fassaden, zerbrechlich unter den riesigen Himmel geduckt. Auf der Brücke sind ein paar Gestalten zu sehen, so klein, dass man sie kaum erkennen kann, aber man sieht genau, dass sie den Kopf in den Nacken geworfen haben und nach oben sehen. Wie Streichhölzer stehen sie nebeneinander, die winzigen Augen in den stecknadelkopfgroßen

Gesichtern starren ungläubig in den Himmel. Der Mann im Vordergrund, dessen Gesicht man nicht sieht, hat die Augen abgewandt, sein Kopf ist nach vorne geneigt, und er sieht nach unten, auf den Boden des Zimmers. Der riesige Himmel hinter dem Fenster ist von dicken Wolkenmassen bedeckt, die sich faulig grau und hellgeädert zusammenballen wie ein Krebsgeschwür. Mitten darin ist ein Gesicht mit klaren Konturen, tiefgrau und wie aus Stein geschlagen. Bleiche und hagere Züge, schmale schwarze Brauen, die sich scharf abzeichnen über den stechenden Augen in tiefen dunklen Höhlen. Entsetzlich groß hängt es dort, in die Wolken hineingemeißelt, es nimmt den ganzen Himmel ein und scheint noch immer zu wachsen. Ich schüttle mich und will mich abwenden, aber es gelingt mir nicht sofort. Ich blinzle die kleinen weißen Zickzacklinien davon, die aus meinen Augenwinkeln herankriechen, und ganz kurz bevor ich mich gewaltsam umdrehe, sehe ich, dass die Pupillen in den grauen Augen des Wolkengesichts pechschwarz sind und schlank und aufrecht stehen wie eine Spindel und wie bei den Augen einer Katze.

Ich schrecke zurück, und hinter mir ist plötzlich eine Art Katapult im Boden und schleudert mich zwanzig Meter in die Höhe. Ich lande auf einem dünnen Stahlseil und tänzle vorsichtig ein paar Schritte vor und zurück und rudere mit den Armen, um das Gleichgewicht zu halten. Ein greller weißer Scheinwerfer flaggt auf, und tief unter mir brandet ein nervöser Trommelwirbel. Unten in der stickigen Dunkelheit sitzen Menschen auf groben Holzstühlen und halten den Atem an, sie ballen die Hände im Schoß zu Fäusten, so dass die Knöchel weiß hervortreten. Die Köpfe in den Nacken gelegt starren sie mit offenen Mündern auf die kleine, helle Figur im Scheinwerferlicht, die hoch über ihnen ihre vorsichtigen Schritte setzt. Ich spüre ihr Zittern und ihre Hoffnung, ihre Angst, ich könnte fallen und vor ihren Augen auf dem Boden zerschmettern. Vielleicht hofft der eine oder andere auch insgeheim darauf. Aber ich habe mich gefangen, ich habe die Sache im Griff. Meine Schritte sind sicher, jeder Muskel ist gespannt. Ich wage einen kleinen Sprung und kann hören, wie der Atem der Menge da unten noch weiter stockt. Ich lande sicher und gehe weiter, einen zärtlichen Schritt und noch einen, und ich male mir aus, wie sie toben und mir zujubeln werden, wenn ich sicher die andere Seite erreiche.

Auf einmal steht mir jemand im Weg, eine winzig kleine, uralte Frau in einem purpurnen Samtkleid, einen Sektkelch in der einen und ein zierliches Opernglas in der anderen Hand. Sie lächelt mich an, aber ich kann nur die Stirn in Falten legen und mich darüber wundern, wer sie hier heraufgelassen hat. In ihrem Alter. Aber ich habe hier zu tun und kann mich nicht aufhalten lassen. Ich lege sachlich meine Hände auf ihre Schultern und mache einen großen Schritt um sie herum, ganz vorsichtig, damit das Seil nicht ausschlägt und keiner von uns fällt. Ich habe es beinahe geschafft, meine Fußspitze hat schon das Seil hinter ihr ertastet, da tritt das Weib einfach zur Seite und macht einen Schritt ins Leere hinein. Ich zucke zusammen, packe sie an den Ärmeln und reiße sie an mich, zu mir auf die Mitte des Seils, damit sie nicht fällt –

Ist Ihnen nicht gut?, fragt da ihre leise Stimme, irritiert, aber freundlich und fast ein wenig großmütterlich besorgt. Ich sehe nach unten in die Tiefe, wo die Menge gespannt den Atem anhält, aber da ist nur das blanke Parkett der Galerie unter meinen Füßen, und in den Händen halte ich die purpurnen Samtärmel vom Kleid der kleinen alten Frau, die vor mir steht. Ich schüttle verwirrt den Kopf, dann sage ich leise: Doch, doch, alles in Ordnung, und: Verzeihen Sie bitte. Sie sieht besorgt in mein Gesicht und dann auf meine Hände, die noch immer ihre Samtärmel halten. Ich lache verlegen und lasse die Ärmel los. Das ist wirklich ein sehr schönes Kleid, sage ich leise, ich verstehe etwas davon. Und ich gehe an ihr vorbei, schräg, vorbei an meinem Seil, das bis in die Unendlichkeit reicht und wohl nur eine Fuge im Parkett war. Während ich außer Sichtweite eile und dabei über irgendetwas stolpere und beinahe hinfalle, streicht die kleine alte Frau ihre Ärmel glatt und sieht mir verwundert nach. Die atemlose Menge aber fühlt sich betrogen und verlässt verärgert die Manege.

Ich habe mich gerade in einem der kleineren Nebenräume in Sicherheit gebracht, als eine große Frau in einem langen weißen Kleid mich kopfschüttelnd ansieht. Ich bleibe verwundert stehen, denn sie steckt in einem Rahmen. Sie steht neben einer groben Holzbrücke – was der Taxifahrer aber auch mit Brücken hat. Über ihr säumen purpurne Bäume eine wildüberwucherte Heidelandschaft unter einem currygelben Himmel, ein kleiner Fluss zieht sich hindurch. Um ihren Kopf ist ein schwarzer Schal geschlungen, der in kunstvollen Spitzen auf das Kleid fällt und so altmodisch aussieht, dass die Frau seit Jahrhunderten tot sein muss. Groß und ernst steht sie am Ufer, ihr blasses Gesicht ist kaum zu erkennen, aber es ist fein geschnitten und hübsch, und die dunklen Augen sind fest auf mich gerichtet.

Stolz und aufrecht, meiner Majestät vollauf kundig, betrachte ich die Frau in dem teuren Seidenkleid, die unschlüssig vor mir steht und mich fragend ansieht, ihre Handtasche fest unter den Arm geklemmt, ein Sektglas zwischen den Fingern. Ihre Hand spielt mit einer Strähne ihres langen blonden Haares, in ihren Augen ist ein fremder Glanz. Ich sehe ihr wütend ins Gesicht und zeige mit meiner rechten Hand, der mit dem schweren goldenen Siegelring daran, senkrecht nach unten, vor meine Füße, in den Fluss. Sie versteht mich nicht. Sie sieht mich an, betrachtet mein Kleid und mein Haar, lässt ihre Augen unverschämt und forschend über mich wandern. Sie sieht an mir vorbei, betrachtet die leere Heide, die Bäume und den Himmel, ertastet sich das raue Holz der Brücke und das strudelnde Wasser. Alles sieht sie, alles, nur die Hand, die ich für sie ausstrecke, die Hand, mit der ich ihr etwas zeigen will, die sieht sie nicht. Ich möchte ihr etwas zurufen, ein rasches, zweisilbiges Wort, aber meine Lippen bewegen sich nicht. Ich stehe stumm und angewachsen unter dem kranken gelben Himmel, festgewachsen in der verdammten Heide. Es war eine Unverfrorenheit, mich mitten in die Heide zu stellen, ich bin eine Majestät, und ich hasse die Heide. Aber ich konnte mich nicht wehren, ich wurde hierher gestellt, um zu zeigen. Ich zeige, so sehr ich zeigen kann, schweigend und bedeutsam wie ein Marmorbild. Aber sie, sie da vorne, sie dreht ihr Haar zwischen den Fingern und sieht es nicht. Die Vergeblichkeit macht mich traurig, aber ich kann es nicht ändern. Wenn ich könnte, dann würde ich mich umdrehen und weggehen, immer tiefer in die giftgrüne Heide hinein, bis ich am Horizont verschwunden bin. Sie dort, auf der anderen Seite, bleibt ungewarnt.

»Maja«, sagt da eine Stimme hinter ihr, laut und vorwurfsvoll, und ich drehe mich um und sehe Marie auf mich zukommen. Sie wiegt sich etwas zu weit in den Hüften, wohl unbeabsichtigt.

»Wo warst du denn?«, fragt sie, »ich habe dich gesucht.«

»Ich habe mir die Bilder angesehen.« Ich zeige mit der Hand auf die weiße Frau am Fluss. »Mir ist, als ob ich das schon mal gesehen hätte.«

»Hm«, macht Marie und betrachtet das Bild. Von der Seite kann ich sehen, dass ihre Pupillen ein wenig flackern. »Bisschen kitschig, oder?«

»Gar nicht«, sage ich, »es ist nur ...«

»Nur was?«

»Mir war gerade, als wollte sie zu mir sprechen.«

Marie verzieht den Mund zu einem breiten Grinsen, und ich weiß, dass sie etwas Gemeines sagen will, doch dann wird sie plötzlich wieder ernst.

»Wirklich«, beharre ich, »sie wollte, ich meine, ich wollte, aber irgendwie –«

»Komm«, sagt Marie, fasst mich am Arm und zieht mich sanft von dem Bild weg, »das geht vorüber.«

Ich glaube ihr nicht ganz, lasse mich aber von ihr fortziehen. Ich werfe einen Blick über die Schulter, auf die weiße Frau am Fluss, die mir ernst und aufrecht hinterhersieht. Kundig ihrer stillen Majestät, denke ich.

Ich kneife mehrmals fest die Augen zusammen und

öffne sie wieder, aber es ändert nichts, die Galerie um mich herum liegt in mehreren Schichten übereinander wie ein Daumenkino. Ich weiß nicht, wie es funktioniert, aber alles verschwindet vor meinen Augen und erscheint dann wieder. Das alte Weib im Samtkleid schlurft das Parkett entlang und ist auf einmal weg, überblättert, von einem Knick im Raum verschluckt. Ich blinzle, und sie ist wieder da, aber sie hat zwei Meter Parkett übersprungen. Ich greife nach Maries Arm, der erst weg ist und dann wieder da und dann wieder weg, ich blinzle wieder, und zehn Meter von mir entfernt steht der Adler vor einem der großen runden Deckenpfeiler. Ich fahre zusammen, meine Hand rutscht von Maries Arm, Marie verschwindet, alles verschwindet, ich bin allein mit ihm.

Er trägt wieder den langen schwarzen Mantel, der viel zu weit für ihn ist, es sieht aus, als hätte man eine Decke über einen Besenstiel geworfen. Seine dichten grauen Haare stehen in alle Richtungen von seinem kantigen Schädel ab, über den die Haut so dünn und straff gespannt ist wie bei einer Mumie. Er ist klein, bestimmt einen Kopf kleiner als ich, und so dürr wie ein Pflanzenstängel. Seine Stirn und sein Kinn fliehen so stark, dass sie kaum noch vorhanden sind, nur die Nase ragt lang und spitz aus dem Raubvogelgesicht. Im hellen Neonlicht sind die runden Brillengläser zwei große, blitzende Scheiben. Er sieht mich an und nickt mir zu. Ich nicke zögerlich zurück, in meinen Augenwinkeln beginnen die Konturen des Raumes aufgeregt zu flackern. Ich spüre eine Hand auf meinem Arm. »Was ist das denn für 'ne Eule?«, fragt Maries Stimme dicht an meinem Ohr.

Ich bin froh darüber, dass sie ihn sieht. Ich bin manchmal nicht sicher, ob andere ihn sehen können. Er war eines Tages auf einmal da.

Ich war im Krankenhaus, damals, danach. Für ein paar Tage nur, ich wäre erschöpft, hatten sie gesagt, ich müsse mich ausruhen. Ich hatte geschlafen. Als ich die Augen aufmachte, stand er neben meinem Bett. Ich wollte schreien, aber etwas steckte in meinem Hals und erstickte meine Stimme. Er lächelte mich an und streckte die leeren, weißen Handflächen in die Höhe, als wolle er mich um Verzeihung dafür bitten, dass er mich geweckt hatte, aber sein Lächeln war kalt und boshaft. Seine Finger waren krumme und verwachsene Klauen, die Gelenke dick und knotig. Ich starrte ihn aus aufgerissenen Augen an, ich wollte nach der Klingel neben dem Bett tasten, um die Schwester zu rufen, aber ich konnte meine Hände nicht bewegen. Er beachtete mich nicht weiter. Er trat an das Bett der alten Frau neben mir und setzte sich auf die Bettkante, ganz sachte und als hätte er kein Gewicht. Ich hörte sie leise aufstöhnen. Ich warf einen gehetzten Blick zu ihr hinüber, aber ich konnte den Kopf nicht bewegen. Ich sah etwas Braunes, Glänzendes am Rücken des dürren Mannes, und es sah aus, als hätte er große, wunderschöne Adlerflügel, die aus dem schwarzen Mantel wuchsen und über seinen Kopf ragten. Ich verdrehte die Augen, bis es wehtat, der Adler hatte sich vorgebeugt und raunte der alten Frau, die reglos unter der weißen Decke lag, etwas zu. Es war eine Sprache, die ich nicht verstand, ich hörte, wie die Frau leise stöhnte.

Meine Augen brannten und begannen zuzufallen, ich

stemmte mich gegen den Schlaf, der aus der Tiefe nach mir griff wie eine große dunkle Hand. Die Zimmerdecke fiel auf mich herab, ich versuchte, mich zu ducken, aber sie schlug mir ins Gesicht, und alles wurde weiß. Als ich wieder aufwachte, war das Bett auf meiner rechten Seite leer. Der Adler war verschwunden, aber seine Flügel waren noch da, sie hingen an einem Kleiderhaken an der Wand. Ich wollte schreien, aber dann sah ich, dass dort nur der glänzende braune Nerzmantel hing, der der alten Frau im Nachbarbett gehörte. Mir fielen immer wieder die Augen zu, aber irgendwann sah ich durch die halbgeschlossenen Lider, wie eine Schwester ins Zimmer schlüpfte, den Mantel vom Haken nahm, ihn über den Arm warf und davonhuschte. Ein paar Tage später wurde ich entlassen, der Händedruck des Stationsarztes war fest und zuversichtlich. Von da an sah ich den Adler. Nicht oft, eigentlich selten. Immer von weitem, auf der Straße oder am anderen Ende des U-Bahn-Waggons, und immer nickte er mir zu, freundlich und beinahe galant.

Ich blinzle heftig, und die Hälfte von Marie erscheint neben mir. »Ich kenne ihn von irgendwoher«, sage ich leise. »Ich kann mich nicht erinnern, von wo. Ich sehe ihn manchmal auf der Straße. Ich weiß nicht, was er hier verloren hat.«

Die anderen Leute sind aus den Falten und Ritzen des Raumes zurückgekehrt, der Adler steht noch immer an den Pfeiler gelehnt und sieht mich an. Das Neonlicht fällt auf ihn herunter wie lauter kleine Pfeilspitzen, das wirre Haar auf dem eckigen Schädel leuchtet strahlend weiß. Er schüttelt so langsam den Kopf, dass mir ein Schauer den Rücken hinunterläuft. Er wendet sich ab und geht auf eines der Bilder zu. Ich bin mir nicht sicher, ob seine Füße den Boden berühren, aber ich sehe genau, dass er keine Flügel am Rücken hat. Marie zerrt an meiner Hand, ich setze mich zögerlich in Bewegung. Ich glaube, wir gehen über eine Kellerluke oder etwas ähnliches, denn aus dem harten Holzboden steigt plötzlich das Echo unserer Schritte auf wie aus den Planken auf einem Schiff.

Dann geht auf einmal alles sehr schnell. Etwas kippt in mir, von einem Moment auf den nächsten, als wäre ein Schalter umgelegt worden. Irgendwo in der Ferne blitzt noch einmal die weiße Frau am Fluss auf, dann dreht sich etwas in meinem Inneren auf die Seite, als hätte es entschieden, dass es genug hat für heute Abend und nun seine Ruhe will. Es gelingt mir gerade noch, Marie loszuwerden, indem ich eine Kümmere-dich-um-die-da-Handbewegung mache und auf die Bar zeige, wo Lea von ihrem Hocker gefallen ist und auf dem Fußboden verdutzt um sich blickt. Vielleicht hat sie versucht, die Beine übereinanderzuschlagen, es ist nun einmal nicht einfach. »Du lieber Gott«, ächzt Marie, sieht mich prüfend an und hastet los, als ich auffordernd nicke und mit der Hand noch einmal Richtung Bar wedle, wo Lea verwirrt den Kopf schüttelt und versucht, sich an einem der Hocker in die Höhe zu ziehen. Ich presse die Hand auf den Mund, umklammere meine Tasche und renne über das glatte Parkett in Richtung der Toiletten. Ich verliere dabei das leere Sektglas, das irgendwo klirrend hinter mir zurückbleibt. Die Schlange vor der Damentoilette bremst mein Unterfangen, aber das Kippen und Umdre-

hen in mir verlangt eine rasche Entscheidung. Ich stoße die Tür der Herrentoilette auf, dränge mich an irri-
tierten Blicken vorbei, haste mit der Hand am Mund und
den Augen am Boden in eine der Kabinen und werfe die
Tür hinter mir zu. Ich habe mich noch nie auf einer Herrentoilette übergeben, denke ich sonderbar abgeklärt, als
ich am Boden knie und mich würgend in die Schüssel
erbreche. Ich huste und spucke, mir steigen Tränen in
die Augen. Als ich mich das zweite Mal übergebe, ist
Sean plötzlich da, aufgetaucht aus dem Nichts wie ein
guter Geist, er kniet hinter mir, und seine kühlen Hände
halten meine Stirn und streichen meine Haare zurück,
während ich würge und nach Luft ringe. Als ich den Kopf
wieder heben kann und nach dem Toilettenpapier greife, um mir den Mund abzuwischen, legt er die Arme um
mich und zieht mich an sich. Er wiegt mich hin und her,
das Kinn auf meiner Schulter, seine Hände reiben die
Gänsehaut von meinen zitternden Armen.

Ich weiß nicht genau, wie lange wir auf dem Boden
der Toilette zubringen, und ich weiß auch nicht, wie es
kommt, dass Sean genau zur richtigen Zeit am richtigen
Ort ist. Irgendwann lächeln wir uns an und stehen un-
gelenk auf, streichen uns die Kleider glatt und verlassen die enge Kabine. Ich spüle mir den Mund aus und
wasche mir das Gesicht, dann drücke ich Seans Hand,
schleiche aus der Herrentoilette und eile geduckt an
den Wänden entlang durch die hellen Räume der Galerie. Der Taxifahrer steht mit dem Rücken zu mir und
sieht mich nicht, er hält noch immer ein Sektglas in der
Hand und ist noch immer allein. Ich bleibe einen Moment stehen und versuche mich daran zu erinnern, wie

sein Gesicht ausgesehen hat, aber seine Züge bersten in meinen Gedanken in Einzelteile auseinander. Ich gehe in sicherer Entfernung an ihm vorbei. An der Bar sitzen Lea und Marie auf den hohen Hockern, rühren mit langen Strohhalmen in großen Gläsern und geben sich gerade einem hysterischen Lachanfall hin, der ihre Oberkörper zucken und ihre Köpfe auf den Schultern hin und her rollen lässt.

»Maja!«, kräht Marie, als sie mich sieht, »Maja, Lea hat phantastische Neuigkeiten! Stell dir vor«, und sie streckt ihren Kopf verschwörerisch in mein Gesicht und sagt etwas leiser: »Zu viel Sex schadet der Ameisenkönigin!«

Ihre Stimme geht in einem lauten Prusten unter. Ich bin mir sicher, dass es auf diese Äußerung keine passende Erwiderung gibt, und sage nichts, ich werde mich schnell verabschieden und sehen, dass ich Land gewinne. Ich will auf keinen Fall noch einmal dem Taxifahrer begegnen, und auch der Adler geistert noch irgendwo durch den Saal. Marie ignoriert meinen zugeknöpften Blick und pikst mit dem Zeigefinger in die Schulter von Lea, die traumversunken mit dem Strohhalm in ihrem purpurroten Cocktail stochert.

»Du!«, sagt Marie. »Erzähl's ihr!«

»Weißt du«, beginnt Lea, dreht sich auf dem Barhocker in meine Richtung und rückt ihre randlose Brille zurecht, die sie heute gar nicht trägt, »das ist so. Die Blattschneiderameisenkönigin hat nur einmal in ihrem Leben Sex, während des Hochzeitsfluges, mit mehreren Männchen, die hinterher alle vor Erschöpfung sterben. Sie bewahrt die Spermien über Jahre hinweg in ihrem Körper auf und befruchtet damit mehrere Millionen Eier. Sie hat dafür ein spezielles Speicherorgan.«

»Wie eine Handtasche«, sagt Marie und nickt eifrig. Mir wird wieder übel.

»Allerdings schwächen die gespeicherten Spermien ihr Immunsystem, und sie wird anfälliger für Krankheiten«, sagt Lea und schüttelt den Kopf. »Man weiß nicht, warum.«

Marie stößt einen spitzen Schrei aus. »Sie erzählt das genau wie Heinz Sielmann, findest du nicht? Diese Betroffenheit!«

Lea lächelt müde und schiebt ihren Strohhalm zwischen die Zähne. Marie stößt ihr den Ellbogen in die Seite. »Erzähl ihr das mit dem Gebiss«, verlangt sie, »das mit dem Haifischgebiss.« Zu mir sagt sie: »Es ist erstaunlich! Sie ist ein wandelndes Biologiebuch.« Ihre Pupillen flackern ein wenig.

»Haifische haben ein Revolvergebiss«, sagt Lea gehorsam. »Es ist biologisch gesehen sinnvoll für sie, immer ein vollständiges Gebiss zu haben, und beim Erlegen und Totschütteln der Beute reißen häufig Zähne heraus oder brechen ab. Wenn ein Zahn verloren geht, wird an der Stelle einfach ein neuer Zahn aus dem Zahnfleisch dahinter hochgeklappt. Sie haben immer schon eine Reihe von Zähnen in Reserve, die in unterschiedlichen Entwicklungsstadien bereitstehen. Wie in einer Revolvertrommel eben, so dass der verlorene Zahn sofort ersetzt werden kann.«

Marie hat begeistert zugehört. »Ist das nicht großartig?«, sagt sie zu mir. »Schnapp! Und schon ist ein neuer Zahn da.« Sie grabscht ihre Handtasche von der Theke, öffnet den Verschluss und lässt die Tasche vor meinem Gesicht zuschnappen. »Siehst du? Schnapp!« Sie beginnt zu lachen. »Siehst du? Schnapp!«

»Hab's verstanden«, sage ich und schiebe ihre Hand mit der Tasche zur Seite. »Ich werde jetzt gehen.«

Marie zieht die Brauen zusammen und sieht mich prüfend an. Von einer Sekunde auf die andere ist sie ganz ernst. Es gibt ein unterschwelliges Verstehen zwischen uns, das in jeder Situation funktioniert.

»Ich komme mit«, beschließt sie.

»Quatsch«, sage ich, »bleibt hier, macht euch 'nen schönen Abend. Schließlich sind die Cocktails umsonst.«

»Aber sie sind beschissen«, sagt Marie und ist schon von ihrem Hocker gerutscht. »Außerdem hat Lea beschlossen, den Barkeeper mit nach Hause zu nehmen, da bin ich ohnehin nur im Weg.«

Der Barkeeper hebt die Nase um zwei Zentimeter und sieht abfällig in unsere Richtung.

»Glotz nicht so, du Fotze«, sagt Marie zu ihm und zupft ihren Ärmel zurecht.

»Marie!«, ruft Lea empört, aber die grinst nur. Der Barkeeper hat sich wieder abgewandt.

»Immer dasselbe«, sagt Lea verärgert, und zu mir: »Willst du nicht noch etwas bleiben? Auf ein Glas? Die Cocktails sind nicht so wahnsinnig schlecht«, fügt sie höflich hinzu. Ich schüttle den Kopf.

»Ich hole unsere Mäntel«, sagt Marie und verschwindet.

»Warum willst du denn so plötzlich weg?«, fragt Lea, als wir allein sind. Ich schiele vorsichtig in Richtung des Gastgebers, aber er ist nicht in Sicht.

»Ich bin müde. Und dieses Zeug hat mir auch nicht gutgetan.«

Lea sieht mich prüfend an, genau wie Marie vorhin.

»Rührend, wie besorgt ihr um mich seid. Ich erzähl's dir ein andermal, okay?«

Sie nickt und legt die Arme um mich.

»Komm gut nach Hause«, sagt sie in mein Ohr.

»Werde ich«, antworte ich, »und du versuch bitte, nicht wieder vom Hocker zu fallen.«

»Mach ich. Rufst du mich an?«, fragt sie noch, ich nicke, dann ist Marie mit unseren Mänteln wieder da.

Ich werfe einen raschen Blick zurück zu dem, von dem ich hoffe, dass er nicht hersieht. Er steht mit dem Rücken zu mir. Aber als ich noch einmal zu Lea hinüberwinke, die von ihrem Chromhocker aus zurückwinkt, trifft mich sein Blick über die Köpfe der Leute hinweg in dem angekippten Spiegel über der Bar. Ich winke noch einmal, nur ganz kurz, und ich weiß nicht, ob das ein Abschied sein soll oder eine Antwort.

Ich drehe mich um und zerre an der schweren Glastür. Ich pralle mit einem großen dunklen Mann im Tweed-Anzug zusammen, den ein kalter Windstoß von draußen hereinweht. Marie lacht laut auf, der Mann und ich entschuldigen uns beieinander, dann bin ich draußen in der Nacht. Ich drehe mich nach Marie um, die hinter mir durch die Tür schlüpft und mich anstrahlt. Ich schüttle verwirrt den Kopf, ich könnte schwören, dass sie ihn in den Hintern gekniffen hat. Hinter uns schließt sich die Tür mit einem saugenden Geräusch.

Marie schafft es, ein Taxi anzuhalten, während ich am Straßenrand stehe und den Wind genieße, der meine glühenden Schläfen kühlt. Dann sitzen wir auf der durchgesessenen Rückbank, aus den Polstern steigt ein muffiger Geruch auf, und schwarze Nacht und helle Lichter ziehen hinter den Fenstern vorbei. Auf einmal ist es, als wären wir aus dem ersten Taxi des Abends nie ausgestiegen, denn Marie nimmt das vorangegangene Gespräch wieder auf.

»Sean sah gut aus heute Abend, findest du nicht?«

Vielleicht sitzen wir ja im selben Taxi wie vorhin, denke ich, und nur der Fahrer ist ein anderer. Dann brauche ich mich nicht zu wundern, dass Marie wieder damit anfängt. Dann lag das Thema ja noch hier herum, zwischen den miefigen Sitzen. Oder vielleicht finden wir ja auch gar nicht das vorherige Gespräch wieder, sondern es findet uns. Mein Kopf tut weh.

»Doch«, sage ich, »schon.«

»Hat er eigentlich jemanden, ich meine, im Augenblick?«

»Nicht dass ich wüsste.«

»Also nicht«, sagt Marie, und als ich nicht reagiere, fügt sie hinzu: »Wenn er jemanden hätte, dann hätte er es dir ja erzählt.«

»Ach, Mensch«, sage ich, »ich dachte, wir wären mit dem Thema durch.«

»Ha!«, macht Marie. »Wir waren mit dem Thema ganz und gar nicht durch. Wir sind unterbrochen worden, weil wir vor der blöden Galerie angekommen waren und aussteigen mussten, wenn du dich bitte erinnern würdest. Aber im Ernst, warum erzählst du nie was von ihm? Warum bringst du ihn nie mit, wenn wir was zusammen machen? Warum versteckst du ihn vor mir? Ist er dir peinlich? Oder bin ich dir am Ende peinlich?«

Ich muss lachen. »Also hör mal. Keines von beidem. Weißt du, Sean macht das genauso. Ich kenne seine Freunde auch nicht, und er redet mit ihnen auch nicht über mich. Hat er gesagt, als wir uns mal darüber unterhalten haben. Es ist nicht so, dass wir das abgesprochen hätten, es kam einfach so.«

»Klingt exklusiv«, sagt Marie.

»Wahrscheinlich teilen wir uns einfach nicht gern«, sage ich, »so ganz genau weiß ich es aber auch nicht.«

»Hm«, macht Marie, ein Laut, der ihr in diesem Moment eigenartig gut steht. Er passt zu ihren Haaren und den roten Lippen. Wir schweigen für eine Weile, hinter den Fenstern jagt die Nacht vorbei.

»Komisch, wie ernst das klingt«, sagt Marie dann.

»Ja«, sage ich, »eigentlich ist es das auch.«

»Du magst ihn wirklich sehr, oder?«

Ich zucke mit den Achseln. »Es ist schön, mit ihm zusammen zu sein. So entspannt. Es macht mir nichts aus, neben ihm vor dem Fernseher einzuschlafen und dabei zu schnarchen oder ihm im Schlaf auf die Schulter zu sabbern.« Ich kann sogar vor ihm kotzen, denke ich, aber das sage ich nicht.

»Intim, aber ungefährlich, was?«, sagt Marie und legt die Stirn in Falten.

»In erster Linie unkompliziert«, sage ich. »Du weißt doch, wie das sonst mit Männern ist. Du kannst darauf wetten, dass du am Tag der Verabredung einen Pickel bekommst, du traktierst dieselbe Locke zum hundertsten Mal mit der Haarbürste, obwohl du weißt, dass sie sowieso nicht richtig liegen wird. Du kannst dir nichts Schlimmeres vorstellen, als vom Sekt in der Theaterpause rülpsen zu müssen.«

Marie nickt wissend. »Ich musste mal niesen und habe dabei einem Typen meinen Kaugummi aufs Revers gespuckt.«

»Igitt. Jedenfalls –«

»Er ist abgeprallt und in seine Brusttasche gekullert! Ich habe triumphierend die Arme hochgerissen und sie dann schnell wieder fallen lassen.«

»Glaube ich dir nicht. Jedenfalls –«

»Er war riesig und rot. Ein Hubba Bubba.«

»Meinetwegen. Und wie ist das ausgegangen?«

»Ach, er hat es überhaupt nicht bemerkt, weil er gerade einer falschen Blondine auf den knochigen Arsch gestiert hat. Aber ich habe mich zum Abschied ganz fest an ihn geschmiegt, um das Ding in seiner Jacketttasche noch ein bisschen breit zu schmieren.«

»Na ja«, sage ich schmunzelnd und bin froh, dass die Geschichte zu Ende ist, »jedenfalls ist das mit Sean alles anders.«

Marie schweigt für einen Moment, dann sagt sie lächelnd: »Irgendwie klingt das ja doch wie die ganz große Liebesgeschichte.«

Ich lache leise. »Es ist die perfekte Liebesgeschichte«, sage ich.

»Du weißt aber schon, dass er schwul ist.«

»Du bist eine dumme Kuh«, entgegne ich und versuche, eine Augenbraue hochzuziehen. Leider gelingt es nicht.

»Und was ist nun mit dem Taxifahrer?«, fragt Marie nach einer Weile.

»Gar nichts ist mit dem«, sage ich, »der hat ja nicht mal ein Gesicht.«

Das Taxi hält vor meiner Haustür. »Willst du bei mir schlafen?«, frage ich.

»Ich muss eigentlich früh raus«, sagt Marie, »treffe mich morgen mit meinen Badezimmerleuten. Willst du lieber nicht allein sein?«

Ich schüttle den Kopf. »War nur ein Angebot.«

»Geht's dir denn gut?«, fragt sie, »ich meine, wegen dem Zeug und so?«

»Ja, sicher. Was uns nicht umbringt, macht uns nur härter.«

Sie überlegt einen Moment.

»Hast du noch was von diesem geilen brasilianischen Kaffee?«, fragt sie, ich nicke.

»Wir steigen beide hier aus«, sagt sie nach vorne zum Fahrer.

Ich lache und suche in meiner Handtasche nach der Geldbörse, aber Marie winkt ab.

»Lass mal«, sagt sie.

»Aber du hast schon die Hinfahrt bezahlt«, protestiere ich.

»Du zahlst bei der nächsten Vernissage, zu der wir gehen. Oder bei der Finissage, wenn er uns noch mal einlädt.«

»Das sehe ich noch nicht«, murmle ich.

Wir stapfen zusammen die Stufen hinauf. Hinter meinen Schläfen hämmert es leise, und meine Füße tun weh. Ich schließe die Wohnung auf und schlüpfe aus den Schuhen, Marie ächzt und lässt sich in voller Montur aufs Sofa fallen. Ich suche im Badezimmer nach ihrer Gästezahnbürste.

Wir liegen schon im Bett, als Marie sich neben mir auf die Seite dreht und sagt: »Kann ich dich noch was zu Sean fragen? Nur eins noch.«

Ich gähne und lehne mich in die Kissen zurück.

»Schieß los«, sage ich.

»Mir ist nur was aufgefallen. Er hat genau die gleichen Augen wie – na ja, du weißt schon, wie er. Stimmt das?«

Leider hat sie Recht, die Augen sind wirklich verräterisch. Allerdings hat Sean nicht genau die gleichen Augen, sie sind ein bisschen anders. So wie das Meer an verschiedenen Tagen anders aussieht. Aber natürlich erinnert Sean mich an ihn, auf eine eigenartige, verdrehte Weise.

»Ja«, sage ich.

»Er war schon der Eine für dich, oder?«, fragt sie leise.

Ich bin zu müde, um mich zu wehren.

»Denke schon.«

Ich weiß nicht, ob ihre Stimme immer leiser wird oder ob ich sie einfach nur kaum noch hören kann.

»Ich glaube, es ist noch etwas zu früh, um ein Bild von ihm aufzuhängen«, sagt Marie.

»Ich vergesse ihn sonst«, murmle ich.

Ich spüre für einen Moment ihre Lippen auf meiner Stirn. »Schlaf gut«, sagt sie, »wir reden noch mal, ja?«

»Sicher«, sage ich, »schlaf gut.« Aber vielleicht sage ich es auch schon gar nicht mehr.

Irgendwann in der Nacht wache ich auf, es ist noch dunkel draußen. Fahles Mondlicht fällt durch die schrägen Dachfenster ins Zimmer. Marie sitzt aufrecht neben mir, steif wie eine Schaufensterpuppe, und sieht mich aus glasigen Augen an. Was ist los, frage ich leise. Mir läuft ein Schauer den Rücken hinunter. Sie antwortet nicht und rührt sich nicht. Ich frage noch einmal und hebe den Kopf aus dem Kissen, aber sie bleibt nur stumm sitzen und sieht mich an, ihre Augen wie zwei Glasmurmeln, die im Mondlicht schimmern. Als ich mit wachsender Unruhe ihren Namen sage, legt sie sich hin und dreht sich auf die Seite. Ich merke erst jetzt, dass ich die Luft angehalten habe, ich richte mich auf und beuge mich über sie. Ihre Augen sind fest geschlossen, und ihr Atem geht tief und regelmäßig. Ich lasse mich vorsichtig zurück auf meine Seite des Betts sinken. Draußen schleicht die Nacht um die Häuser.

Dann ist da eine große Einsamkeit, ganz unwirklich und unendlich weit von allem entfernt. Ich habe mich verirrt, ich bin in einem Garten, einem Irrgarten aus unzähligen immergrünen Hecken, einem riesigen Labyrinth aus endlosen Gängen, gekrümmt und verschlungen wie die Linien in einem gewaltigen Fingerabdruck. Überall sind kleine Lichtungen, blühende Beete und steinerne Sonnenuhren, ich glaube, in der Ferne winden sich schmale Kieswege grüne Hügel hinauf. Der Himmel ist voller grauer Lichter, und es regnet, ganz leicht und kühl. Es ist, als läge alles im Sterben, aber traurig ist es nicht. Ich sehe mich zufrieden um in dem Grau und dem Grün, ich bin müde, so als wäre ich lange umhergegangen und müsste mich ausruhen. Es gefällt mir in dem verwunschenen Garten. Und dann ist er da. Er hat noch den gleichen dunklen Anzug vom Abend in der Galerie an, und auch sein Lächeln ist noch das gleiche. Mehr ist gar nicht. Er ist da, und ich bin da, und er sagt etwas, und ich sage etwas, und um uns herum flüstert mit tausend leisen Stimmen der Regen auf den Blättern. Er legt die Arme um mich und beugt sich zu mir hinunter, und dann flimmert es plötzlich vor mir wie die Luft an einem heißen Tag, und hinter dem Flimmern hat er erst ein Gesicht, und dann zwei, und dann gar keins.

Der Wecker klingelt, weil ich vergessen habe, ihn abzuschalten, das schwache Morgenlicht ist ganz stumpf unter der dünnen Schicht Schnee, die während der Nacht auf die Fenster gefallen ist. Neben mir regt sich Marie unter der Decke und brummt etwas Unverständliches. Schnapp, sage ich leise und lege die Hand über die Augen, schnapp. Ich weiß nicht mehr genau, was ich dann sage. Ich sage eigentlich auch nichts, die meiste Zeit über schreie ich. Das Echo meiner Stimme hallt von den Wänden wider. Da ist dieses Bild in meinem Kopf, und ich schreie dagegen an. Dass es schnapp macht, schreie ich, aber dass dann kein neuer Zahn kommt, sondern ein neues Gesicht. Ich brülle Marie mit ihrer dämlichen Handtasche an, aber eigentlich meine ich gar nicht sie, sondern das Bild in mir. Dass der verdammte Eine kein Gesicht hat, schreie ich, dass er der Gesichtslose ist. Dass wir ihm neue Gesichter geben, die wir hochklappen aus dem Revolvergedächtnis, aus dem Revolverherzen. Dass es schnapp macht und der Eine ein anderer ist. Ich höre erst auf zu schreien, als ich keine Luft mehr bekomme. Durch die plötzliche Stille wird mir bewusst, dass Marie beruhigend auf mich einredet. Als das Zimmer aufgehört hat, sich um mich zu drehen, erzähle ich ihr von dem Traum, es ist nicht einfach, weil er so merkwürdig war und so fragil. Aber als ich fertig bin, verstehe ich etwas besser, ich habe es wegerzählt, und zugleich ist es tiefer in mich hineingerutscht. Ich war darauf nicht vorbereitet, verstehst du das, sage ich, er war schon die ganze Zeit über immer so weit weg. Und jetzt ist es, als wäre er ganz weg. Gestern war er seit achtzehn Monaten tot. Ich schüttle den Kopf und starre gegen die Unterseite der Schneedecke auf dem Fensterglas. Es ist, als läge man in einem weißen Grab. Es fühlt sich falsch an, sage ich, und Marie sagt, ich weiß. Aber ich glaube ihr nicht, dass sie es weiß.

Die Sonne ist aufgegangen, und es ist hell im Zimmer. Die dünne Schneeschicht auf den Fenstern ist fort, hinter den Scheiben leuchtet der Januarhimmel in einem geradezu unwirklichen Blau. So klar war die Luft schon lange nicht mehr. Es ist noch immer viel zu früh, aber wir haben die Nacht abgeschrieben und sitzen mit großen Bechern brasilianischem Kaffee und in den Rücken gestopften Kissen im Bett.

»Sorry«, sage ich noch einmal, »ich weiß nicht, was da los war. Ich war irgendwie gar nicht richtig wach.«

Marie gähnt laut. »Ich auch nicht. Ich habe eigentlich auch nur so getan, als würde ich dir zuhören.«

Ich stoße ihr den Ellbogen in die Seite, so dass ihr Kaffee überschwappt. Sie fängt an zu lachen.

Ich seufze und sage: »Aufwachen ist schon was Tolles. Stell dir mal vor, du wachst eines Tages nicht mehr auf. Vielleicht gibt es ja eine Art Kontingent für das Aufwachen, und irgendwann ist es aufgebraucht. Und du schläfst einfach immer weiter, bis du stirbst. Und wenn du Pech hast, hast du dabei Alpträume.«

Marie sieht mich von der Seite an.

»Du hast irgendwie 'nen Dachschaden. Vielleicht solltest du das mal untersuchen lassen.«

Ich sehe wieder die kleinen Bisswunden an ihrem Handgelenk, als sie sich eine von meinen Zigaretten anzündet. Marie liebt es, im Bett zu rauchen, genau wie ich. Es ist so wunderbar dekadent. Marie trinkt den letzten Schluck aus ihrer Tasse und schnippt die Asche hinein.

»Pottsau«, sage ich.

Sie gähnt und strampelt die Decke zur Seite.

»Ich muss so langsam mal los«, sagt sie und schwingt schon die Beine aus dem Bett, »die Kundschaft wartet. Außerdem will ich zuerst ins Bad, du brauchst immer viel zu lange. Und dabei nützt es nicht einmal besonders viel.«

Sie geht aus dem Zimmer, ich sehe ihr kopfschüttelnd nach. Keine Ahnung, was ich ohne Marie machen würde. Und was ich gemacht hätte, wenn sie nicht damals in die Nachbarschaft gezogen wäre, als wir beide ahnungslos und um die dreizehn waren. Marie kommt eigentlich aus einem winzigen Dorf, dessen Namen ich mir bis heute nicht merken kann, dann zogen ihre Eltern mit ihr in die mittelgroße Stadt, in der ich damals lebte. Von da an blieben wir zusammen. Ihre Eltern zogen später zurück in das Heimatdorf, und der abtrünnigen Tochter sträuben sich bis heute die Haare, wenn sie sie dort besuchen muss. Marie war schuld daran, dass ich anfing, Mode zu machen, es waren die Jahre, in denen wir uns für unbesiegbar hielten. Wir gingen einmal auf eine Party, das war schon ein paar Jahre später, und ich trug ein Kleid, das ich in tagelanger Handarbeit aus einer Tischdecke genäht hatte. Wir rauchten damals selbstgedrehte Zigaretten, schnitten uns gegenseitig die Haare, hatten kein Geld für anständige Klamotten und hielten uns für unabhängig, nonkonformistisch und vor allem für »grunge«, was damals der letzte Schrei war. Wir wachten verkatert auf, als Kurt Cobain sich eine Schrotflinte in den Mund steckte und sein Gehirn großflächig über die Wand verteilte. An diesem Tag suchten sich alle neue Ideale, stellten fest, dass sie keine fanden, und hielten sich fortan für eine sitzengelassene Generation. Ich ging auf eine Party und trug ein Kleid aus einer Tischdecke, was man natürlich nicht sehen konnte, denn es handelte sich um eine ausgesprochen teure Tischdecke aus einem schwerem Brokat, die ich unter großen Mühen dem kriegserfahrenen Geiz meiner Großmutter abgerungen hatte. Das Kleid war raffiniert und kurz und sexy, ich hatte die champagnerfarbene Borte mit den langen weichen Fransen quer über meinen Busen genäht, so dass jede Bewegung ein flimmerndes Lichtspiel ergab. Marie fand es toll, und als ich ihr im Vertrauen erzählte, dass ich es aus einer Tischdecke gemacht hatte, war sie begeistert. Sie sagte damals einen einzigen Satz, der mich dazu brachte, es mit einer Schneiderlehre zu versuchen. »Es ist phantastisch, Kleider zu machen«, hatte sie gesagt, »du ziehst Leute an.« Nach der Schule wartete Berlin. Es war uns immer klar, dass wir an keinen anderen Ort gehörten.

Ich seufze und wickle mich in der Bettdecke ein. Unter dem Strich war es doch eine wunderlich schöne Zeit damals. Im Badezimmer geht die Dusche an. Eine wunderlich schöne Zeit, das erinnert mich an irgendetwas. Wer hat denn neulich etwas über eine wunderlich schöne Zeit gesagt, überlege ich, und stelle fest, dass ich etwas vergessen habe, das mir nur zögerlich wieder einfallen will. Es liegt glatt und schlüpfrig hinter meiner Stirn und entzieht sich meinem festen Griff. Ich starre konzentriert an die Decke, und dann weiß ich, wer es war. Die wunderlich schöne Helena, neulich am Telefon.

»Wir haben wirklich eine wunderlich schöne Zeit gehabt, du hättest mitfahren sollen. Du wärst begeistert gewesen von diesem Land. Und ein bisschen Sonne hätte dir auch gutgetan. Ich weiß ja, dass du wacker an diesem gefrorenen Betonloch festhältst, aber fünf Monate lang nicht einmal die Sonne sehen ist zu viel für mich.«

Helena, die wir halb aus Ehrfurcht und halb aus Furcht unsere Freundin nannten. Die wir Helena nannten, weil man Kriege um sie führen könnte. Einen Meter achtzig groß, zwei Drittel davon Beine, eine Figur wie ein Bademodenmodel und das Gesicht einer russischen Porzellanpuppe. Soziologin, Drehbuchautorin, erfolgreich, kühl, berechnend und eine Schlampe im vornehmsten Sinne – wir hatten Ehrfurcht und Furcht vor ihr, weil sie beides verdiente. Ihr letzter Coup war die Ehe mit Horst, kahlköpfig, scharfzüngig, Delikatessenhändler und reicher als die Königin von England. Zusammen waren sie die Definition von Jetset, sie waren überall dabei und immer in der vordersten Reihe. Marie und ich mieden die Partys, die sie in regelmäßigen Abständen in ihrem turnhallengroßen Loft gaben, weil es dort zum guten Ton gehörte, das Kokain mit dem Schaufelradbagger in die Nase zu schieben und es immer damit endete, dass niemand mehr stehen konnte, niemand mehr bekleidet war und jeder über jeden herfiel. Helena sprach von Pansexualität und fand es gesund. Außerdem arbeiten wir hart, sagte sie.

Marie und ich gehörten zum engeren Zirkel ihrer Bekannten und standen regelmäßig auf der Gästeliste dieser Zusammenkünfte. Wir mühten uns jedes Mal aufs Neue, plausible Ausreden für unser Nichterscheinen zu präsentieren, die Helena mühelos durchschaute und anstandslos akzeptierte. Trotzdem lud sie uns immer wieder zu sich ein. Ihr Geschmack war exzellent, was sich nicht zuletzt darin äußerte, dass sie unsere Arbeiten mochte und eine Menge für uns tat. Sie trug meine Kleider, und Marie hatte ihr Loft eingerichtet, sie verschaffte uns gute Aufträge und wertvolle Kontakte. Vielleicht hätten wir sie weniger halbherzig als unsere Freundin bezeichnen sollen, aber wir konnten es nicht ändern, dass wir Angst vor ihr hatten – wir waren sicher, sie würde über Leichen gehen, wenn es erforderlich wäre. Unsere Leichen eingeschlossen. Sie hatte uns beide, Marie und mich, eingeladen, mit ihr und ihrem Mann für sechs Wochen nach Rio de Janeiro zu fliegen. Leider hatten wir beide viel zu viel zu tun gehabt. Ich arbeitete emsig an einer neuen Kollektion, und Marie richtete prominente Badezimmer ein.

»Jedenfalls verlange ich ganz ernsthaft von dir, dass du

zu unserer kleinen Wiedersehensparty kommst. Keine große Sache. Ein paar enge Freunde, ein paar Cocktails« – ich wusste genau, was das bedeutete –, »und wir zeigen unsere Urlaubsdias.« Das war nun wieder vollkommen neu.

»Urlaubsdias?«, fragte ich entgeistert.

»Ganz recht«, erwiderte Helena amüsiert, »Urlaubsdias. Kleiner Retro-Gag.«

»Stilecht«, gab ich verblüfft zu.

»Also du kommst?«

Ich kam nicht über das Bild in meinem Kopf hinweg. Helena mit den faszinierend weit auseinanderstehenden Augen in einem atemberaubend kurzen Kleid und elf Zentimeter Stilettos, die neben einem Diaprojektor stand und einen erläuternden Kommentar zu einem Bild vom braungebrannten Horst abgab, der in einem Liegestuhl am Strand lag und in die Kamera winkte. Ich stammelte erfolglos gegen die verzweifelte Leere meiner Gedanken an und sagte schließlich zu.

Ich stöhne unter der Erinnerung laut auf, Helenas Partys brachten Unglück. Auf einer ihrer Partys hatten Marie und ich unseren ersten großen Streit. Helena war noch nicht verheiratet und hatte noch kein Loft, Marie war noch keine Innenarchitektin, und ich hatte komischerweise wieder das kurze sexy Kleid an, von dem niemand wusste, dass es einmal eine Tischdecke war. Ich weiß nicht mehr, worüber Marie und ich an dem Abend gestritten haben, aber es muss ernst gewesen sein. Auf dem Höhepunkt der Auseinandersetzung trat Marie drei Schritte von mir zurück, zeigte mit dem Finger auf mich und brüllte: Das ist eine Tischdecke! Alle lachten, und ich verließ fluchtartig die Party, nur Helena sah mit einem Bedauern hinter mir her, das beinahe mütterlich war.

Im Flur kommt mir Marie entgegen, fertig angezogen und auf dem Sprung.

»Hilf mir«, sage ich, »mir ist gerade eingefallen, dass ich zu einem Diaabend bei Helena muss.«

Eine laute Lachsalve ist die Antwort.

»Tja, Liebes. Ich wünsche dir einen fabelhaften Abend.«

»Du kommst mit«, sage ich, »mitgegangen, mitgefangen.«

»Das ist leider vollkommen unmöglich, weil ich überhaupt nicht in der Stadt bin. Wenn du mich suchst, ich bin seit gestern auf der Designomanie-Messe in Düsseldorf.«

Ich lasse mich auf die Ecke des Schuhschranks sinken.

»Verdammt! Warum ist mir das nicht eingefallen? Designomanie! Da hätte ich doch auch gut hingehen können.«

Marie zieht ihre Schuhe an und greift nach ihrer Handtasche.

»Hat sie dir erzählt, dass sie ihre Urlaubsdias zeigen will?«, frage ich. »Damit hat sie mich total überfahren. Ich war so perplex, dass mir nichts eingefallen ist, und da habe ich zugesagt. Ich glaube, es ist übermorgen.«

»Schmier Melkfett auf Deine Nasenscheidewand und setz dein Diaphragma ein«, sagt Marie, küsst mich auf die Wange und verschwindet durch die Tür.

Mein Kopf tut weh, und ich habe Ringe unter den Augen, aber draußen hinter den Fenstern ist der Himmel noch immer strahlend blau. Ich drehe die Heizung in der Küche an, mahle sechs Löffel von den dunklen Bohnen und setze noch einmal Kaffee auf. Während er durchläuft, wage ich mich im Bademantel aus der Wohnung, um nach der Post zu sehen. Ich finde ein wattiertes, elfenbeinfarbenes Couvert und einen ziemlich ramponierten Umschlag mit einer fremden Briefmarke im Kasten, die Handschrift kommt mir bekannt vor. Eine ungewöhnliche Ausbeute, sehr ungewöhnlich. Zurück in der Küche reiße ich das luxuriöse Couvert auf und versuche, eine Augenbraue hochzuziehen. Jemand schätzt meinen Sachverstand, meine Kompetenz und meine Integrität, was in der Klamottenbranche mehr als erstaunlich ist. Ich werde eingeladen, Jurorin bei einem Schönheitswettbewerb zu sein, und zwar nicht bei irgendeinem. Die Spatzen pfeifen schon seit Wochen von den Dächern, dass etwas Großes im Busch ist, und jeder redet, obwohl niemand etwas weiß. Es ist das bestgehütete Branchengeheimnis der Saison, es klingt nach einem Knüller. Nach einem Skandal, und den hatten wir lange nicht. Und ich bin dabei und soll in der Jury sitzen, und es gibt sogar noch ein Honorar dafür. Ich lasse den Brief sinken und bin mir ziemlich sicher, dass ich dieses kaum zu fassende Glück Helena zu verdanken habe, die wieder einmal meinen Namen irgendwo in der Schickeria geparkt hat. Ich pfeife durch die Zähne, die Sache ist nicht übel. Während ich Ordnung in der Wohnung schaffe, das Geschirr abwasche und die Waschmaschine anwerfe, klingelt das Telefon, es ist Sean.

»Hallo, Geliebter«, stöhne ich mit schwül verrauchter Stimme, ich bin gut aufgelegt. Er lacht mich aus.

»Bist du gestern gut nach Hause gekommen?«, fragt er. »Du warst ja auf einmal weg.«

Er klingt ein bisschen übernächtigt, aber eigentlich kann seine Nacht nicht schlimmer gewesen sein als meine.

»Ja, tut mir leid«, sage ich, »war alles ein wenig überstürzt. Ist noch alles gut über die Bühne gegangen?«

»Wunderbar. Ein voller Erfolg. Und der Maler steht auf dich.«

»Interessiert mich nicht.«

»Im Ernst! Er hat nach dir gefragt!«

»Lass ihn fragen.«

»Du undankbares Ding. Er ist ein Goldstück!«

»Kannst ihn haben.«

»Gott, wär das schön. Aber sag mal, ich habe gestern gehört, dass du Jurorin bei diesem Beauty Contest bist, stimmt das?«

Ich lege missmutig die Stirn in Falten, an der Schulter meines Lieblingspullovers ist eine Naht gerissen. Ich lege den Telefonhörer an das andere Ohr und schlüpfe aus dem Ärmel.

»Erstaunlich, dass du das weißt. Ich weiß es selber erst seit zehn Minuten.«

»Die Show ist doch schon in ein paar Tagen. Komisch, dass das so spät kommt.«

»Wahrscheinlich, weil alles so streng geheim ist. Oder Helena hat in letzter Minute noch jemanden umbringen lassen, damit der Platz für mich frei wird.«

Ich versuche, den Pullover am Telefonhörer vorbei

über den Kopf zu ziehen, aber es scheitert daran, dass er an meinem Ohrring hängen bleibt.

»Gut möglich. Na ja, herzlichen Glückwunsch jedenfalls! Ich werde auch da sein.«

»Ist nicht wahr! Zum Gesichtermachen?«

»Jawohl. Super Auftrag, spitze bezahlt.«

»Wir sind eben die Elite.«

»Ganz genau. Du, ich muss los. Wollen wir heute Abend was trinken? Feiern?«

»Unbedingt. Um neun im *Fjodor*?«

»Gebongt.«

»Bis dann.«

Aus dem Badezimmer sickert, von mir unbemerkt, nach Waschpulver duftendes Wasser in den Flur.

Das *Fjodor* ist neu in der Stadt, und man geht wegen des Pianisten oder wegen des Moosbeerenwodkas hin. Sean mag es wegen des Pianisten. Wir hatten schon vor Wochen zusammen hingehen wollen, aber dann war mir etwas dazwischengekommen. »Ist es in, on the move, retro, old-school, hip oder bad taste?«, hatte ich am Telefon wissen wollen. »Es ist schön«, hatte Sean gesagt, und ich hatte das Achselzucken durch die Leitung hören können.

Als ich um viertel nach neun in einem anthrazitfarbenen Kaschmir-Twinset hereingehumpelt komme, sitzt Sean hinter einem Rotweinglas an einem Ecktisch. Mein Fuß ist so geschwollen, dass er kaum in den Schuh passt. Sean dreht sich zu mir um, und es sieht aus, als ob der ganze Raum sich mit ihm dreht. Dann bemerkt er meinen unsicheren Gang, er springt auf, eilt auf mich zu und greift nach meinen Händen. Was mit mir passiert ist, fragt er besorgt. Ich winke ab.

»Frag nicht. Oder frag, aber erst, wenn ich mich hingesetzt habe.«

Er hilft mir aus dem Mantel und rückt mir galant den Stuhl zurecht. Ich sehe mich um, die Wände sind mit dunklem Holz vertäfelt, das Licht ist rötlich und gedämpft. Es riecht nach Kerzenwachs und Samowar, am Ende des Raumes steht ein Klavier, auf dem ein junger Russe mit weißen Händen leise spielt. Ich strecke meinen schmerzenden Fuß von mir.

»Hübsch hier«, sage ich und drehe den kleinen Aschenbecher aus blauem Glas zwischen den Fingern, der auf dem Tisch steht und den ich mir gut in meinem Wohnzimmer vorstellen kann. Ich zeige ihn Sean. »Stiehlst du den für mich?«

»Nein«, sagt er empört, »warum stiehlst du ihn nicht selbst?«

»Weil ich so was nicht tue.«

»Aber ich soll.«

»Ja! Wer denn sonst?«

Wir müssen das Gespräch unterbrechen, weil der Kellner in schwarzem Oberhemd und weißer Fliege kommt, ich bitte um die Weinkarte. Sean stützt das Kinn in die Handfläche, hat schönere Wimpern als ich und sagt: »Nun erzähl mal, Humpelbein.«

»Ach«, sage ich und stelle den Aschenbecher achtlos vor mich auf den Tisch. »Gleich nach unserem Telefonat ist meine Waschmaschine ausgelaufen.«

Dass mir das schon zum zweiten Mal passiert ist, muss er nicht wissen. Ich hatte schlicht vergessen, dass die verdammte Maschine kaputt ist und sie angeschaltet, als ob nichts gewesen wäre.

»Ich hab's zu spät bemerkt, ein Dutzend sauberer Handtücher geopfert und eine halbe Stunde lang fluchend die Seifenlauge aus meinem wunderbaren weißen Schurwollteppich gerieben.«

Dass ich genau das Gleiche schon einmal gemacht hatte, war das Ärgerlichste daran. Zumindest lernte ich dieses Mal aus dem Vorfall und rief einen Mechaniker an.

»Der Reparaturdienst hat mir einen Termin für Mitte nächster Woche versprochen. Dann brauchte ich erst mal Luftveränderung. Ich habe meine Lieblingspradas angezogen und bin die Straße runtergelaufen, als mir eingefallen ist, dass ich kaum noch Geld in der Tasche habe. Also bin ich zum Automaten, der nach drei Versuchen mit drei verschiedenen Zahlenkombinationen meine Karte einbehalten hat.«

»Wie, hattest du die Geheimzahl vergessen?«

Ich verziehe das Gesicht und nicke.

»Und wieso hast du es nicht einfach später noch mal versucht? Die fällt einem doch wieder ein, ist mir auch schon mal passiert. Und man weiß doch, dass nach drei Versuchen die Karte weg ist.«

»Schon. Ich war wohl einfach zu stur«, seufze ich und nippe an seinem Wein.

»Oder zu zielstrebig und zu ausdauernd«, lächelt Sean und stützt das Kinn in die Handfläche. Der Kellner kommt zurück, ich habe gar nicht in die Karte geguckt und bestelle den Wein, den Sean trinkt.

»Sehr charmant«, sage ich. Sean glaubt, dass ich den

Kellner gemeint habe, und sieht ihm interessiert hinterher. »Ich stehe also am Automaten und überlege, was jetzt weiter, da sehe ich aus dem Augenwinkel, wie sich etwas von hinten nähert, und im nächsten Moment reißt mir jemand die Handtasche von der Schulter und rennt damit die Straße runter.«

»Nein!«

»Doch! Am helllichten Tag und auf offener Straße! Man kommt sich vor wie in der Bronx. Jedenfalls fange ich an zu schreien und renne hinterher, da bricht der Absatz meines linken Prada ab, und ich sacke lamentierend zusammen. Auf dem kalten Kopfsteinpflaster.«

Er schüttelt den Kopf und greift nach meiner Hand. »Armes Ding.«

»Nnjaa«, mauze ich. »Die Tasche war von Chanel und der Schuh mein besonderer Liebling. Ich bin nach Hause gehumpelt und habe ihn ganz zärtlich in den Schrank gelegt, auf ein schönes weiches Handtuch, und habe extra Platz gemacht, damit er atmen kann. Der Absatz ist in den Gulli gerollt. Glaubst du, der wächst nach?«

»Ganz bestimmt. Warst du mit dem Knöchel beim Arzt?«

»Nee, ist nicht so schlimm. Ich will in erster Linie die Tasche zurück und den Schuh repariert haben. Ich habe Anzeige gegen Unbekannt erstattet. Die Bank sagt, es dauert eine Woche, bis ich eine neue Karte bekomme.«

»Heißt das, dass ich heute bezahle?«

»Genau das heißt es. Sehr zum Wohl.«

Wie auf Stichwort bringt der Kellner meinen Wein, ich packe meine Zigaretten aus und stoße mein Glas sanft gegen seines.

»Auf das Ende der Pechsträhne«, sagt er.

»Warum muss so was auch immer mir passieren«, quengle ich, weil mir ein bisschen Mitleid ganz gut tut. »Immer bin ich diejenige, die in den Kaugummi fasst.«

»Die was?« Er sieht mich fragend an, seine grauen Augen sehen heute dunkel aus.

»Ich war neulich einkaufen. Ich stecke meine Pfandmünze in diesen Schlitz vom Einkaufswagen und will ihn aus der Reihe zerren, da fasse ich in einen Kaugummi, den irgendein Spaßvogel an den Griff geklebt hat.«

»Iiih, widerlich.«

»Du sagst es«, sage ich und wühle in der Handtasche nach meinem Feuerzeug. »Das Ding war ganz feucht, klebrig und sogar noch warm, es war also –«

»Ah! Hör auf, bitte«, sagt Sean, »ekelhaft. Wer weiß, wer das Ding schon im Mund hatte!«

Ich muss grinsen und versuche eine Augenbraue hochzuziehen, und obwohl es nicht gelingt, sagt Sean: »Ach, werd erwachsen.«

»Jedenfalls weißt du, was ich meine. Ausgerechnet ich muss in diesen scheiß Kaugummi fassen und mich fast zu Tode ekeln –«

»Du nimmst das Schicksal sehr persönlich, oder?«, unterbricht mich Sean.

»Danke«, sage ich zu dem Kellner, der mit freundlichem Lächeln ein Streichholzbriefchen auf unseren Tisch legt. Wirklich sehr aufmerksam. Nett hier. Zu Sean sage ich: »Was?«

»Du nimmst das zu persönlich, habe ich gesagt. Jeder denkt, dass es immer ausgerechnet ihm passiert.«

Ich zünde meine Zigarette an, das Streichholz flammt

mit einer Schwefelwolke auf, hinter der ich Sean kaum noch erkennen kann.

»Na ja, aber es hätte doch auch nicht mir passieren müssen. Wenn ich eine Minute später gekommen wäre, hätte irgendjemand anderes in den Kaugummi gegriffen.«

»Genau das meine ich doch. Irgendjemandem wäre es passiert, und dann eben ausgerechnet ihm. Alles passiert irgendwem und nicht ausgerechnet dir. Das arme Schicksal wäre ja auch ganz schön beschäftigt, wenn es sich für jeden einzelnen Menschen was ausdenken müsste.«

»Hm«, mache ich. Es irritiert mich, dass ich dem Gedanken keine zufriedenstellende Lösung abgewinnen kann. »Und was soll ich jetzt davon halten?«

»Nichts«, sagt Sean, »das ist ja der Witz. Die Welt kümmert sich nicht um dich. Finde dich damit ab, dass du einfach nur irgendwer bist. Irgendwer hätte früher oder später in den Kaugummi gegriffen, und dieser Irgendwer warst zufällig du. Mehr nicht.«

Ich trinke einen großen Schluck Wein und sehe ihn über den Glasrand hinweg an. Das muss man diesem Amerikaner lassen, er hat gute Argumente. Und wirklich gute Wimpern.

»Toll«, sage ich schließlich. »Dir ist aber schon klar, dass das bei näherem Hinsehen sogar noch viel deprimierender ist als meine Version.«

Sean lacht. »Aber ja, Liebes«, sagt er, beugt sich über den Tisch und küsst mich auf den Mund, »aber immerhin bist du der bezauberndste Irgendwer, den ich kenne.«

Er grinst mich an, mit seinen tollen Zähnen und dem

Grübchen am Kinn. Ich lege über den Tisch hinweg die Fingerspitze hinein und sage: »Ich habe mal gelesen, dass so ein Grübchen eigentlich ein Defekt ist. Das kommt, wenn der Kieferknochen nicht ganz zusammenwächst.«

Er reißt die Augen auf und versucht, nach meinem Finger zu schnappen, aber ich bin schneller. Der Pianist spielt eine Melodie, die sich auf der rechten Hand überschlägt wie eine Welle auf dem Weg zum Land. In der Augenbraue des Pianisten hängt ein kleiner Tropfen Schweiß und droht hinunterzufallen, jedenfalls stelle ich mir das vor.

»Hast du mir eigentlich etwas zu deinem Benehmen gegenüber dem Maler gestern Abend zu sagen?«, fragt Sean.

»Nein«, sage ich. »Woher kennst du den überhaupt?«

»Über Melanie, du weißt schon, für die ich mal gearbeitet habe. Aber lenk nicht ab. Was ist das mit dir und ihm?«

»Nichts ist das.«

»Wirklich nicht?«

»Nein.«

Er lauert mich aus zusammengekniffenen Augen an, aber er sagt nichts mehr. »Na gut. Aber ich komme drauf zurück. Hast du schon Genaueres über diesen Schönheitswettbewerb gehört?«

»Nur den Tratsch. Scheint ja was Großes zu werden.«

Er legt die Stirn in Falten und sieht besorgt aus.

»Mir kommt die Sache ja eigenartig vor. Und ich habe komisches Zeug gehört.«

»Was denn?«

»Nichts Genaues. Aber anscheinend ist irgendwas mit den Models.« Er verzieht das Gesicht, dann schüttelt er energisch den Kopf. »Ach, was soll's. Ein Job ist ein Job, und er ist gut bezahlt. Außerdem sind wir zusammen, was kann also passieren.«

Er strahlt mich an, aber der Unterton in seiner Stimme hat mich unruhig gemacht.

Als wir ein wenig angetrunken das Lokal verlassen, ist es spät geworden.

»Es ist sogar schon zu spät für die Spätnachrichten«, sagt Sean, »und das unter der Woche.«

Ich bin nicht sonderlich beeindruckt. Mein Fuß tut weh, und ein wenig feiner Schnee rieselt durch die eisige Luft.

»Ach«, sage ich, »wenn ein Krieg ausbricht, merken wir es schon früh genug.«

»Komm schon«, sagt er, »ein bisschen sollte man schon darüber informiert sein, was in der Welt so los ist.«

»Ach, du Gutmensch«, sage ich und stoße ihn in die Seite, aber dann will ich den Vorwurf plötzlich doch nicht auf mir sitzen lassen.

»Ich sehe mir schon ab und zu die Nachrichten an. Allerdings in erster Linie wegen des Kopfes von Goya«, gebe ich zu. Sean versteht nicht, kann er auch nicht.

»Goya starb im Jahr 1828«, beginne ich zu dozieren, »und wurde auf einem Friedhof in Bordeaux beigesetzt. Sechzig Jahre später wurde er exhumiert, denn man wollte ihn von dort in seine Heimat überführen, nach Madrid. Als der Sarg geöffnet wurde, musste man feststellen, dass sein Kopf nicht da war. Bis heute fehlt jede Spur davon.« Ich schüttle nachdenklich den Kopf. »Kannst du dir das vorstellen? Ich meine, wer öffnet wohl das Grab eines toten Malers und stiehlt seinen Kopf? Seit ich davon gelesen habe, kann ich nicht aufhören darüber nachzudenken, wo der Kopf von Goya geblieben sein könnte. Und ich gebe die Hoffnung nicht auf, dass ich es eines Tages erfahren werde.«

»Und deswegen siehst du dir die Nachrichten an«, sagt Sean.

»Exakt«, erwidere ich, »eines Tages werden sie ja darüber berichten müssen.«

»Du bist eine wunderliche Frau.«

»Ich hoffe, das war ein Kompliment.«

»Aber natürlich. Und ich habe sogar noch ein Kompliment für dich.«

Er zieht einen kleinen blauen Aschenbecher aus der Jackentasche und drückt ihn mir in die Hand.

»Hey, woher hast du den?«

»Vom Nachbartisch geklaut, als du auf dem Klo warst.«

»Das ist ja romantisch«, strahle ich, »ausgenommen vielleicht die Tatsache, dass ich auf dem Klo war. Aber es hat noch nie jemand was für mich geklaut. Ach doch, einmal schon. Na ja, egal.«

Ich hatte einmal ein wunderbares Kaffeeservice auf dem Trödelmarkt erstanden. Jugendstil, original. Hauchzart und wunderschön. Der Händler hatte nicht die geringste Ahnung, was für einen Schatz er da vor sich auf dem wackeligen Tapeziertisch aufgebaut hatte, und ich verriet es ihm nicht, sondern kaufte das Service für einen Spottpreis und trug es mit schlechtem Gewissen nach Hause. Dass das Service nicht nur ausgesprochen wertvoll, sondern außerdem ein Museumsstück war, erfuhr ich erst Jahre später. Das war kurz, nachdem wir uns kennengelernt hatten, im Spätsommer. Es war ein herrlicher Sonntag, und er, der immer versucht hatte, die überzeugte Stadtbewohnerin für die Schönheit des Umlandes zu begeistern, hatte mich zu einem Ausflug überredet. Wir fuhren mit einem geliehenen Polo durch saftige grüne Einöde, die er schön und ich langweilig fand, bis die Stadt nur noch eine ferne Ahnung am Horizont war, was mich traurig machte. Du wirst es schon mal einen Tag lang ohne deine geliebte Stadt aushalten, sagte er und griff nach meiner Hand. Vielleicht, erwiderte ich, aber sie vielleicht nicht ohne mich, hast du daran mal gedacht? Er lachte, und ich legte meinen Kopf auf seine Schulter, das Autofahren machte mich müde. In irgendeiner der sonnengebackenen Kleinstädte tief in der Mark, die er schön und ich langweilig fand, strandeten wir nach einem skandalös billigen Kaffee und ausgezeichneter Sachertorte im örtlichen Literaturmuseum, das neben ein paar vergilbten Handschriften und Fotografien in schlecht beleuchteten Vitrinen auch die Wohnräume des dort geborenen Dichters zeigte. Wir verbrachten eine höfliche halbe Stunde als einzige Besucher dieser einzigen Sehenswürdigkeit des Ortes und wollten gerade wieder gehen, als ich hinter den Butzenscheiben des Wohnzimmerschranks mein Jugendstilservice entdeckte. Zumindest hatte er Geschmack, habe ich gesagt und mit dem Finger darauf gezeigt, und erst im Nachhinein kam es mir gespenstisch vor, dass ich ein Kaffeeservice besaß, dessen identischer Zwilling in einem Museum stand und einem Dichter gehört hatte, der seit vielen Jahren tot war. Wieder zu Hause und ein paar Wochen später ließ ich den Deckel meiner Kanne fallen, und er zersprang auf dem Küchenfußboden in zwei Teile. Der Bruch war glatt und hätte sich mühelos kleben lassen, wenn ich nicht am nächsten Tag die beiden Einzelteile mit dem Ärmel meines Bademantels vom Tisch gewischt und noch einmal auf den Küchenfußboden geschickt hätte. Danach war es aussichtslos. Ich fluchte und ärgerte mich über meine doppelte Ungeschicklichkeit. Am nächsten Sonntag gab er vor, keine Zeit für mich zu haben, und fuhr heimlich noch einmal in die lahme Kleinstadt mit dem Literaturmuseum, wo er den Deckel der Dichterkaffeekanne für mich stahl. Er sagte nichts, er setzte ihn einfach auf meine Kanne, und es dauerte länger als eine Woche, bevor ich es überhaupt bemerkte. So etwas konnte er gut. Er hatte mir niemals ein Geschenk einfach gegeben, er steckte es in meine Jackentasche oder legte es in den Kühlschrank und wartete, bis ich es fand. Er wusste, dass ich Überraschungen hasste. Nicht ganz zwei Jahre später steckte ich den Kaffeekannendeckel in die Manteltasche und nahm ihn mit auf den Friedhof. Ich hatte schon die Hand ausgestreckt, um ihn in das offene Grab zu werfen, als ich es mir überlegte und nur eine Handvoll dunkler Erde auf den Sarg rieseln ließ wie alle anderen. Den Kannendeckel wickelte ich ein paar Tage später in eine dicke Schicht Papierservietten und schickte ihn ohne Absender an das Literaturmuseum. Ich überzeugte mich nie davon, ob er wieder auf seinem Platz hinter den Butzenscheiben des Wohnzimmerschrankes angekommen war.

Ich seufze tief und versuche rasch, es verträumt und ironisch klingen zu lassen, Sean beißt an.

»Ach?«, fragt er, »so gewinnt man also dein Herz, indem man was für dich klaut?«

»Nicht notwendigerweise«, sage ich, »aber es ist ein ganz guter Anfang.«

Ich verstaue den Aschenbecher vorsichtig in meiner Handtasche.

»Das werde ich mal dem Maler stecken. Der überfällt bestimmt auch eine Bank für dich. Und holt bei der Gelegenheit noch deine Kreditkarte zurück.«

»Was hast du bloß immer mit dem Maler, sag?«

»Ihr passt einfach so gut zusammen! Ich würde wahnsinnig gern ein bisschen Schicksal für euch spielen.«

»Lass mal gut sein, das mit dem Schicksal hast du mir ja ausgeredet.«

»Du magst ihn aber doch, oder? Wo ist denn das Problem?«

»Ich weiß nicht. Lass mich das noch mal überschlafen, okay?«

»Aber schlaf nicht zu lange«, sagt er und legt den Arm um mich. Ich schmiege mich an ihn und konzentriere mich wieder darauf, nicht auf der dünnen Schneedecke auszurutschen, die sich auf der Straße gebildet hat.

Alles weiss. Wenn er mich nur nicht immer so angrinsen würde. Dann wäre vielleicht alles in Ordnung. Aber immerfort sehe ich diese gebleckten Zähne, die sich blendend weiß abheben von dem – Gesicht. Von dem, was davon übrig ist. Ich sitze in meiner Ecke, auf dem Boden, neben dem Sessel, der alt und bequem aussieht und mit straffem dunklem Leder bezogen ist, das die Zeit schon ein wenig abgewetzt hat. Ich mag nicht in ihm sitzen, ich habe lieber die Wand im Rücken. Mein Kopf passt gut in die Zimmerecke, so kann ich den ganzen Raum überblicken, ohne den Kopf drehen zu müssen. Nur unter das Bett kann ich nicht sehen, die Decke hängt zu weit herunter. Es könnte etwas darunter sein, etwas Gutes oder etwas Schlechtes. Oder etwas sehr Schlechtes. Oder gar nichts. Ich verbringe viel Zeit damit, mir auszumalen, was dort sein könnte, aber ich werde nicht aufstehen und die Decke beiseiteziehen und nachsehen, o nein. Ich werde mich ihm um keinen Zentimeter nähern. Er liegt auf dem Bett und starrt mich an, jedenfalls denke ich das. Die leeren Höhlen zeigen in meine Richtung. Und er grinst, immerzu. Er kann nicht anders als starren und grinsen, er hat keine Lippen und keine Lider, nichts verbirgt die Zähne und die Augen – die leeren, schwarzen Augen, die ja gar nicht da sind, die ich nur manchmal zu sehen glaube und mich dann frage, welche Farbe sie einmal hatten. Ich sitze in meiner Ecke und sehe ihn an, wie er daliegt, mich anstarrt und mich angrinst. Ich weiß nicht, wie er hergekommen ist, wer ihn in das Bett gelegt hat und warum. Ich weiß auch nicht, wie ich hergekommen bin. Wir waren wohl beide eines Tages einfach hier.

Ich reiße die Augen auf. Ich bin wach, höre ich mich selber sagen. Ich sitze aufrecht im Bett, im Zimmer ist es milchig und dunkel, auf den Scheiben liegt wieder Schnee. Mein Bettzeug ist eine schweißnasse, zerwühlte Höhle. Erschöpft lasse ich mich zurücksinken. Ich hasse diesen Traum. Ich stehe auf, stemme das zugeschneite Dachfenster auf und prüfe den Himmel. Er ist nahtlos grau, der Wind ist eisig. Aber geschneit hat es nicht mehr viel, es liegt nur eine dünne Schicht auf den Dächern. Ich reibe mir fröstelnd die Oberarme, ziehe meinen Bademantel über und gehe in die Küche. Ich sollte etwas arbeiten. Ich hatte noch keine einzige brauchbare Idee für die Kollektion, die in Planung ist, und in vier Monaten soll Premiere sein. Außerdem bin ich mit Marie zum Essen verabredet. Nach ein paar Tassen Kaffee, einer Zigarette, die mir nicht schmeckt, und einer langen heißen Dusche ziehe ich mich lustlos an und gehe aus dem Haus. Draußen ist es noch kälter, als ich erwartet habe, ich gehe mit schnellen Schritten die Straße entlang und betrachte im Vorbeigehen die kitschige kleine Beethoven-Büste aus weißem Marmor, die im Schaufenster der Buchhandlung im Nachbarhaus steht. Es passiert mir häufig, dass ich »Freude schöner Götterfunken« zu summen beginne, nachdem ich die Büste gesehen habe, aber heute bin ich nicht in Stimmung dazu. Die Straßenbahn ist pünktlich und beinahe leer, der Berufsverkehr ist schon vorbei. Ich sehe aus dem Fenster und zähle die Haltestellen, die von der kühlen Lautsprecherstimme aufgerufen werden. Ich steige aus, überquere die Straße und biege an dem kleinen Blumenladen auf der Ecke in die Seitenstraße ein, in der mein Atelier liegt. Ich gehe über die roten Kokosmatten im Flur und fahre mit dem Fahrstuhl nach ganz oben. Ich schließe das kleine Dachgeschoss auf und drehe die Heizung an. Aus dem Wasserhahn kommt die übliche braune Brühe, die ich ungeduldig in den Abfluss laufen lasse, bevor ich den Wassertank der Kaffeemaschine fülle.

Eine halbe Stunde lang sitze ich mit herunterhängenden Armen vor meinem extragroßen Arbeitstisch, stütze das Kinn auf die Platte und spähe wie ein Alligator über das bunt aufgetürmte Meer aus Stoffen vor mir. Dann stehe ich auf, gieße mir Kaffee ein und fange an, über den unzähligen Zeichnungen zu brüten, die wild verstreut auf dem Tisch liegen. Ich begutachte, strichle, skizziere, verwerfe. Ich schleudere einen Bleistift gegen die Wand. Zwei Stunden später habe ich ein wunderschönes Gürteltier aus einem teuren Designerchiffon geformt und ein vierzehnfarbiges Mandala aus Knöpfen verschiedener Größenordnungen gelegt, auf das jeder Tibeter stolz wäre. Ich spiele mit dem Gedanken, aus sämtlichen Stoffen auf dem Tisch ein großes weiches Nest zu bauen und mich hineinzusetzen, aber es ist Zeit für meine Verabredung mit Marie. Ich stecke das Gürteltier in meine Handtasche und ziehe die Tür hinter mir zu. Draußen haben sich die Straßen belebt, der Wind hat aufgefrischt, und es sieht wieder nach Schnee aus. Ich werfe abwesende Blicke in die Schaufenster, fröstle und gehe schneller. Im *Saragossa* wartet Marie schon auf mich, der Kellner eilt mir entgegen, begrüßt mich wie eine alte Freundin und hilft mir aus dem Mantel. Er weiß, dass er damit einem tief empfundenen Bedürfnis seiner Gäste entgegenkommt, auch wenn es niemand zugibt.

Ich sehe an Maries Gesichtsausdruck, dass ihr Tag nicht viel besser ist als meiner. Sie hat lauter kleine Bleistiftskizzen auf dem Tisch ausgebreitet, anscheinend weitet sich der Badezimmerjob für das Jetset-Paar zur Landplage aus. Sie wünschen sich diese goldenen Wasserhähne, die wie Schwäne aussehen, was sogar für mich eine Herausforderung ist, und ich verstehe nichts von Interieur. Marie und ich reden viel über die Arbeit, nicht zuletzt, weil wir auf Synergie-Effekte setzen und uns gegenseitig unseren Kunden empfehlen, wenn sich die Gelegenheit bietet. Wir haben grundsätzlich die Visitenkarten der anderen in der Tasche. Ich setze mich zu ihr an den Tisch und schiebe ein paar von ihren Zeichnungen zur Seite.

»Scheißtag?«, frage ich.

»Scheißtag«, sagt sie und bläst eine kastanienfarbene Locke aus der Stirn.

Marie und ich, wir verstehen uns.

»Du ahnst nicht, wie mir diese Leute auf die Nerven gehen«, sagt Marie nach dem Essen. »Es ist vollkommen unmöglich, ihnen diese kotzenden Schwäne auszureden.«

Ich schürze mitleidig die Lippen und kann schon wieder lächeln. Ich merke immer erst bei dem großartigen Mokka, dass das Essen ausgezeichnet war.

»Sie führen das Ganze ad absurdum. Sie haben mich doch eingestellt, weil sie selber keine Ahnung haben. Das ist doch der Grund dafür, dass es Leute wie mich überhaupt gibt. Ich richte nicht einfach Räume ein, ich verkaufe guten Geschmack. Ich bin eine spirituelle Helferin für geschmacksbefreite Leute, das ist diesem Pack überhaupt nicht klar. Und anstatt mich machen zu lassen, sabotieren sie mich.«

Ich bemühe mich, eine Augenbraue hochziehen, und weil ich es einfach nicht kann, muss ich zusätzlich »Oho!« über den Rand meiner Mokkatasse hinweg sagen.

»Na, ist doch so«, sagt Marie, und beginnt sich in Rage zu reden. »Sie haben genauso viel Plan, wie zwischen Tapete und Wand passt. Trotzdem haben sie nichts Besseres zu tun, als das Ganze im Grunde selbst einzurichten, und zwar mit ihrem nicht vorhandenen Geschmack. Wenn ich das zulasse und irgendjemand mal dieses Badezimmer sieht, kann ich mich einsalzen lassen, schließlich steht am Ende mein Name drunter. Außerdem komme ich überhaupt nicht zum Arbeiten, weil ich nur damit beschäftigt bin, Madame und Monsieur ihre neuesten Geschmacklosigkeiten auszureden. Und ich sage dir, Müllkippe meets Disneyland. Ich schwöre, ich könnte ihnen ihre Wasserhähne in den –«

»Na!«, sage ich laut.

Sie zieht die Mundwinkel nach unten und beendet den Satz mit einer aussagekräftigen pantomimischen Geste. Dann lässt sie die Handflächen über den Tisch gleiten, so als würde sie Stoff glätten, und schüttelt den Kopf.

»Und wie sieht's bei dir aus?«, fragt sie.

Ich schnalze mit der Zunge und erzähle ihr von meiner nicht vorhandenen Kollektion und dem Raubüberfall, der mich meine Handtasche und meine Lieblingsschuhe kostete. An der Stelle, an der mein Absatz abbricht und ich wimmernd auf dem Kopfsteinpflaster zusammensinke, spuckt Marie einen Schluck Mokka in ihre Tasse zurück und beginnt zu lachen.

»Gott im Himmel, wie gern hätte ich das gesehen!«

»Du bist so ein schadenfrohes Ekel«, sage ich. Sie hat sich gerade um das Chiffon-Gürteltier gebracht, das mir erst jetzt wieder einfällt, als ich das Portemonnaie in meiner Handtasche suche. »Wahrscheinlich ist es ganz gut, dass du keine Kinder willst, zumindest für die Kinder. Du würdest bestimmt erst mal lachen, wenn dein Sohn sich beim Rollschuhlaufen auf die Fresse legt.«

Marie strahlt. »Ja, das könnte passieren«, sagt sie.

»Oder du verwandelst dich auf einmal in die Sanftmut in Person, so was soll ja auch vorkommen.«

»Auch das könnte passieren«, sagt sie, der träumerische Ausdruck in ihren Augen geht dabei nicht weg.

Ich winke nach dem Kellner.

»Jetzt bringst du jedenfalls erst mal ein Badezimmer auf die Welt, dann sehen wir weiter.«

Draußen versprechen wir, uns bald wiederzusehen, und gehen in unterschiedliche Richtungen davon. Mir fällt ein, dass ich vergessen habe, ihr von meiner Nominierung zur Jurorin zu erzählen, es war ja doch nicht alles schlecht an diesem Tag. Auf dem Rückweg zu meinem Atelier habe ich eine modische Epiphanie. Ich sehe etwas Strenges, Schwarzes und Art-déco-Artiges vor mir und beschleunige meinen Schritt, um eine Skizze zu machen, bevor mich die Inspiration wieder verlässt. Als ich die Haustür öffne und über den roten Kokos auf den Fahrstuhl zugehe, denke ich, dass ich dafür Sean zu Rate ziehen werde. Nachdem er von seinem letzten Freund verlassen wurde, hat er die Liebe seines

Lebens durch Art-déco-Geschirr ersetzt und über die Jahre eine beeindruckende Sammlung zusammengetragen. Ich liebe es, die fünf großen Vitrinenschränke in seinem riesigen Wohnzimmer abzuschreiten und dabei mit der Fingerspitze über das dunkle Holz und das kühle Glas zu streichen. Ich frage mich allerdings manchmal, ob es nicht deprimierend sein muss, allein in einer Wohnung zwischen einem Haufen Geschirr zu sitzen, mit dem man mehrere Dutzend Menschen bewirten könnte. Ich mache ganz gern die Tür hinter mir zu, sagte Sean, als ich ihn einmal danach fragte, und ich stellte fest, dass es mir genauso geht. Die Fahrstuhltür schließt sich ruckelnd hinter mir, oben im Atelier fülle ich zuerst die Kaffeemaschine.

AM NÄCHSTEN TAG kann ich es immer noch nicht ganz glauben, dass ich tatsächlich zu einer von Helenas Zusammenkünften gehe, aber es wäre kindisch gewesen, in letzter Minute unter einem Vorwand abzusagen, den Helena ohnehin sofort durchschaut hätte. Zumindest ist es eine gute Gelegenheit, das tolle neue und viel zu teure Abendkleid auszuführen, das ich mir vor einer Woche gegönnt habe, als ich noch eine Kreditkarte besaß und keine Waschmaschine zu ersetzen hatte. Ich glaube, Preußischblau erlebt eine Renaissance. Ich sitze wunderschön und viel zu exklusiv in der Straßenbahn, ein Taxi hätte mir besser gestanden. Ich steige vorsichtig aus, meine Absätze sind zu hoch für den schmerzenden Knöchel. Der kalte Wind hat die dünne Schneeschicht verweht, aber es beginnt wieder, kleine, harte Flocken zu schneien. Den ganzen Tag über war es nicht richtig hell geworden. Ich drücke auf das beleuchtete Klingelschild, im verspiegelten Hausflur nehme ich mir eine trotzige Minute Zeit, um meine Haare in Ordnung zu bringen, dann gehe ich auf den Fahrstuhl zu. Die taghell ausgeleuchtete Kabine schießt mich ins Dachgeschoss hinauf.

Helena sieht gefährlich aus. Ihre weit auseinanderstehenden Augen funkeln mich an, sie wirft das lange blonde Haar über die Schulter, deutet einen Kuss auf meine Wange an und drückt meine Hand. »Schön, dass du gekommen bist«, sagt sie. Eigentlich sind ihre Haare kurz und pechschwarz, und sie trägt sie dicht an den Kopf gekämmt. Sie hat uns nie verraten, warum sie anlässlich ihrer Partys gern eine blonde Echthaarperücke aufsetzt. Vermutlich etwas Sexuelles. Wie fast immer hat sie etwas an, das ich gern entworfen hätte. Der Hosenanzug aus weinroter Seide ist fabelhaft. Man kann es beinahe nachvollziehen, dass sie nichts drunter tragen will.

»Danke für die Einladung«, erwidere ich, »du siehst großartig aus.«

»Danke«, lacht sie, »das ist nur der Fummel. Komm rein.« Sie führt mich in die Wohnung, während sie geschickt meinen Mantel aufknöpft, von meinen Schultern zieht und ihn auf dem Weg durch den endlosen Korridor irgendwo in einem der dunklen Nebenräume verschwinden lässt, die in regelmäßigen Abständen hinter den zahlreichen Türen gähnen. Der Flur ist hoch, weiß und blendend hell erleuchtet, es ist so kalt, dass ich fröstelnd die Arme um mich schlage. An den lang-

gezogenen Wänden hängen riesige Schwarz-Weiß-Foto-
grafien, jede einzelne von oben mit einem Spot ange-
strahlt. Während Helena mich vorüberzieht, kann ich
auf einigen Aufnahmen große Gesichter ausmachen, auf
anderen strenge architektonische Landschaften mit viel
Licht und Schatten. Wir haben schon fast das Ende des
Flurs erreicht, als mein Blick auf das Taxifahrerbild mit
dem riesigen Gesicht in den Wolken fällt, woraufhin ich
meine Handtasche fallen lasse. Sie springt auf, und alles
fällt heraus.

»Hoppla«, murmle ich und gehe direkt vor dem gut
ausgeleuchteten Gemälde in die Knie, um die Tasche
aufzuheben und meine Habseligkeiten wieder hineinzu-
stopfen. Helena hilft mir dabei. Ich blicke beiläufig nach
oben und sage: »Wow, woher hast du das?«

»Gekauft, vor ein paar Tagen erst«, sagt sie. »Wir sind
zufällig bei einer Vernissage gelandet, da habe ich es ent-
deckt und wollte es.«

Sie reicht mir meinen Lippenstift und meinen Schlüsselbund.

»Außerdem hatte ich Mitleid mit dem Künstler.
Wir waren wirklich spät da, und er hatte noch nichts
verkauft. Und es macht sich doch immer so gut, wenn
bei der Vernissage schon was weggeht. Dafür habe ich
es aber auch sofort mitnehmen wollen. Ein verdammt
heißes Gerät, übrigens, dieser Maler. Ich habe ein bisschen mit ihm geflirtet und ihn gleich für heute Abend
eingeladen.«

Ich lasse Lippenstift und Schlüsselbund fallen, zum
Glück bin ich schon auf den Knien.

»Ach so? Ist er schon hier?«, bringe ich hervor.

»Nein«, sagt sie, »und er kommt auch nicht. Er hatte schon was vor. Hat er gesagt.«

Sie betrachtet nachdenklich das Bild über unseren Köpfen und sagt: »Ich glaube, er hatte Angst vor mir.«

Ich knipse meine Tasche zu und stehe auf. Helena nimmt meinen Arm und führt mich zu einer weißen Tür am Ende des Flurs, die wie alle anderen aussieht und sich in das Innere der Wohnung öffnet, wo vielleicht zwanzig Menschen mit Champagnergläsern in den Händen zusammenstehen und in dem großen Raum beinahe verloren wirken.

»Es sind fast alle da«, sagt Helena und legt den Arm um meine Hüfte. »Komm, ich werde dich einigen vorstellen.«

Sie stößt mich in einen Wald von ausgestreckten Händen, die ich der Reihe nach zu schütteln versuche, während eine Salve von schnell gesprochenen Wörtern auf mich einprasselt. Die Plötzlichkeit, mit der mich die dunkle Wolke aus Stoff, Schmuck und Parfum einhüllt, verwirrt mich. Meine Hand wird schmerzhaft fest zusammengedrückt, um gleich darauf von etwas umfangen zu werden, das sich wie ein feuchter Wischlappen anfühlt. Ich muss mich zusammennehmen, um nicht zurückzuweichen. Schließlich lichtet sich der Pulk ein wenig, ich sehe mich vorsichtig um. Die Abendkleider sind exquisit und die Anzüge maßgeschneidert. Augenpaare glitzern verräterisch, und leise Stimmen hinter vorgehaltenen Händen flüstern Unverständliches. Am Ende des Raumes, vor einer Wand, die komplett aus Glas besteht und den Blick auf die nächtliche Stadt freigibt, stehen in mehreren Reihen schwere, samtbezogene Polsterstühle und dahinter, auf einem schwach beleuchteten Tischchen – tatsächlich – ein Diaprojektor. Die Menschentraube hat sich wie ein dunkler Klumpen um das üppige Buffet versammelt, das sich an der Seitenwand in die Höhe türmt. Helena, die sogar einen Barkeeper engagiert hat, legt meine Finger um ein Glas Champagner. Ich höre, wie eine Frau im kleinen schwarzen Versace zu ihr sagt: »Ich kann nicht fassen, dass du wirklich Dias gemacht hast. Wird so was überhaupt noch hergestellt? Ich meine, die Filme und die Kameras und so?«

Helena nickt. »Ich hatte Lust auf Entschleunigung«, sagt sie. »Dazu gehörte die Rückkehr zum überkommenen Medium. Es war in erster Linie ein Experiment mit Sehgewohnheiten.«

Versace reißt die Augen auf und öffnet den Mund zu einem »Ah, faszinierend«.

Helena schmunzelt und entschuldigt sich, es hat an der Tür geklingelt. Ich muss nicht mehr allzu viel Zeit mit Gesellschaftskonversation überstehen, obwohl die potentiellen Kunden um mich herum ein lohnenswertes Ziel sind. Sie haben Gucci-Brieftaschen, goldene Kreditkarten, ein beinahe körperliches Bedürfnis nach teuren Dingen und kennen nur Leute, die genauso sind wie sie. Und sie wissen nicht, dass ich der Virus im Netz der High Society bin. Die letzten Gäste sind eingetroffen, Helena führt uns in den improvisierten Vorführsaal hinüber. Wir nehmen unsere Plätze ein. Ich wähle einen Randplatz neben den bodenlangen Fensterscheiben, das Licht wird ausgedimmt. Hinter uns steht Helena und bedient den Projektor, ich weiß genau, wie gut ihr das gefällt. Unsichtbar und übermächtig, mit der vollen Kontrolle über das, was wir sehen. Ein blendend helles Viereck erscheint an der gegenüberliegenden Wand.

»Wir kommen gleich zu meinen Lieblingsbildern«, sagt Helenas Stimme, die leise, aber deutlich das Gebläse des Projektors übertönt. »Ich will euch nicht über Gebühr langweilen.«

Höfliches Gelächter. Das erste Dia schnappt aus dem Magazin und schiebt sich überlebensgroß auf die Wand. In einem weiten weißen Saal liegen in zu wenigen Betten aneinandergedrängt schmutzige Körper mit glasigen Blicken in abgezehrten Gesichtern, junge und alte.

»Wir waren in den Irrenhäusern der Armenviertel, es gibt in der Stadt eine Menge davon«, sagt Helena. »Man kommt normalerweise nicht hinein, aber wir haben die Wärter bestochen.«

Die Hand eines grauhaarigen Mannes zwei Reihen vor mir fährt in die Höhe, Helena ruft ihn auf.

»Was für eine Summe habt ihr da investieren müssen?«, fragt er interessiert.

»Ich habe gestern ungefähr den gleichen Betrag in eine Parkuhr geworfen«, sagt Helena tonlos.

Weitere Bilder schießen aus dem Magazin, Nahaufnahmen von zahnlosen, verzerrten Mündern und weit aufgerissenen, verdrehten Augen.

»Ich habe auch ein paar Tonbandaufnahmen gemacht«, sagt Helena. Der Grauhaarige will wissen, ob die einen zusätzlichen Bestechungsobolus gekostet haben, Helena verneint. Die Bilder rasseln weiter.

»Die hier wird gerade fixiert«, sagt Helena, während ich auf den hellen Teppich zwischen meinen Füßen starre, »die Gurte werden sehr stramm gezogen, denn hier –«, das nächste Dia schiebt sich ratternd vor den weißen Lichtstrahl, »wird sie mit Elektroschocks behandelt. Die Elektrokrampftherapie wird auch in Deutschland angewendet, allerdings wird bei uns narkotisiert.«

Ich zähle noch das Geräusch von sieben oder acht weiteren Bildern, dann ist das erste Magazin zu Ende, und leiser Applaus erhebt sich. Helena setzt ein neues Magazin ein, während ich begonnen habe, darüber nachzudenken, wie es wäre, um die Welt zu reisen und dabei viele tausend Paar Augen zu haben und alles zu sehen, was es zu sehen gibt. Als stünde man auf einer der Polkappen und dehnte sich in alle Richtungen zugleich aus. Ich sehe aus dem Fenster in die nächtliche Stadt hinunter, während Bild um Bild über die Wand flackert und Helena Dinge erklärt, die ich nicht hören will.

»Helena, wo ist eigentlich Horst?«, sagt plötzlich jemand hinter mir. Vermutlich war er auf einem der Bilder zu sehen. Es ist mir gar nicht aufgefallen, dass er beim Empfang nicht dabei war.

»Wir haben uns gestritten«, sagt Helena. Ihre Stimme verrät nichts.

»Das hier ist das letzte«, sagt Helena nach einer Weile, und ich sehe auf. Auf der weißen Wand liegt riesengroß Horsts blutüberströmter Körper in einer Hotelbadewanne. Die Gäste neigen wissend die Köpfe.

Das Licht geht wieder an, wir erheben uns von den Polsterstühlen und gehen geschlossen auf die Bar zu, wo der Barkeeper in weißem Hemd und schwarzer Weste neuerlich gefüllte Champagnergläser vorbereitet hat. Ich greife nach einem Glas, aber ich kann mich nicht dazu überwinden, es an die Lippen zu setzen. Um mich herum beginnen die Gäste ein leises Gespräch. Helena ist noch dabei, die Dias zu verstauen, an der Wand klebt der viereckige Lichtfleck. Die Gelegenheit ist günstig.

Ich gehe mit schnellen Schritten auf den Flur zu und schaffe es, ohne zurückgehalten zu werden. Ich haste am Wolkengesicht und an den grell beleuchteten Fotografien vorbei, auf einem erkenne ich riesengroß die eng aneinandergedrängten Gesichter von Horst und Helena, die in die Kamera lachen. Ich finde hinter einer weiß lackierten Tür das Nebenzimmer, in dem mein Mantel an einem Haken hängt, und gehe auf die Wohnungstür zu. Hinter mir ertönen eilige Schritte auf hohen Absätzen, ich ziehe die Tür hinter mir ins Schloss und hämmere auf den Fahrstuhlknopf. Die silberne Schiebetür gleitet auf, ich haste in die Kabine und drücke die Erdgeschosstaste. Die Tür schließt sich beinahe lautlos, durch den letzten Spalt sehe ich noch, wie Helenas Wohnungstür sich öffnet, dann sackt der Fahrstuhl nach unten.

Draußen vor der Tür habe ich das abstruse Gefühl, zugleich gerichtet und gerettet zu sein. Ich bin entkommen, aber eigentlich war es schon viel zu spät. Ich habe noch immer das gefüllte Glas in der Hand, der Champagner ist bei der wilden Flucht übergeschwappt und hat meinen Ärmel durchtränkt. Ich stelle das Glas in den Hauseingang, mein Herz schlägt wieder langsamer. Die Winterluft ist klar und riecht nach Schnee. Ich streife meinen Mantel über, den ich in der Eile nur über den Arm geworfen habe, schlage den Kragen hoch und gehe die Straße hinauf. An der Straßenbahnhaltestelle stelle ich fest, dass ich nicht nach Hause will. Ich bin zu durcheinander, um allein zu sein, und brauche dringend etwas Klares auf Eis. Ich ziehe mein Telefon aus der Tasche und wähle die Nummer von Sean, er geht nicht ran. Bei Marie habe ich mehr Glück. Sie klingt überrascht.

»Hey!«, sagt sie, »wolltest du nicht heute zu Helena?«

»War ich auch«, sage ich, »ich bin –«

»Und bist schon wieder weg? Es ist doch erst elf! Ich hätte gedacht, dass du um diese Zeit mit gespreizten Beinen auf ihrem Wohnzimmertisch liegst.«

»Du bist so was von ekelhaft.«

Marie lacht nur.

»Jedenfalls bin ich geflüchtet und habe keine Lust, nach Hause zu gehen. Machst du heute noch was?«

Ich höre, wie Marie an einer Zigarette zieht. »Wir gehen tanzen, ins *Bomba*. Komm mit!«

»Perfekt. Dafür bin ich sogar genau richtig angezogen. Das ist doch auch gleich hier um die Ecke, oder?«

»Wo bist du denn?«

»An der Haltestelle, vor Helenas Wohnung.«

»Dann bist du so gut wie da, es ist in der nächsten Querstraße. Ich hab vergessen, wie sie heißt, aber schräg gegenüber ist ein Pornokino.«

»Gerade das weißt du natürlich noch.«

»Komm, du wärst doch sonst enttäuscht gewesen. Hör mal, ich muss mich noch fertig machen, wir treffen uns da um zwölf mit Lea und dieser Melanie.«

»Melanie?«

»Ach, keine Ahnung. Du kennst sie vom Sehen. Lea hat neuerdings mit ihr zu tun.«

»Alles klar. Bis gleich.«

Ich stecke das Telefon ein, vergrabe die Hände in den Manteltaschen und schlendere den Gehweg entlang. Erst nach mehreren Minuten, in denen ich nur das Geräusch meiner Absätze auf dem Pflaster höre, bemerke ich, wie eigenartig still es ist. Still genug, um zu spuken, es könnte jeden Moment beginnen. Eine geisterhafte Stimme könnte aus dem Nirgendwo kommen, aus einer der engen Seitengassen, in denen keine Laterne brennt. Ein fernes Echo, auf das ich zueilen muss wie eine Motte auf das Licht.

Manchmal glaube ich noch, seine Stimme zu hören. Nicht bei Nacht, und nicht als ferner Spuk aus der Vergangenheit, dem ich im wallenden Nachthemd mit einem gusseisernen Lüster in der Hand hinterherhusche, bis der Herbststurm die Balkontüren aufdrückt, die weißen Vorhänge flattern und die Kerzen verlöschen lässt. Nein, tagsüber, im Supermarkt, wenn jemand die Verkäuferin fragt, wo der Mais steht. Dann drehe ich mich um, weil ich glaube, dass es seine Stimme ist. Manchmal sehe ich auch eine karierte Jacke, wie er sie hatte, und sehe dem Träger lange nach. Am Anfang, wenn es sich häufte, habe ich gedacht, er würde Zeichen für mich streuen. Eine Spur legen. Leider verstand ich es nicht, sie zu lesen. Mit der Zeit ließ es nach, und ich dachte nicht mehr daran.

Ich sehe auf die Uhr, es ist erst viertel nach elf. Ich bin schon fast beim *Bomba*, und es ist zu kalt, um die Zeit auf der Straße totzuschlagen. Ich wechsle die Straßenseite und biege in die Querstraße ein, deren Namen Marie nicht mehr wusste. Gleich in einem der ersten Häuser ist eine Cocktailbar, die nett aussieht. Von draußen kann ich eine Art Empore erkennen, auf der zwei einzelne Tische stehen, es sieht gemütlich aus, und niemand sitzt dort. Der Laden heißt *Bonnie and Clyde*, und mir gefällt der Name. Ich drücke die Glastür auf. Marie werde ich erzählen, dass ich im Pornokino gewartet habe.

Drinnen ist es dunkel und viel zu warm, der Raum ist klein und rund wie eine Höhle. Auf den sämtlich unbesetzten Tischen werfen Kerzen in scharlachfarbenen Gläsern trübe Lichtkreise. Ich zucke zusammen, als ich drei Meter von mir entfernt den Adler an der Theke erkenne. Er hält eine große Kaffeetasse in seiner Klaue und sieht mich sofort in dem riesigen Spiegel, der angekippt hinter der Theke hängt. Was ist das nur für eine Unsitte mit diesen Spiegeln über der Bar, denke ich noch, während ich bewegungslos neben der Tür stehe und den Rückzug erwäge. Aber er dreht sich um und winkt mir mit seiner freien Hand zu, das dünne Ärmchen ragt wie ein blasser Pflanzenstängel aus dem viel zu weiten Ärmel des schwarzen Mantels, in dem er trotz der erdrückenden Wärme auf einem Barhocker sitzt.

»Kommen Sie«, sagt er leise.

Seine Stimme klingt wie etwas, woran man sich böse schneiden kann. Mit einer einzigen Bewegung des langen dünnen Zeigefingers winkt er mich zu sich heran, und ich gleite auf ihn zu wie auf Schienen. Als wäre ein unsichtbarer Faden an seiner Fingerspitze, an dem er mich zu sich zieht. Ich rutsche auf den Hocker neben ihm.

»Guten Abend«, sagt er, gar nicht unfreundlich. Nur seine Stimme bereitet mir körperliches Unbehagen. Als riebe jemand meinen Kopf in einen Haufen Scherben. Ich sehe ihn zum ersten Mal aus der Nähe. Die blasse Haut,

die straff und dünn wie Wachspapier über sein scharf-
kantiges Gesicht gespannt ist, sieht aus wie mit hellem
Staub bedeckt. Eine hässliche Narbe teilt die Stirn von
der linken Braue bis zu dem weißen Haaransatz in zwei
Teile, das spitze Kinn kriecht so weit aus dem Gesicht
davon, dass es fast auf dem faltigen Kehlkopf liegt. Die
Lippen sind schmal und bleich und in den eingefallenen
Wangen kaum zu sehen, auf der spitzen Nase schimmern die runden Brillengläser wie große helle Flecke.

»Ich warte schon seit ein paar Minuten«, sagt er.

Ich will ihm sagen, dass er sich irren muss. Dass er
nicht auf mich gewartet haben kann, dass wir nicht verabredet waren, dass wir uns nicht einmal kennen. Aber
ich bringe keinen Ton hervor.

»Möchten Sie etwas trinken?«, fragt er.

Ich schüttle den Kopf. Hinter der Theke taucht der
blonde Kopf einer Kellnerin auf wie ein Springteufel aus
der Kiste. Der Adler sagt zu ihr: »Etwas Klares auf Eis«,
er betont jede einzelne Silbe mit seiner unmenschlichen
Stimme. Die Kellnerin mustert mich, nickt zustimmend
und dreht sich um. Nimmt ein Glas aus dem Chromre-
gal hinter sich.

»Sehen Sie«, sagt der Adler und dreht sich wieder zu
mir, »ich habe auf Sie gewartet, weil ich mit Ihnen sprechen muss.«

Er wendet den Blick ab. Die langen, verwachsenen
Finger mit den dicken Gichtgelenken schlingen sich zu
einem blassen Knäuel zusammen, hinter dem er sein
Gesicht verbirgt. Seine Stimme wird ganz leise, als er
sagt: »Ich habe keine guten Nachrichten.«

Ich schüttle den Kopf. Ich will noch immer den Irr-

tum aufklären, aber es ist, als wären meine Lippen verklebt, ich bringe sie nicht auseinander. Das Geräusch
eines Glasbodens auf dem polierten Holz der Theke verrät mir, dass die Kellnerin das Getränk vor mich hin-
gestellt hat. Ich kann den Blick nicht von dem Adler
wenden. Sein blasses Gesicht dicht vor mir in der dunklen Wärme ist ein Abgrund, der meine Blicke einsaugt.
Ich taste nach dem Glas, und es gelingt mir, den kühlen Rand zwischen meine Lippen zu schieben, dann füllt
das scharfe Brennen der Flüssigkeit meinen Mund. Die
schimmernden Brillengläser starren mich an.

»Es wird nicht gehen, verstehen Sie?«, sagt er, und je
leiser seine Stimme wird, desto tiefer kriecht sie in mein
Gehör. Er redet immer schneller.

»Es geht nicht. Ich weiß, Sie glauben, es könnte anders
sein, aber es ist nicht so. Es geht nicht, verstehen Sie?«

Nein, will ich sagen, gar nichts verstehe ich, aber das
Glas ist an meinen Lippen festgewachsen, und ich bekomme es nicht los, ich lege mit einem Ruck den Kopf
in den Nacken und lasse den Rest der Flüssigkeit meine
Kehle hinunterlaufen. Die Eiswürfel im Glas legen sich
mit brennender Kälte auf meine Oberlippe. Ich fürchte
mich.

»Es wird schlimm werden«, sagt er ganz leise, seine
Stimme ist nur noch ein Flüstern. Seine knotigen Finger
haben ein nervöses Züngeln begonnen wie ein Haufen
blasser Schlangen.

»Es wird sehr schlimm werden, wenn es passiert, Sie
verstehen schon, wenn die Toten nicht mehr in der Erde
sind. Die große Welt wird es vielleicht gar nicht bemerken, aber die kleine Welt, die einzelne ...«

Er reißt das Knäuel seiner Finger auseinander, so schnell, dass ich nicht ausmachen kann, welcher Finger zu welcher Hand gehört. Er ballt eine einzelne Faust, lässt sie mit einem lauten Krachen auf die Theke fallen und sieht mir ins Gesicht. Die Gläser auf der langen Vogelnase sind breite weiße Lichtstreifen, hinter denen ich die Augen nicht sehen kann. Er öffnet die blutlosen Lippen und sagt etwas, aber ich höre nur ein schrilles Heulen tief in meinem Kopf, wie eine markerschütternde Sirene. Ich reiße das Glas von meinen Lippen, kleine Blutstropfen spritzen auf die blendenden Brillengläser. Das Glas fällt auf den Boden und zerbricht. Ich springe auf und renne über die Scherben hinweg ins Freie.

Ich bin zehn Minuten zu früh beim *Bomba* und warte fröstelnd auf dem Bürgersteig, bis Marie, Lea und Melanie im Gleichschritt und in Sektlaune um die Ecke gebogen kommen.

»Hola Chica«, kräht Marie mir aus der Mitte entgegen, »bereit, die Möpse tanzen zu lassen?«

Ich schüttle ratlos den Kopf. Ich habe ein Taschentuch auf meine Lippen gepresst und bin einen weiten Bogen um das *Bonnie und Clyde* herumgegangen, um mich von der anderen Seite wieder zu nähern. Es ist mir halbwegs gelungen, die letzte halbe Stunde abzuschütteln. Ich begrüße Lea und Melanie, die ich wirklich vom Sehen kenne. Sie ist also mit dem Taxifahrer befreundet, interessant. Die Welt ist klein und lebensgefährlich.

Zu Marie sage ich: »Benimm dich, oder ich schmier dich mit Honig ein und setz dich auf Helenas Party aus.«

Sie reißt die Augen auf und piepst: »Bin brav.«

Wir geben uns kühl und abgeklärt, um von dem stiernackigen Türsteher hineingelassen zu werden. Der Lärm schlägt uns wie eine Wand entgegen, heiße, feuchte Luft und Zigarettenrauch. Es geht eine breite Treppe aus tückischen Metallstufen hinunter, eine echte Todesfalle. Ich suche Maries Arm, aber sie geht mit so konzentrierten Schritten vor mir her, dass ich sie nicht stören will. Die Treppe nimmt kein Ende, es ist, als steige man in einen Luftschutzbunker hinab. Die Stufen enden direkt vor der riesigen Tanzfläche, auf der bereits eine ansehnliche Menschenmenge zu fiebrigen Rhythmen zuckt. Wir tauchen in der ohrenbetäubenden Musik unter, flackerndes Silberlicht friert unsere Bewegungen in Zeitlupe ein. Wir tasten uns orientierungslos durch die Masse schwitzender Körper. »Warst du schon mal hier?«, schreit Melanie in mein Ohr, ich schüttle den Kopf. »Wie gefällt's dir?«, brüllt sie, ich zucke mit den Achseln. »Viele Pheromone«, schreie ich zurück.

Im selben Moment schiebt sich etwas zwischen mich und Marie, die sich vor mir durch die Menge schlängelt. Der flüchtige erste Eindruck ist der einer außergewöhnlichen Schmierigkeit, dann legt das silbrige Zeitlupenlicht sämtliche Details offen. Schwulstig vorgeschobene Lippen zwischen schwarzen Bartstoppeln, aufgequollene Wangen, blutunterlaufene Augen, buschige Augenbrauen, die über der Nase zusammenwachsen, buttrige Haare in der wulstigen Stirn. Eine ungewaschene Hand mit rissigen Fingernägeln schiebt sich quälend langsam aus dem Ärmel einer speckigen Lederjacke, ich bin trotzdem nicht schnell genug, um den aufgesprungenen Knöcheln von zwei ausgestreckten Fingern auszuweichen, die in meine Wange kneifen. Ich lese ein Hallo von den wulstigen Lippen ab, und fauliger Bier-Atem schlägt mir entgegen.

Ich will mich ducken und im Menschenstrom untertauchen, dann überlege ich es mir anders. Ich strecke mein Rückgrat in die Länge, mein Kopf schießt in die Höhe, so dass ich die gedrungene Gestalt im Bruchteil einer Sekunde überrage. Ich sehe den Schrecken in seinen schwarzen Augen, er weiß in diesem Moment, dass er verloren ist. Ich wachse ins Unermessliche. Ich dehne mich aus und verschlucke den Raum um mich herum, ich sprenge meine Kleider von mir, die dem schwellenden Fleisch nicht standhalten können. Die wabernde Menschenmenge reicht mir bis zur Hüfte und im nächsten Moment bis zum Knie, aber ich sehe sie nicht, und sie kümmert mich nicht. Mein mächtiger Blick ist auf das kleine Ding mit der Angst in den Augen gerichtet, das ungläubig zu mir heraufstarrt und am ganzen Leib zu zittern beginnt. Es geht immer schneller, über mir öffnet sich die Decke. Die Mauern weichen vor mir zurück und schrumpfen in den Boden hinein, ich lache laut und strecke mich den Sternen entgegen, die mich funkelnd begrüßen. Um meine Füße herum strömen die Menschen kreischend auseinander, sie fürchten um ihr kleines Leben und beginnen zu rennen, sie schreien vor Angst. Ich bücke mich in den wimmelnden Haufen hinein und greife den Kerl in der Lederjacke, der inzwischen bequem in meine Handfläche passt. Ich umschließe ihn vorsichtig mit den Fingern und hebe ihn zu mir in die Höhe, er windet sich unangenehm in meiner Hand. Ich halte mich nicht lange mit ihm auf, ich betrachte nur kurz das kleine, verzerrte Gesicht, das aus meiner Faust ragt, dann beiße ich seinen Kopf ab und spucke die kleine Kugel in die Ferne, während ich den zuckenden Körper achtlos fallen lasse. Unter mir schreit und flüchtet die Menge.

Ich ducke mich unter der grabschenden Hand hindurch, schlängle mich mit einer schnellen Linksdrehung an ihm vorbei und bin in der Menge der Körper untergetaucht, noch ehe er sich nach mir umdrehen kann. Ich bekomme Maries Ärmel zu fassen, und wir werden in einen der Nebenräume gespült, wo es ein wenig leiser und kühler ist, das Licht stabiler. Die Garderobe. Ich knöpfe meinen Mantel auf. Vielleicht bin ich heute einfach nicht zu Konfrontationen aufgelegt.

Zwei Stunden und ein paar Cocktails später brauchen Marie und ich eine Pause, die Musik ist heiß und die Atmosphäre elektrisch, die Luft im Raum kaum noch zu atmen. Alles ist in einer einzigen, endlos wiederholten Bewegung erstarrt. Wir bahnen uns einen Weg durch die zappelnden Körper und finden die Damentoilette. Die Schlange davor ist eine Unverschämtheit.

»So lange kann ich nicht warten«, beschließt Marie, fasst mich an der Hand und steuert mit schnellen Schritten auf die gegenüberliegende Tür zu, die ein großes Piktogramm einwandfrei als den Eingang zur Herrentoilette ausweist. »Nein!«, sage ich streng und nicht nur, weil ich ungute Erinnerungen an Herrentoiletten habe. Aber Marie zerrt mich hinter sich her und stößt die Tür auf. Der Raum ist groß und weiß gekachelt, und als die Tür hinter uns in Schloss fällt, ist es plötzlich so still wie in einem Krankenhaus. Marie und ich wechseln einen überraschten Blick, dann betrachten wir fasziniert die lange Reihe von Männern, die mit angegrätschten Beinen, den Händen in der Körpermitte und konzentriert gesenkten Köpfen an den Becken stehen.

»Sieh dir das an«, flüstert Marie. Ich nicke ehrfürchtig.

»Erstaunlich, wie verwundbar sie aussehen«, haucht sie.

Ich komme als Erste wieder zu mir, packe Marie am Handgelenk und zerre sie auf die nächstgelegene Kabine zu. Sie folgt mir nur widerwillig. Mittlerweile sind wir den ersten aufgefallen, die sich wieder verstaut haben und von den Becken zurücktreten, so dass die automatischen Spülungen zu rauschen beginnen.

»Da geht es hin«, flüstert Marie zärtlich, glotzt wie ein Kind im Zoo und sträubt sich gegen das Ziehen an ihrer Hand. Ich gehe um sie herum und schiebe sie kräftig von hinten an den Schultern, so dass sie auf ihren hohen Hacken vorwärtsstolpert.

»Hilfe, Vergewaltigung!«, kreischt sie, »Jungs, zu Hilfe!«

Ich stoße sie in die Kabine und schließe die Tür hinter uns.

»Du bist so was von peinlich«, zische ich sie an, Marie grinst breit.

»Gott, nun stell dich nicht so an«, sagt sie.

»Schrei doch nicht so!«

»Warum nicht?«, antwortet sie etwas über Zimmerlautstärke. »Dafür ist es jetzt sowieso zu spät.«

Von draußen klopft es an die Tür.

»Alles in Ordnung da drin?«, fragt eine Männerstimme.

»Bestens, vielen Dank«, flötet Marie, »es war falscher Alarm!«

Wir hören das Geräusch von Schritten, die sich entfernen.

»Es sei denn …«, sagt Marie mit lauter Stimme über die Trennwand hinweg, die Schritte halten inne.

»Es sei denn, Sie hätten zufällig einen Tampon bei sich, den Sie verschmerzen könnten.«

»Verarschen *könnte* ich mich allein«, kommt es von draußen. Marie beginnt laut zu lachen.

Ich schlage mir mit der Hand vor die Stirn.

»Unter aller Kanone!«, sage ich. »Ich hoffe, du bist stolz auf dich.«

»Ich weiß nicht recht. Bist du stolz darauf, eine spießige alte Langweilerin zu sein?«, schnappt sie zurück.

»Zumindest kann man sich mit mir noch sehen lassen. Bei dir muss man immer auf das Schlimmste gefasst sein.«

»Darüber solltest du froh sein! Das Leben ist langweilig genug, da muss man sich nicht noch zusätzlich langweilen, indem man langweiliger ist als die Langweile, du Langweilerin.«

»Lieber langweilige Langweilerin als schlecht frisierte Allerweltsschlampe.«

Marie reißt empört den Mund auf. »Das muss ich mir nicht anhören«, beschließt sie und öffnet die Kabinentür. »Im Übrigen willst du alte Spießerin ja sicher auch eine Kabine für dich allein haben. Wenn du mich also suchst«, sagt sie schon im Gehen, »ich bin nebenan und – oh, der Maler!«

»Na sicher«, höhne ich in ihre Richtung, »was Besseres fällt dir wohl nicht ein.«

»Herzlichen Glückwunsch«, höre ich ihre Stimme von draußen, die Tür hat sich bis auf einen schmalen Spalt wieder geschlossen. »Du hast das große Berliner Toilettenderby souverän gewonnen. Dein Preis ist hinter Tor Nummer drei.«

Die Tür öffnet sich, und der Taxifahrer wird zu mir in die Kabine geschoben.

»Waaah!«, schreie ich und weiche zurück, wobei ich über das Klo stolpere und auf die Schüssel falle. Die Tür wird von draußen mit einem Knall zugeworfen, ich höre Maries lautes Lachen. Vor mir steht der Taxifahrer in einem blauen T-Shirt, einem schwarzen Sakko und mit einem amüsierten Lächeln auf den Lippen. Alles steht ihm ausgezeichnet, und auch die schwarzen Haare, die hohen Wangenknochen, die blauen Augen und die kleine Narbe benehmen sich und ergeben ein Gesicht.

»Interessante Situation«, sagt er und streckt eine Hand aus, um mir aufzuhelfen. Seine Stimme klingt wie tiefes blaues Wasser.

Ich ignoriere seine Hand, während ich versuche, gleichzeitig aufzustehen und mein Kleid glatt zu ziehen. Er dreht diskret den Kopf zur Seite.

»Ich hatte gehofft, dich wiederzusehen«, sagt er, dann blickt er sich stirnrunzelnd um. »Ich hätte allerdings nicht gedacht, dass es gerade hier sein würde.«

Ich muss lachen und schüttle den Kopf.

»Das Leben steckt eben voller Überraschungen.«

»Du scheinbar auch«, sagt er und lächelt provozierend.

»Och«, sage ich betont gelangweilt, »das täuscht. Wie war denn deine Vernissage noch so?«

»Oh, es war ein phantastischer Misserfolg. Du hättest wirklich noch länger bleiben sollen.«

»Tut mir leid für dich«, sage ich und lege die Hand auf seinen Arm. Es gefällt mir, dass er ehrlich ist.

»Halb so wild. Der Krempel hängt ja jetzt noch eine Weile. Außerdem ist Sean bis zum Schluss geblieben und hat mich getröstet. Er ist übrigens auch hier, hast du ihn gesehen?«

»Ach, Sean ist hier? Nein, habe ich nicht.«

»Ich nämlich auch schon eine Weile nicht mehr. Ich glaube fast, er ist schon wieder weg. Er hat mich angerufen, und wir waren was trinken, dann wollte er noch hierher.«

»Eigenartig. Aber sag mal, lief die Vernissage wirklich so mies?«

»Ach, geht. Ein paar Bilder bin ich schon noch losgeworden.«

»Auch das mit der Frau am Fluss?«

»Die Alba? Nein, die ist noch da. Gefällt sie dir?«

»Wer ist das? Die Alba?«

»Die Herzogin von Alba. Sie war die Geliebte von Goya.«

Sieh mal einer an.

»Ich weiß, wer die Alba ist. Ich hätte sie bloß auf deinem Bild nicht erkannt.«

»Kann man auch nicht, zugegeben. Ich nenne sie nur so. Jedenfalls mache ich dir einen Spitzenpreis, wenn du sie kaufen willst.« Er grinst unverschämt und zeigt seine makellosen Zähne.

»Hast du die anderen Bilder auch so verkauft? An unschuldige Mädchen, die du auf der Toilette überrumpelst?«

»Ich überrumple nur sehr selten Mädchen auf der Herrentoilette«, sagt er mit deutlichem Akzent auf »Herren«, dann fügt er nachdenklich hinzu: »Was die Verkaufszahlen angeht, könnte das also ganz gut hinkommen.« Er zwinkert mir zu, ich verziehe keine Miene.

»Aber nein«, fährt er fort, »es war wohl doch eher Mitleid, glaube ich. Zumindest beim letzten. Wir wollten schon zumachen, da kam noch eine kleine Gruppe gutbetuchter Szenegänger reingeschneit. Eine der Frauen ging mit herrischem Schritt die Bilder ab, sah mich mitleidig an und kaufte dann was.« Er legt die Stirn in Falten. »Ein riesiger und ganz und gar gefährlicher schwarzhaariger Vamp. Sie hat darauf bestanden, das Bild sofort mitzunehmen. Ich habe mich nicht getraut, ihr zu sagen, dass sie bis zur Finissage warten soll. Ich hatte ein bisschen Angst vor ihr.«

»Das war meine Freundin Helena«, sage ich. »Ich war heute bei ihr, sie hat das Bild in ihren Flur gehängt.«

Er zieht die malerischen Brauen in die Höhe.

»Das ist eine Freundin von dir? Interessant. Und das gerade war doch auch eine Freundin von dir?« Er deutet mit dem Zeigefinger über die Schulter nach draußen. Ich nicke und versuche, unergründlich zu lächeln.

»Also, wenn das deine Freundinnen sind … Ich meine, sollte mir das zu denken geben?«

»Das hängt ganz von dir ab«, sage ich und beschließe, mich aus dem Staub zu machen. Noch geheimnisvoller werde ich heute Abend nicht.

»Es war schön, dich wiederzusehen«, sage ich und drücke im Vorübergehen seine Hand.

»Ganz meinerseits«, sagt er nachdenklich. Dann bin ich draußen.

Vor der Toilettentür wartet Marie und kommt sofort auf mich zugestürzt.

»Und?«, fragt sie mit weit aufgerissenen Augen, »wie war's?«

»Nett«, sage ich und will an ihr vorbeigehen.

»Stopp stopp stopp stopp.« Sie fasst mich am Handgelenk. »Erzähl schon! Alles! Jede schmutzige Einzelheit!«

Ich befreie mich sanft aus ihrem Griff und sage: »Langweilerinnen haben nichts zu erzählen. Komm, ich will was trinken.«

Ich habe alles für mich behalten, Marie hat irgendwann Ruhe gegeben. Wir sitzen mit elegant übereinandergeschlagenen Beinen auf zwei Barhockern am Rand der Tanzfläche und beobachten ein junges Paar schräg gegenüber, dessen Balzritual gerade fürchterlich danebengeht. Vor uns bauen sich zwei armselige Gestalten auf, die noch auf Stelzen unter unserem Niveau sind. »Na, ihr zwei Hübschen, wie heißt ihr denn«, sagt der eine ohne einen Funken Ironie. Was soll man von einem solariumzerschmorten Mittvierziger im Miami-Vice-Sakko auch erwarten können. Sein schüchterner Kumpel sieht noch schlimmer aus. Marie zieht die Mundwinkel nach unten und sagt mit tartarisch gerolltem R: »Mein Name ist Malika Molotow. Dies ist mein Freundin Forsythia Fundamentova. Wir sind aus Ruuussland. Unseres Männer euch brechen alles Knochen wenn euch sehen.« Sie trollen sich.

Lea taucht aus dem Menschengetümmel auf. Sie hat getanzt, eine Haarsträhne klebt verschwitzt an ihrem Gesicht. Sie sieht uns, winkt und kommt torkelnd auf uns zu, dann steht sie vor uns und legt den Kopf auf die Schulter. Warum wir hier auf den Hockern sitzen und nicht mit ihr tanzen gehen, will sie wissen. Hinter ihr lodert das Zeitlupenlicht und umgibt ihr gerötetes Gesicht mit einem fiebrigen Schein. Ihre Pupillen zucken und flackern in unregelmäßigen Abständen wie ein kaputter Bildschirm, sie lächelt wie ein Schulmädchen. Als mein Blick verrät, dass ihr Zustand offensichtlich ist, wird ihr Lächeln breiter, sie greift in die Hosentasche und hält uns eine geschlossene Hand entgegen. Ich schüttele den Kopf, aber Maries Augen glänzen. Lea wirft die kleine Pille in Maries Cocktailglas, Marie sieht ihr verliebt hinterher und meidet meinen Blick. Ich stelle mein halbleeres Glas auf die Theke, winke den beiden zu und stehe auf, sie halten mich nicht zurück. Die Musik ist noch lauter geworden, aber die Nacht ist zu Ende, wir sind schon die Übriggebliebenen. Der Taxifahrer ist weg, seit über einer Stunde. Er ist auf mich zugekommen, hat mich wortlos auf die Wange geküsst und ist wieder gegangen, ich habe ihm lange nachgesehen. Marie hat mir einen Blick von der Seite zugeworfen und meine Hand gedrückt.

Auf dem Hocker neben mir hängt wie ein nasser Sack

ein Mann im verschwitzten Hemd, nur sein Kopf, der schwer auf der Theke liegt, hindert ihn daran, von dem glatten Kunstleder zu rutschen und auf den Boden zu stürzen. Seine Hand umfasst eine umgekippte Bierflasche, das Innenfutter seiner rechten Hosentasche ist nach außen gekehrt. Hinter der Bar steht eine dürre Blondine mit einem viel zu tiefen Ausschnitt und einer schwarzen Schürze um die Hüften, sie raucht eine Zigarette, blickt gelangweilt um sich und spielt mit der freien Hand an einem Geschirrtuch herum, das neben ihr im Spülbecken liegt. Dann drückt sie die Zigarette aus, nimmt einen Lappen und beginnt, die klebrige Theke zu wischen, um den Kopf des Schlafenden wischt sie vorsichtig herum. Auf der Tanzfläche flattern vereinzelte Körper wie große, dunkle Motten im Neonlicht, aber die Resignation der Morgenstunde liegt bereits über allem. Meine Füße tun weh, und es pocht dumpf in meinem verstauchten Knöchel, als ich langsam und am Takt vorbei durch den großen unterirdischen Raum auf die Treppe zugehe. Am anderen Rand der Tanzfläche, in kleinen Nischen mit tiefen Schatten, wo die grellen Blitze der Neongeschütze nicht hinreichen, liegen auf roten Sofas ineinander verschlungen die Paare der Nacht. Morgen sieht alles ganz anders aus, denke ich. Im Vorbeigehen sehe ich für einen kurzen Moment ein bekanntes Gesicht, ich glaube, es ist der Mann im Tweed-Anzug, mit dem ich bei der Vernissage zusammengestoßen bin. Auch er sieht mich im Vorübergehen an, jedenfalls glaube ich das. Dann ist er irgendwo hinter mir verschwunden, und ich habe keine Lust, mich umzudrehen. Ich bin müde und will nach Hause.

Als ich aus dem lärmenden Club in die kalte Luft trete, hat es aufgeklart. Große, schneeweiße Wolken ziehen mit hoher Geschwindigkeit über den tintenschwarzen Himmel, dazwischen funkeln die Sterne. Ich beschließe, trotz der schmerzenden Füße noch ein Stück zu laufen, und sehe verblüfft dem Spiel der Wolken zu. Kaum zu glauben, wie schön das ist. Dass die Wolken so leuchten vor dem dunklen Himmel. Als ich mich dabei ertappe, dass ich an den Taxifahrer denke, ist es zu spät, und ich bin schon mitten in der Vorstellung. Es wäre schon schön, wenn er jetzt hier wäre, zumal er ja für Wolken durchaus etwas übrig hat. Passen würde das auch ganz gut, so ein unverbindlicher Nachtspaziergang mit ihm. Ein bisschen angetrunken in den Wintermond blinzeln. Ich erwäge, so nebenbei im Gehen ein wenig in meiner Handtasche zu kramen, um nachzusehen, ob der Zettel mit seiner Telefonnummer noch da ist, nur so, aus Interesse.

Im Licht der Laternen glänzen die Straßenbahngleise und laufen ganz gerade in die Nacht hinein, bis ich sie nicht mehr sehen kann. Es ist kein einziges Auto auf der Straße, in den Häusern rechts und links sind nur wenige Fenster erleuchtet. Weit unten, die Straße hinab, über den Dächern auf der linken Seite zieht eine große, strahlend weiße Haufenwolke heran, mit der irgendetwas nicht stimmen kann. Sie sieht aus wie eine von diesen Postkartenwolken, die man nur im Sommer, im Urlaub und in fernen Ländern zu sehen bekommt. Der Wind schiebt das Wolkengebilde über graue Schornsteine und dürre Fernsehantennen die verlassene Straße hinauf und reißt und zerrt an den blendenden Konturen. Ich sehe zu, wie es näher kommt, größer wird, sich in den schwarzen Himmel türmt und wieder zusammenfällt. Langsam formt sich eine Stirn, und Haarspitzen fallen hinein, eine gerade Nase arbeitet sich aus den wabernden Massen hervor. Der untere Teil verdichtet sich und formt aus schleierigem Dampf Kinn und Wangen. Und dann reißen dicht darüber zwei Stellen zugleich, und der Himmel scheint hindurch, und zwei pechschwarze Augen funkeln riesig auf die Straße herunter und sehen mich an. Ich bin längst in den Schatten eines Hauseingangs getaumelt und halte mich an dem kalten Mauerwerk fest, eine Windböe fegt heulend um die Ecke. Das riesige Gesicht über der Straße kommt näher, aus den brodelnden Wolkenmengen formen sich weit geöffnete Lippen, hinter denen der Schleier reißt und einen schwarzen, lautlosen Schrei entlässt. Immer noch kommt es näher, die schwarzen Löcher der Augen werden größer, und der schwarze Mund frisst sich immer tiefer in das Gesicht hinein. Ein zweiter, eisiger Windstoß heult um die Ecke, fährt mir unter den Mantel und zerrt an meinen Haaren. Als ich den Mund aufreißen und schreien will, fährt langsam ein Taxi die nächtliche Straße entlang. Ich stoße mich von der kalten Hauswand ab und renne heftig winkend auf die Straße zu. Mein verletzter Knöchel gibt unter mir nach, ich stürze auf die Knie und stehe hastig wieder auf, der Wagen kommt am Straßenrand zum Stehen. Ich reiße die Tür auf und werfe mich auf die Rückbank, der Wind knallt die Tür hinter mir zu. In Sicherheit.

Ich stochere mit dem Haustürschlüssel am Schloss herum, die Lampe über der Tür ist mal wieder kaputt, und die dürren Äste der Kastanie schlucken so viel vom Licht der Straßenlaterne, dass ich das Schlüsselloch nicht sehen kann. Endlich gelingt es, und ich stemme mich gegen die Tür. Ich schleppe mich die Treppen hinauf, nach dem kleinen Schlussspurt auf der Straße tun mir die Füße erst recht weh. Der dicke Wintermantel hat zwar den Sturz auf die Knie gedämpft, aber ihm selbst hat es nicht gerade gutgetan hat. Auf dem letzten Treppenabsatz vor meiner Wohnung fahre ich erschrocken zurück, denn zehn Stufen über mir steht eine große Frau in einem weißen Kleid und sieht mich herrisch an. Ich stöhne erleichtert auf, als ich feststelle, dass es das Bild der Alba ist, das an der Wand neben meiner Wohnungstür lehnt. Ich nähere mich zögerlich und betrachte die große Frau, die entschieden hinunter in den Fluss deutet, mit gemischten Gefühlen. Es ist wirklich schön, aber ich bin mir ziemlich sicher, dass ich es nicht hier haben sollte. Ich schließe die Wohnung auf und trage das Bild hinein, der dunkle Holzrahmen mit den schönen Intarsien ist überraschend schwer. Ich lehne es im Flur an die Wand und schließe die Tür hinter mir, ziehe Schuhe und Mantel aus. Ich betrachte das Bild nur noch einmal im Vorübergehen, als ich aus dem Badezimmer komme. Als ich ins Bett gehe, mache ich die Flurtür sorgfältig hinter mir zu.

Als ich am nächsten Morgen aus dem Haus trete, ist die Sonne noch nicht lange aufgegangen und der Tag so grau, dass es ohnehin nichts ändert. Ich gehe eilig auf die Straßenbahnhaltestelle zu und sehe dabei auf mei-

ne Füße, neben mir braust ein Auto über das Kopfsteinpflaster. Als ich aufsehe, stelle ich fest, dass es ein Taxi
ist, das jetzt scharf bremst, zum Stehen kommt und im
Rückwärtsgang wieder die Straße hinauffährt. Der Wagen ist noch nicht ganz auf meiner Höhe, da senkt sich
das Fenster auf der Beifahrerseite mit einem elektrischen
Summen, und eine Stimme ruft meinen Namen. Ich trete auf die Straße und spähe durch das geöffnete Fenster in das schummrige Wageninnere, die ungewöhnlich
dunklen blauen Augen lachen mich an.

»Guten Morgen«, sagt er freundlich, »du bist aber
schon früh wieder auf.«

»Arbeit, Arbeit«, sage ich, »guten Morgen. Und wie
kommt es, dass du jetzt schon wieder im Taxi sitzt?«

»Na ja, du weißt ja, dass es mit Bilderverkaufen allein
nicht getan ist.«

Ich lächle und schüttle den Kopf. »Du solltest zualler-
erst aufhören, sie zu verschenken«, sage ich.

»Du hast es gefunden?«

»Genau genommen hat es mich gefunden. Und zu
Tode erschreckt. Wie bist du ins Haus gekommen?«

»Das ist mein Geheimnis. Nur so viel: Einer von deinen Nachbarn hasst mich jetzt. Ich verrate nicht, wer.«

Er lacht mich an und ist dabei erschreckend schön.

»Ich werd's rauskriegen. Aber ich kann es trotzdem
nicht annehmen.«

»Doch, kannst du. Kaufen will es sowieso keiner.«

»Vielen Dank. Das ist wirklich nett von dir. Aber, hör
mal –«

»Ja? Steig doch erst mal ein, du erfrierst ja da draußen.«

»Schon gut, ich habe es ohnehin eilig. Ich –«

»Wo musst du denn hin? Spring rein, ich fahr dich schnell.«

»Nee, lass mal«, sage ich, »hör zu.«

Er hat es ganz gut aufgenommen, denke ich, als ich in der Straßenbahn sitze. Aber ich habe ihm auch keine Wahl gelassen. Ich konnte ihm nicht die Wahrheit sagen, ich musste lügen. Dass ich gerade erst etwas beendet hätte, sagte ich, dass es schwierig war und schmerzhaft. Und dass es mir leid täte, was wieder die Wahrheit war. Er nickte und sagte, dass er verstünde. Es blieb ihm auch nicht viel anderes übrig. Aber es klang, als meinte er es auch so. Und er sagte, ich hätte ja seine Nummer, falls ich meine Meinung ändern sollte. Dann war ich dran mit Nicken, es fiel genauso betreten aus wie bei ihm. Ich solle auf mich aufpassen, sagte er, ich erwiderte: Du auch. Ich trat von der Straße zurück, er legte den Gang ein und fuhr langsam davon. Ich winkte ihm nach und wartete, bis er um die Ecke gebogen war und ich ihn nicht mehr sehen konnte. Ich zog eine Zigarette aus der Handtasche und schirmte die Flamme des Feuerzeugs gegen den Wind. Während ich die Straße entlangging, spähte ich nach oben und suchte den Himmel flüchtig nach Gesichtern ab.

IM ATELIER STÜTZE ICH die Hände auf meinen Arbeitstisch mit den aufgetürmten Stoffmassen und sage wütend: »Das ist alles deine Schuld.«

Sean sitzt vor mir und sieht mich fragend an.

»Kaffee?«, frage ich stirnrunzelnd.

»Gern«, gähnt er, »hast du mich etwa in aller Herrgottsfrühe herbestellt, um mir das zu sagen?«

»Ich habe dich her*gebeten*, weil ich eine Idee für meine Kollektion habe und deine Hilfe brauche, aber das muss warten. Außerdem ist es schon nach elf, du faules Stück.«

Ich gieße den Rest Kaffee in zwei Becher und setze mich zu ihm an den Tisch.

»Danke. So, nun von vorne. Was ist meine Schuld?«

»Die ganze Sache mit deinem dämlichen Taxifahrer-Maler-Busenfreund ist deine Schuld. Willst du wissen, wo der mich gestern Abend überrumpelt hat? Auf dem Männerklo.« Ich feuere eine Fragensalve ab. »Wieso war der im *Bomba*? Und wieso war der mit dir im *Bomba*? Und wo warst du überhaupt, und wieso habe ich dich nicht gesehen?«

Er steht provozierend langsam auf, stellt sich hinter mich und beginnt, meine Schultern zu massieren. Dann sagt er: »Eins nach dem anderen. Wieso warst du denn auf dem Männerklo?«

»Ich stelle hier die Fragen! Also: Wo warst du gestern Abend gegen elf, als ich versucht habe, dich anzurufen? Ich war gerade von Helenas entsetzlicher Diashow geflüchtet und wollte was mit dir trinken gehen.«

»Ich saß in einer reizenden kleinen Weinstube mit

dem, den du den Taxifahrer nennst. Jetzt ich. Wie kam das mit dem Männerklo?«

»Na ja, weil du nicht rangegangen bist, habe ich Marie angerufen und bin dann mit den Mädels ins *Bomba*. Marie musste pinkeln, und die Schlange vor dem Damenklo war zu lang. Wir sind ins Männerklo, und dort hat Marie den Taxifahrer zu mir in die Kabine geschubst. Also, wieso warst du mit ihm im *Bomba*?«

»Ich wusste von Marie, dass ihr dort seid.«

»Verräter.«

»Nun hab dich nicht so. Ich dachte, es wäre eine gute Idee. Ich hab ihn halt da abgeladen und mich dann aus dem Staub gemacht. Ich dachte, früher oder später begegnet ihr euch schon. So ganz zufällig. Ganz schicksalhaft, meine ich.« Er lässt seine Hände schwer auf meine Schultern fallen.

»He, aua.«

»Also los, erzähl mir, was da schiefgegangen ist.«

Er setzt sich wieder, und ich erzähle ihm, was gestern Abend war und was heute Morgen war. Mit ein paar Auslassungen. Er hört aufmerksam zu und sieht mich besorgt an.

»Das Problem ist der andere«, sagt er schließlich, »nicht wahr?«

Ich nicke.

»Er verliert sein Gesicht, verstehst du das?«, sage ich. »Es fällt auseinander.«

»Sag so was nicht. Wie lange ist er jetzt tot, zwei Jahre?«

»Eineinhalb. Ziemlich genau achtzehn Monate.«

Er rückt mit seinem Stuhl heran und nimmt mich in die Arme.

»Das ist eine verdammt lange Zeit, Schatz.«

»Ich weiß. Ich erinnere mich kaum noch, verstehst du? Da ist so viel Dämmerung zwischen uns. Ich kann ihn kaum noch erkennen.«

»Gut, das Auge ist vergesslich. Aber das Herz doch nicht.«

Gerade das Herz, denke ich, aber das sage ich nicht. In der Stille zwischen uns kann ich seinen Atem hören. Wir sagen nichts mehr, es ist ein bisschen wie damals. Ich löse mich aus seinen Armen, als mir seine Augen zu grau werden, und küsse ihn rasch auf die Wange.

»Ist ja auch egal. Ich wollte mit dir über Art déco reden. Zu irgendwas müssen die zahllosen Wochenenden auf Trödelmärkten schließlich gut gewesen sein.«

»Das hat mir eine einzigartige Geschirrsammlung eingebracht. Von daher hatte es auch sein Gutes, schmählich verlassen worden zu sein.«

Ich wühle durch meine Skizzenblöcke. »Sieh dir mal meine Entwürfe an und sag mir, was du davon hältst.«

»Zuerst mehr Kaffee, bitte«, sagt er und hält mir den leeren Becher entgegen.

»Fehlanzeige.« Ich deute auf die leere Kanne. »Ich mache neuen. Weil du's bist.«

»Wie war's denn jetzt eigentlich bei Helena?«

»Großer Gott, fürchterlich«, sage ich auf dem Weg zur Kaffeemaschine, »ich – aua.«

Plötzlich ist ein scharfer Schmerz hinter meiner linken Augenbraue. Ich beginne zu taumeln und muss mich an der Wand festhalten, dann ist alles weiß.

Den Kopf in die Zimmerecke geschmiegt bin ich wieder da, oder immer noch. Ich habe kein Gefühl für Zeit, wenn ich hier bin, und der Raum hat keine Fenster. Ich schlafe manchmal ein, daran merke ich, dass die Zeit vergeht. Etwas ist heute anders. Er liegt da und grinst mich an, als wäre alles wie immer. Er weiß noch nicht, dass ich ihn mir vom Hals schaffen werde. Ich stehe auf und durchquere das weiße Zimmer. Ich bin fest entschlossen, aber so schwach von dem langen Sitzen, dass ich beim Aufstehen in die Knie gehe. Für einen kurzen Moment wird mir schwarz vor Augen, dann ist es vorüber. Ich trete an das Fußende des Bettes und packe ihn zornig an den Beinen, während er weiter stupide in die Ecke grinst. Ich schaudere vor der Kälte seiner Haut, dann ziehe ich kräftig an ihm, bis er langsam und beinahe resigniert zu rutschen beginnt. Ich zerre ihn vom Bett, und mit einem dumpfen Klatschen prallt der leblose Körper auf den Boden. Der Ruck reißt mir die Knöchel aus den Händen, ich greife wieder nach ihm und beginne, ihn über den Boden zu schleifen. Er ist schwerer, als ich erwartet hatte. Ich zerre ihn auf die Tür zu. Während der ganzen Zeit, die ich in der Zimmerecke gesessen habe, habe ich nie darüber nachgedacht, ob sie wohl zu öffnen sein würde. Panik kriecht mit langen Spinnenbeinen über mich, rieselt durch die Magengrube in die Fingerspitzen. Die Knöchel der Leiche gleiten aus meinen schweißnassen Handflächen, ich stürze auf die Tür zu und drücke die Klinke herunter. Die Tür geht auf.

Sean ist von seinem Stuhl aufgestanden. »Alles in Ordnung?«, fragt er.

»Ja, geht schon«, lüge ich, »ich habe irgendwie Kopfschmerzen.«

Merkwürdig, dass mir der Traum erst jetzt wieder einfällt.

»Setz dich hin, ich mache das.«

Ich lasse mich zurück auf meinen Stuhl sinken, Sean stopft eine frische Filtertüte in die Maschine und schüttet Kaffeepulver hinein.

»He, nicht so schütten. Abmessen. Sechs Löffel.«

Ich stehe auf und nehme ihm die Kaffeedose aus der Hand.

»Jedenfalls glaube ich, dass Helena Horst umgebracht hat«, sage ich.

»Du machst Witze.«

»Ich weiß nicht. Bei Helena weiß man ja auch nie genau. Sie ist so undurchsichtig. Oh, hier.« Neben der Kaffeemaschine steht noch das Chiffon-Gürteltier. »Für dich.«

»Was ist das denn?«

»Das Resultat eines Vormittags harter Arbeit.«

»Entzückend. Du denkst dran, dass morgen der Schönheitswettbewerb ist?«

»Pausenlos. Was hältst du jetzt von meinen Entwürfen?«

»Zeig mal her.« Und im gleichen Atemzug: »Was wirst du jetzt mit dem Maler unternehmen?«

Ich werfe die Skizzenblöcke auf den Tisch und sehe aus dem Fenster. Es hat in den letzten zwei Stunden überraschend schnell aufgeklart, draußen ist der Himmel strahlend blau, und die Sonne scheint. Im hellen Licht des Tages sieht die Sache irgendwie schon wieder ganz anders aus.

»Ich weiß noch nicht genau. Ich denke, ich rufe ihn doch mal an.«

»Braves Mädchen.« Er tippt nacheinander auf zwei Skizzen. »Das da ist scheußlich, das ist toll.«

»Das ist genau das, was ich brauche«, sage ich zufrieden.

Es kommt mir vor, als würde ich schon seit Stunden mit der gleichen, kreisenden Suchbewegung meine Handtasche durchwühlen, aber ich bekomme immer wieder nur den Lippenstift, das Telefon, die Zigarettenpackung und das Feuerzeug zu fassen und nie den kleinen, in der Mitte gefalteten weißen Zettel, von dem ich genau weiß, dass er noch darin sein muss. Es sei denn, die Katze hat ihn gefressen, was aber unmöglich ist, denn sie hatte mein Handgelenk im Maul. Ich kann nicht glauben, dass ich die verdammte Telefonnummer verloren habe. Ich schütte den gesamten Inhalt meiner Handtasche auf den Tisch, breite alles flach vor mir aus und wühle es systematisch durch.

»Erstaunlich, was man so alles in einer Handtasche mit sich herumträgt«, sagt Lea und berührt ein Fläschchen Backaroma, von dem ich nicht weiß, wie es in meine Tasche gekommen ist. »Was suchst du eigentlich?«

Wir sitzen in einer kleinen Bar am Oranienplatz bei einer Karaffe Merlot. Anstatt etwas zu sagen, winke ich nur ab, ich muss mich konzentrieren. Jetzt ist sie eingeschnappt.

»Oh, entschuldige bitte«, sagt sie, »dann wühl eben weiter in deinem Sauhaufen rum, macht ja auch nichts, dass alle uns anstarren. Interessiert mich einen Dreck, was du da in deinem Müll suchst.«

Ich unterdrücke ein Lächeln. Sie ist angetrunken und ihre Zunge schwer vom Wein, sie lallt beinahe.

»Wie kann jemand in einem so hübschen Kleid so ausfallend werden«, murmle ich leise.

Man kann die kleinen Blumen auf ihren Schultern beinahe riechen. Inzwischen sehen wirklich alle Leute im Lokal zu uns herüber, allerdings nur, weil Lea so gebrüllt hat. Jetzt wollen sie wissen, was die große Blonde in ihrem Gucci-Imitat sucht.

»Was könnte ich wohl in meiner Handtasche suchen«, sage ich zu Lea, »den Kopf von Goya natürlich, du dumme Nuss.«

Es ist nicht schwer, sie aus dem Konzept zu bringen, schon gar nicht, wenn sie einen sitzen hat. Sie sieht mich verständnislos an.

»Den was?«

»Den Kopf von Goya«, wiederhole ich, jede Silbe einzeln betonend, und füge hinzu: »Oder hast du ihn? Dann kann ich mir das Suchen schenken!«

»Nein!«, sagt sie, greift nach ihrem Glas und ist für eine Sekunde lang tatsächlich empört darüber, was ich ihr wieder zutraue.

»Du bist blöd«, sagt sie.

Ich finde den Zettel.

»Alex«, sage ich leise.

»Was?«, fragt Lea.

Auf dem Zettel steht »Alex« und eine Telefonnummer. Eine echte Künstlerhandschrift. Hohe, aufgeräumte Buchstaben und schlanke, elegante Ziffern.

»Ich habe nie darüber nachgedacht, dass er einen Namen hat«, sage ich mehr zu mir selbst als zu Lea.

»Wer?«

»Ach, so ein Typ aus dem *Bomba*. Er hat mir seine Nummer gegeben.«

»Oho!«

»Nichts oho. Ist was Geschäftliches.«

»Schade«, sagt sie.

Ich weiß ja, dass sie mich gern wieder in festen Händen sähe. Ich bin mir nur nie ganz sicher, ob sie mir einen Mann an den Hals wünscht, damit ich mich besser fühle oder sie sich.

»Bist du noch gut nach Hause gekommen? Wie lange wart ihr eigentlich noch da?«, will ich wissen.

»Ich nicht mehr so lange, eine Stunde vielleicht. Ich habe ein Taxi genommen.«

»Was, du bist nicht mit Marie zusammen gegangen? Wie kam das denn?«

»Ach, hat sich irgendwie nicht ergeben«, sagt Lea und starrt konzentriert an mir vorbei in die Leere.

»Raus damit! Da kann doch nur ein Kerl dahinterstecken. Also?«

»Ich weiß nicht. Ich habe die ganze Zeit getanzt, und dann war sie auf einmal weg.«

Ebenso wenig wie Pointen sind Lügen Leas starke Seite. Vielleicht sollte man eine solche Schwäche sympathisch finden und sie nicht ausnutzen. Ich tue es trotzdem.

»Was, sie hat dich einfach stehen lassen, ohne sich zu verabschieden? Das sieht ihr mal wieder ähnlich, der blöden Kuh.«

»Nein, so war es nicht«, sagt Lea schnell. »Da war irgendwie jemand, aber ich habe das nicht so genau mitbekommen. Ich bin vor ihr gegangen, ich weiß nicht, ob sie mit ihm mit ist.«

Ich unterdrücke ein Schmunzeln und lasse es dabei bewenden. Eigentlich habe ich gute Lust, die Ereignisse des Abends aus ihr herauszuquetschen, und bei Lea ist das nie besonders schwierig. Aber dann denke ich, dass es nur recht und billig ist, wenn sie nichts erzählen will, ich tue es schließlich auch nicht.

»Trinken wir noch so eine Karaffe?«, fragt Lea.

Ich sehe auf die Uhr, es ist gerade kurz nach zehn.

»Eigentlich würde ich lieber nach Hause«, sage ich und gähne, »ich habe lausig geschlafen letzte Nacht.«

Ich schiebe mein halbvolles Glas von mir und stecke den Zettel mit der Telefonnummer sorgsam in mein Portemonnaie. Lea reißt mir die Rechnung aus den Fingern und gibt ein übertriebenes Trinkgeld, dann sind wir draußen in der Nacht. Die Straßenlaternen werfen ein trübes Licht, ein dünner Nebel ist aufgezogen und hüllt die Häuser in Unschärfe. Wir sind zu angetrunken und auf eine unbestimmte Weise vielleicht auch ein wenig zu traurig, um allein zu gehen, wir haken uns gegenseitig unter. Auf der Straße liegt verstreuter Abfall herum, aufgeweichte leere Pappkartons, die wie tote Quallen aussehen. Ich muss an das Gespräch mit Marie denken und an die Katze an meinem Handgelenk. Und an das weiße Zimmer mit der Leiche darin.

»Sag mal«, höre ich mich sagen, »ist es dir schon mal passiert, dass du einen Traum hattest und aufwachst und dann feststellst, dass du gar nicht wach bist, sondern das Aufwachen geträumt hast?«

»Nein«, antwortet sie langsam, »ich glaube nicht.«

Der Gedanke spinnt sich in mir weiter, ich schüttele den Kopf und sage eilig: »Ach, vergiss es, war 'ne blöde Idee.«

Wir durchqueren die gelbe Lichtinsel, die eine Straßenlaterne auf das Pflaster wirft. Vor dem blauen Lichtschein der U-Bahn-Station bleibt Lea stehen.

»Ich steige hier ein«, sagt sie.

»Gut. Ich nehme den Bus, geht schneller.«

Lea nickt. Sie weiß, dass ich nicht gern U-Bahn fahre. Alles Unterirdische ist mir unheimlich. Sogar die U-Bahn, wenn sie oberirdisch fährt.

»Sehen wir uns bald mal wieder?«

»Na klar. Komm gut nach Hause.«

»Du auch.«

Ich warte noch, bis das Echo ihrer Schritte auf der Treppe ganz verklungen ist, dann gehe ich allein weiter. Der Nebel wabert stumm vor sich hin und malt Gesichter an die Wände, meine Schritte auf dem Pflaster sind das einzige Geräusch. Es ist nicht weit bis zu Maries Wohnung. Dass ich noch zu ihr will, muss Lea nicht wissen.

»Was ist«, knarzt ihre Stimme schlechtgelaunt aus der Sprechanlage.

»Ich«, sage ich.

In der Wohnung im dritten Stock kommt Marie mir aus dem Arbeitszimmer entgegen, ihre Haare sind zerrauft, und ein abgekauter Bleistift klemmt hinter ihrem Ohr.

»Arbeitest du etwa noch?«, frage ich, während ich meine Schuhe ausziehe. Aus dem Augenwinkel sehe ich, wie Marie ein paar Kleinbildfotos von der Anrichte im Flur in eine geöffnete Schublade wischt.

»Das Badezimmer«, stöhnt sie und schiebt die Lade mit der Hüfte zu, »frag nicht.«

»Hast du überhaupt Zeit für mich?«

»Ich habe gerade mein Zippo nachgefüllt, und als ich das Fläschchen Benzin in der Hand hielt, war ich kurz davor, es über meinem Schreibtisch auszugießen und alles in Brand zu setzen. Du kommst wie gerufen.«

Sie schiebt mich ins Wohnzimmer und kommt kurz darauf mit einer Literflasche Spätburgunder und zwei Gläsern nach.

»Was gibt's Neues?«, fragt sie und drapiert sich mir gegenüber in ihren weißen Lieblingssessel.

»Erst das Vieh raus«, bitte ich. Auf der Sofalehne liegt Maries Katze und sieht mich aus zusammengekniffenen Augen an. Marie greift das Tier und wirft es in den Flur, es landet mit einem dumpfen Laut auf allen vieren und huscht davon. Ich schüttle mich, Marie schließt die Tür und sinkt zurück in ihren Sessel.

»Zufrieden?«

»Sehr. Was hältst du davon, wenn ich mich mit dem Taxifahrer verabrede?«

»Halte ich für die beste Idee, die du seit langer Zeit hattest.«

»Dachte ich mir. Wollte es nur noch mal hören.«

»Immer noch Bedenken?«, fragt sie, nippt an ihrem Wein und zieht anerkennend die Augenbrauen in die Höhe. »Gar nicht übel«, sagt sie leise und hält das Glas gegen das Licht, »und dabei von der Tankstelle.«

Ich trinke einen Schluck Wein und sage: »Nicht schlimmer als sonst.«

Marie sieht mich fragend an.

»Meine Bedenken meine ich, du Schnapsdrossel. Außerdem habe ich so komische Träume.«

»Ach, Träume. Träum nicht so viel, tu es einfach. Wenn's ein Fehler war, merkst du's früh genug. Du solltest sowieso viel mehr im Heute leben.«

»Das Heute ist nichts anderes als das Gestern in einer schlechten Verkleidung, wenn du mich fragst. Er heißt übrigens Alex.«

»Alex? Hm. Na ja, dafür kann er ja nichts. Alex wie Alex oder Alex wie Alexander?«

»Keine Ahnung.«

»Wenn du Glück hast, Alexander. Und wenn du richtig Glück hast, Alexander der Große.« Sie grinst ein abstoßend breites Grinsen.

»Manchmal weiß ich wirklich nicht, warum ich noch mit dir rede.«

»Wahrscheinlich weil es sonst keiner tut. Du bist nicht so beliebt, wie du denkst.«

»Jedenfalls bin ich ihm noch mal begegnet, zufällig.«

»Ach so? Wann?«

Marie schüttelt jede der drei Zigarettenschachteln auf dem Tisch und verzieht das Gesicht. Ich greife mechanisch in die Handtasche und werfe ihr meine Packung zu. Sie drückt einen Kuss auf die Fingerspitze und pustet ihn mir entgegen.

»Heute Morgen, auf dem Weg ins Atelier. Er fuhr mit dem Taxi durch meine Straße.«

»Sehr schicksalhaft. Und?« Sie angelt eine Zigarette aus der Packung und zündet sie zufrieden an.

»Ich habe ihn ziemlich abgebürstet und ihm gesagt, dass das nichts wird mit uns.«

»Und jetzt denkst du, es wird vielleicht doch was.«

»Könnte doch sein.«

»Also ran an den Speck.«

»Gut. Morgen rufe ich ihn an. Ach, morgen ist dieser blöde Schönheitswettbewerb. Übermorgen.«

Marie beugt sich über den Tisch und neigt mir strahlend ihr Glas entgegen.

»Auf gutes Gelingen und phantastischen Sex!«

»Es ist immer dasselbe mit dir«, sage ich seufzend und stoße trotzdem mit ihr an.

»Aber apropos«, fällt mir dann ein, »was höre ich da eigentlich von dir und deiner neuesten Eroberung?«

Marie zuckt zusammen.

»Was meinst du?«, fragt sie.

»Spiel hier mal nicht die Unschuld vom Land. Lea hat mir von ihm erzählt.«

»Ach das«, schmunzelt sie, senkt lasziv den Blick und wickelt eine lange Locke um ihren Zeigefinger. »Was soll ich sagen. Die Nacht war jung, und er war's auch.« Sie wirft den Kopf zurück und lacht. »Was hat Lea denn gesagt?«

»Eigentlich gar nichts«, gebe ich zu, »dazu war sie zu diskret. Aber sie hat sich so blöd verplappert, dass es nicht mehr allzu viel Scharfsinn brauchte. Also?«

»Ach, nichts weiter. Nicht der Rede wert. Ich glaube, er hieß Erik oder so.«

»Und wo hast du den aufgegabelt? Im *Bomba*?«

»Ja, im *Bomba*«, sagt Marie, beugt sich über den Tisch und schenkt uns Wein nach.

»Nun komm schon. Und?«

»Nichts und, wenn ich's doch sage. Mir wäre es auch

lieber gewesen, wenn Lea das nicht mitbekommen hätte. Du weißt ja, wie sie ist.«

»Ja, sicher. Bei ihr muss es immer gleich für immer sein. Obwohl – was mit 'ner längeren Halbwertszeit könnte dir eigentlich auch mal nicht schaden.«

Marie schwenkt ihren Wein im Glas und bleibt stumm. Wir erledigen noch gemeinsam den Rest der Flasche, dann beschließe ich, sie lange genug aufgehalten zu haben, und rüste mich zum Gehen.

»Ich komme mit«, sagt Marie und streift ihren Mantel über, »muss noch runter in die Kneipe, Kippen ziehen.«

Vom Flur aus sehe ich einen großen blauen Männerpullover, der in der Küche über einer Stuhllehne hängt. Ich zeige mit dem Finger darauf und lache: »Was ist das denn für ein Schätzchen? Habe ich da einen Trend verpasst? Kein Wunder, dass meine neue Kollektion nichts wird.«

Marie folgt mit den Augen der Richtung meines Zeigefingers.

»Ach, der. Den habe ich neulich wiedergefunden. Den hat mein Vater mal hier vergessen.«

Ich sehe sie zweifelnd an, aber sie treibt mich vor sich her aus der Wohnung.

»Husch-husch«, sagt sie, »ich muss noch arbeiten.«

Draußen hat der Nebel sich etwas gelichtet, und es ist kälter geworden, der Wind hat aufgefrischt. Durch die dünnen Schwaden am Himmel funkelt kühl und gleichgültig ein Stern. Vor der kleinen Kneipe an der Ecke sagt Marie: »Also: Denk nicht so viel, tu es lieber. Aber tu es lieber nicht ohne Gummi.«

Sie drückt meine Hand. Dann runzelt sie die Stirn und beginnt, in ihren Manteltaschen zu wühlen.

»Warte mal, ich hab bestimmt noch irgendwo welche.«

»Ach!«, mache ich. »Geh deine Kippen kaufen, du Junkie, und bleib weg von der Theke.«

»Kann ich dir nicht versprechen«, sagt sie und verschwindet hinter der Tür.

Alles weiss. Schon wieder ist alles weiß. Ich strecke vorsichtig den Kopf durch die Tür. Ein langer Flur mit Neonröhren an der niedrigen Betondecke. Weiße Wände und graues Linoleum in beide Richtungen, soweit das Auge reicht. Ein paar Türen rechts und links, alle gleich. Der Gang ist gekrümmt, in vielleicht zwanzig Metern Entfernung berühren sich die Wände und schneiden meinen Blick ab. Offenbar ist das Ganze kreisförmig, ein riesiges Rondell. Kein Laut. Ich fasse seine Knöchel und schleife ihn wie einen nassen Sack nach draußen. Der Körper gleitet träge über die Schwelle, der Schädel holpert und rollt über die Schultern von der einen Seite zur anderen. Die hohlen Kiefer klappen aufeinander und machen dabei ein Geräusch, von dem ich mir einrede, dass ich es nicht gehört habe. Auf dem Flur bleibe ich stehen. Ich weiß nicht, ob ich nach rechts oder nach links gehen soll. Ich kann mich nicht entscheiden, was sinnvoller ist. Ich kenne mich nicht aus, ich weiß nicht einmal, ob ich im Keller bin oder unter dem Dach. Ich lasse seine Beine fallen, die mit einem klatschenden Geräusch zu

Boden sinken, trete in den Gang hinein, strecke den Zeigefinger aus und schließe die Augen. Ich drehe mich im Kreis, bis ich die Orientierung verloren habe, bleibe stehen und öffne die Augen. Mein Finger zeigt in das Zimmer zurück, aus dem ich gekommen bin. Ich schüttle den Kopf, packe entschlossen seine Knöchel und gehe nach links, den Gang hinunter. Dann breche ich eben die Regeln.

Ich schrecke hoch, weil der Wecker klingelt, und stehe eilig auf. Die Dunkelheit in meinem Schlafzimmer erschreckt mich, ich taumle hastig zum Lichtschalter und sehe erst dann, dass die Fenster komplett mit Schnee bedeckt sind. Ich öffne eines und spähe hinaus. Draußen ist das Winterwunderland ausgebrochen, alles ist mit einer dicken, wattigen Schicht überzogen. Erstaunlich. Als ich gestern Nacht nach Hause kam, war keine Wolke am Himmel, und der komische Nebel war fast verschwunden. Ich wickle mich in meinen Bademantel, mahle frische Bohnen und setze Kaffee auf, es wird ein langer Tag werden. Als es draußen wieder zu schneien beginnt und ich noch immer nicht angezogen bin, klingelt das Telefon. Es ist jemand von dem Schönheitswettbewerb, eine freundliche, dynamische Stimme, die sagt, sie müsse noch einige Details mit mir klären, und sich entschuldigt, dass auch das so kurzfristig geschehe, wie schon meine Berufung zur Jurorin. Es hätte mit der Geschäftspolitik zu tun, die Geheimhaltung wäre ausgesprochen wichtig gewesen. Ich verstünde doch, man spräche schließlich über nie Dagewesenes. Eine Revolution. Der Begriff der Schönheit würde von heute Abend an nicht mehr derselbe sein. Darum sei das Motto auch »Recreation«. Mit Bindestrich und großem C. Die junge Stimme zittert vor Ehrfurcht. Geschichte würde geschrieben, da sei sie ganz sicher. Ich verstehe, sage ich. Sie beginnt, mir das Konzept der Show auseinanderzusetzen.

Sie ist etwa bei der Hälfte angekommen, als mir schwindelig wird und ich mich hinsetzen muss. Die Stimme spricht diensteifrig und gutgelaunt weiter. Während sie mir den Ablauf des Abends und meine Aufgaben als Mitglied der Jury erklärt, sitze ich mit angezogenen Beinen auf dem Sofa, habe die Arme um mich geschlungen und bemühe mich, weiter zuzuhören. Ob ich noch Fragen hätte, heißt es schließlich. Ich verneine. Dann bis heute Abend, schon jetzt vielen Dank für die Unterstützung, es wird wunderbar, ganz wunderbar. Dann ist die Leitung tot. Ja, sage ich noch in das Rauschen am anderen Ende hinein.

Hinter den Fenstern weht der Wind dicke Flocken vorbei. Ich lasse den Hörer aus der Hand fallen und lege das Kinn auf die Knie. Die Stunden vergehen, ohne dass ich irgendetwas tue. Draußen wird das Schneegestöber immer dichter. Es ist totenstill. Auf den Fensterbänken sammeln sich dicke weiße Polster, die der Wind die linken unteren Ecken der Scheiben hinaufweht. Ich habe Bauchschmerzen. Und den ganzen Tag über habe ich das Gefühl, auf einen langen dunklen Tunnel zuzugehen, an dessen Ende etwas steht, das nicht wiedergutzumachen ist.

Lange nach Einbruch der Dunkelheit stehe ich vom Sofa auf, dusche umständlich und langsam und ziehe mich widerwillig an. Ich suche meine größte Handtasche und packe ein Paar Schuhe für den Abend ein, dann schlüpfe ich in meine Winterstiefel und ziehe die Tür hinter mir zu. Das Schneetreiben ist weniger dicht, als es von drinnen den Anschein hatte, aber der Wind hat zugenommen. Ich bin spät dran, aber ich gehe trotzdem langsamer als nötig auf die Haltestelle zu. Die Bahn ist gerade weg, ich sehe die glühend roten Rücklichter in der weißen Finsternis verschwinden. Ich zwänge mich in die gläserne Ecke des Wartehäuschens, suche nach meinen Zigaretten und stelle fest, dass ich die Packung auf dem Küchentisch liegengelassen habe. Halbgeöffnet, halbvoll, neben dem blauen Glasaschenbecher, den Sean für mich gestohlen hat. Aber am Boden meiner Handtasche finde ich eine zerdrückte und in der Mitte zerbrochene Zigarette. Ich streiche sie glatt, werfe das abgebrochene Ende zwischen die Bahngleise und zünde mir das andere an.

In meiner Tasche klingelt das Telefon, es ist Sean. Wo ich bleibe, fährt er mich an, in einer Dreiviertelstunde beginnt die Show. Die Verbindung ist schlecht, ich verstehe ihn kaum. Er sagt etwas von einem Kerl, den er mir vorstellen will, ein Regisseur, der jemanden für die Kostüme in seinem Film sucht. Ich soll mich beeilen. Ich bin gleich da, sage ich. Meine Bahn kommt, ich steige ein und setze mich auf einen der vielen freien Plätze, der Boden ist nass vom geschmolzenen Schnee. Die Fahrt dauert lange. Ich steige aus und gehe durch die schneebedeckten Straßen auf die alte Fabrikhalle zu, vor der sich trotz des Wetters eine beachtliche Menge von Zuschauern eingefunden hat. Die meisten von ihnen werden nicht hineinkommen, die Plätze sind exklusiv. Ich weiß noch immer nicht, welchem Unstern ich mein Hiersein verdanke. Ich halte an meiner Helena-Theorie fest und frage mich, ob sie eingeweiht war, ob sie wusste, wohin sie mich schickt. Die Gerüchteküche jedenfalls hat kräftig genug gebrodelt, die radikale Neukonzeption des Begriffs Schönheit, skandalös inszeniert, wie mir die Stimme am Telefon versprach, ist offenbar durchgesickert – besonders wohl das Kontroverse daran. Der Andrang ist groß, die Neugier riesig. Man gafft wieder, eine Zeit lang war das vollkommen out. Die einen hoffen, doch noch hineinzukommen, die anderen wollen vielleicht nur draußen gestanden haben, um dabei gewesen zu sein.

Ein junger Brasilianer hat das Konzept erdacht und gegen alle Windmühlen durchgeboxt. Ich habe den Mann mit dem klangvollen Namen Rodrigo Javier Peréz sogar mal auf einer Party gesehen, geredet habe ich aber nicht mit ihm. Ein attraktiver Mann mit strahlendem Lächeln und kohlschwarzen, sonderbar eckigen Augen. Eine Zeit lang ist er durch die Metropolen Europas getingelt und hat bescheidene Erotik-Shows mit brasilianischen Tänzern aufgeführt, ohne sonderlichen Erfolg. Und dann hatte er diese Idee, diese Vision, wie sie am Telefon sagten. »Re-Creation«. Danach würde nichts mehr wie früher sein. Ich hätte sicher in der Zeitung darüber gelesen, die Spekulationen im Vorfeld, die Mutmaßungen, vielleicht auch von den Rechtsproblemen, den Anklagen? Ich hatte verneint.

Ich bahne mir einen Weg durch die Menschenmenge, kämpfe mich bis zum Eingang vor und schwenke meine Einladung vor den hünenhaften Türdrachen mit den schwarzen Anzügen und den Sonnenbrillen in den fleischigen Gesichtern – Schneeblindheit ist ja auch eine ernstzunehmende Gefahr. Ich werde abschätzend gemustert, dann wird die Tür gnädigst einen Spalt breit für mich geöffnet. Drinnen ist alles vorbereitet. Der hüfthohe Laufsteg ragt weit in die gähnende Halle hinein, deren Decke hoch über mir im Dunkel verschwindet. Rund um die langen Flanken des Laufstegs stehen samtbeschlagene Polsterstühle mit geschwungenen Lehnen. Gewaltige Scheinwerfer werfen blendend weißes Licht auf den scharlachroten Bühnenvorhang mit den drei pechschwarzen Initialen des Brasilianers darauf. In den scharf umrissenen Kegeln kann man die Staubpartikel tanzen sehen. Die VIPs sind schon eingetroffen, stehen in kleinen Gruppen zusammen, streichen Haarsträhnen aus überschminkten Gesichtern, drehen Diamantringe an manikürten Fingern, ziehen mit faltigen Lippen an dünnen Zigarillos und nippen an Champagnergläsern. Eine Hand packt mich am Arm, und ich sehe Seans Gesicht vor mir. Hektische rote Flecken zeichnen sich darauf ab.

»Verdammt, wo bleibst du?«, fährt er mich an.

»Ich bin überfallen worden«, sage ich mürrisch.

»Ja, vor vier Tagen. Wir haben uns in der Zwischenzeit zweimal gesehen, falls du dich erinnerst.«

»Anscheinend sehen wir uns entschieden zu oft«, schnauze ich zurück. »Draußen schneit's wie blöd, falls du es noch nicht mitgekriegt hast.«

»Es wird Zeit«, sagt er knapp und zieht mich hinter sich her durch den Raum.

»Wir haben noch fast eine halbe Stunde«, sage ich verärgert und blicke durstig einem schwarzbefrackten Kellner nach, der ein Silbertablett mit Champagnergläsern vorüberträgt.

»Du nicht«, sagt Sean barsch. Ich weiß nicht, ob er die halbe Stunde oder den Champagner meint. Er zieht mich an einer gesonderten Gruppe von Samtstühlen an der Spitze des Laufstegs vorbei, vor denen jeweils ein zierliches Schreibpult steht. »Da wirst du später sitzen«, erklärt er mit einer raschen Handbewegung und zerrt mich weiter in den Backstage-Bereich. Ich schüttle seine Hand von meinem Arm.

»Hör auf, so an mir rumzuzerren. Wie kommt es eigentlich, dass du hier den Gockel spielst und mich einweist?«

»Weil du viel zu spät kommst und die Leute hier noch was anderes zu tun haben. Der Rest der Jury ist schon längst eingewiesen worden, sie dachten schon, du wärst abgesprungen. Ich habe gesagt, ich kenne dich, du kommst noch, und ich übernehme deine Einweisung, wenn du auftauchst. Also, du kennst den Ablauf? Weißt, was du zu tun hast?«

Wir stehen zwischen einer Ansammlung von mannsgroßen, länglichen Plexiglascontainern, die auf beräderten Tragbahren angebracht sind. Es ist kalt hinter der Bühne. Ich zucke mit den Achseln.

»Wir gucken zu und wählen die schönste von den Puppen. Kann so schwierig nicht sein.«

Jetzt fällt plötzlich alles von ihm ab, die Unruhe, die

Eile und der Ärger über mein Zuspätkommen. Ganz weich und besorgt sieht er mich an und fragt: »Sie haben dich angerufen? Dir alles erklärt?«

Ich nicke.

»Und du willst es immer noch machen?«

Ich nicke noch einmal, etwas weniger überzeugend als zuvor, dann grinse ich aufmunternd und sage: »Ich brauche die Kohle wirklich dringend.«

Er steigt darauf ein, grinst zurück und sagt: »Ich auch.«

»Wie war es denn für dich?«, frage ich dann. »Du hast sie doch geschminkt.«

Er nickt und wendet den Blick ab.

»Es ist beängstigend und fremd. Und fühlt sich falsch an. Sehr falsch.«

»Warum machst du es dann? Wirklich, meine ich.«

»Ich weiß nicht. Warum machst du es?«

Ich weiß es auch nicht. Wahrscheinlich, weil ich schon lange aufgehört habe, mich zu wundern. Genau wie er. Vielleicht ist die Zeit des Wunderns einfach vorüber. Wir rauchen noch eine Zigarette zusammen und sagen nicht viel. Dann nimmt er mich in die Arme und küsst mich auf die Schläfe.

»Gehen wir danach noch was trinken?«

»Unbedingt«, sage ich und küsse ihn auf den Mund.

Ich klettere in meine Abendschuhe und verstecke die Stiefel hinter einer großen Sperrholzkiste. Dann gehen wir zurück in den Zuschauerraum und beobachten für einen Moment die gierigen Blicke, die die Gästelistenpromis auf die hell ausgeleuchtete Bühne werfen.

»Können's kaum erwarten, die Geier«, sagt Sean leise.

Er bringt mich zu meinem Jurorenplatz, küsst mich noch einmal auf die Wange und verschwindet hinter der Bühne. Meine Kollegen sind schon da, drei bekannte Gesichter aus der Schönheitswelt, eine Nachwuchsjournalistin, die mir vage bekannt vorkommt, und ein Fernsehmoderator. Zusammen stehen wir vor der spektakulärsten Entscheidung, die jemals in einem solchen Rahmen getroffen wurde, hatte man am Telefon gesagt. Ich hatte versucht, einen Scherz darüber zu machen, aber mir war keiner eingefallen. Die junge Journalistin wirkt nicht nur ähnlich deplaziert wie ich, sie ist auch die Einzige, der man das Unwohlsein deutlich ansieht. Sie ist kreidebleich, kaut an ihren Fingernägeln und sieht kaum hoch, als ich hallo sage. Die anderen geben sich abgeklärt und selbstsicher, ich halte mit, so gut ich kann.

Die letzten Gäste werden eingelassen, Stühle werden knarrend gerückt. Letzte Champagnergläser machen die Runde. Die Türen werden verschlossen. Sämtliche Scheinwerfer verlöschen auf einen Schlag, für einen Moment ist es finster im Saal. Alles, was atmet, hält den Atem an. Dann flaggt ein einzelner Scheinwerfer auf, schleudert einen blendend weißen Lichtkegel auf die schwarzen Initialen in der Mitte des Vorhangs, und einen Augenblick später setzt ein donnernder Fanfarenstoß ein, dessen Lautstärke die Gäste beinahe von den Polsterstühlen fegt. Senhor Peréz setzt auf Überwältigung. Eine verzerrte Männerstimme bellt eine Begrüßung in die kreischenden Blechbläser hinein. Der rote Vorhang reißt auseinander, ein ohrenbetäubender Paukenschlag beendet die Fanfaren. Sofort setzt mit gleicher Lautstärke ein tosender Synthesizersturm ein, die Bässe fahren mir so tief in die Magengrube, dass ich zu zittern beginne.

»Begrüßen Sie Eva!«, befiehlt die dröhnende Stimme über den Lärm hinweg, und die erste Kandidatin wird uns zum Fraß vorgeworfen. Aus der Presseecke setzt Blitzlichtgewitter ein. Eine große, schlanke Blondine schwebt auf die Bühne, ihr langes Haar umspielt in weichen Wellen ihr glattes Gesicht, das teilnahmslos in die Mitte des Raumes zeigt. Ihre Lider mit den langen schwarzen Wimpern sind fest geschlossen. Sean hat ein leichtes Rot auf ihre hohen Wangenknochen gezaubert, so dass es gerade so aussieht, als wäre sie vor dem Betreten des Laufstegs noch eilig eine Treppe hinaufgegangen und dabei ein wenig außer Atem geraten. Ihr weißes Chiffonkleid flattert im Luftzug versteckter Windmaschinen und gibt dem Augenmeer im dunklen Zuschauerraum den Blick auf ihre langen, makellosen und völlig unbeweglichen Beine frei. Das Publikum jubelt ihr ekstatisch entgegen. Evas Arme sind weit ausgebreitet, so als wolle sie jeden Einzelnen aus Dankbarkeit umarmen. In dem tiefen Ausschnitt ist der Ansatz ihrer weißen Brüste zu sehen. Man erkennt erst auf den zweiten Blick, dass sie an einer schmalen Stahlkonstruktion befestigt ist, die auf einer glänzenden Schiene im Boden über den Laufsteg gleitet. Wie ein großer, blasser Geist schwebt sie mit offenen Armen, geschlossenen Augen und einem viel zu kurzen Kleid an den leuchtenden Gesichtern vorüber, der hämmernde Lärm aus den Lautsprechern und die Schreie der Zuschauer übertönen das leise Quietschen im Fahrsteg. Sie rollt auf das Ende des Laufstegs zu, wo sie langsamer wird und in seiner sanften Kurve in die verbreiterte Mitte der Bühne gleitet. Die verzerrte Lautsprecherstimme spricht von dem großen Glück, dass sie schon im Alter von zweiundzwanzig Jahren zu Rodrigos unsterblichem Ensemble stieß.

Die Apparatur in Evas Rücken beginnt leise zu surren, und ihre Arme schweben nach vorne, die Handgelenke drehen sich, die geöffneten Flächen der langen weißen Hände strecken sich anmutig dem Publikum entgegen. Der Oberkörper neigt sich sanft nach vorn, so dass ihr Ausschnitt gleich noch etwas tiefer wird, der Kopf dreht sich ruckelnd zur Seite. Dann öffnen sich die Lider mit den schweren Wimpern daran, und neben mir beginnt eine fette Frau mit einer Perlenschnur um den feisten Hals vor Entzücken zu kreischen. Das Mündungsfeuer der Kameras flackert im Millisekundentakt. Evas Augen sind himmelblau und starr wie Glasmurmeln, aber ihre Lider flattern plötzlich in der Imitation eines schelmischen Klimperns mehrmals auf und ab, langsam und mechanisch. Dann bleiben sie auf halber Höhe hängen, das eine etwas höher als das andere. Es überrascht mich, dass sich sogar die Augenlider bewegen. Eva badet im Jubel der Zuschauer, mit demütig geneigtem Haupt und laszivem Schlafzimmerblick. Dann setzt sich ihr Stahlskelett leise summend wieder in Bewegung, und sie gleitet rückwärts über den Laufsteg zurück. Der Oberkörper wird zurückgebogen, die Handgelenke werden wieder eingedreht, die Arme wandern in die Kreuzhaltung vom Anfang zurück, die starren Augen fallen zu. Der Kopf hängt leicht auf der Seite, eine Haarsträhne hat sich gelöst und ist über ihr Gesicht gerutscht, der rot geschminkte Mund leuchtet schlaff und teilnahmslos.

Sie sieht müde aus. Die erste Frau der neuen Schöpfung hat das Ende des Laufstegs noch nicht ganz erreicht, als schon ein weiterer, ohrenbetäubender Paukenschlag den Raum zum Beben bringt und die verzerrte Männerstimme aus den Lautsprechern »Applaus für Vera!« befiehlt. Auf die gleiche Apparatur genagelt rollt eine große Brünette auf den Laufsteg, begleitet vom erneuerten Beifallssturm der Zuschauer.

Wir erleben noch zehn weitere Kandidatinnen, die auf metallenen Kreuzen über die Bühne gerollt werden, für jede einzelne wurde eine eigene kleine Performance kreiert. Lydia winkt mit dem Unterarm ins Publikum wie die Königin von England und legt dabei die andere Hand patriotisch über die Brust. Rita vollführt an der Spitze des Laufstegs einen 50er-Jahre-Pin-Up-Knicks, bei dem der kurze Rock ihrer Krankenschwesternuniform ein wenig den Schenkel emporrutscht. Monique kann die Beine wie eine flügellahme Can-Can-Tänzerin in die Luft heben, und Crystal wirft Kusshändchen in die tobende Menge. Etwas leblos dreht sich Nina auf ihrem Stahlrückgrat um die eigene Achse, und auch Noras steifer Bauchtanz kann nicht ganz überzeugen. Für den Eklat des Abends sorgt Juana, als die Mechanik ihrer Bewegungsapparatur einen Kurzschluss bekommt und Funken sprüht. Ihr türkisfarbenes Abendkleid aus Kunstseide fängt Feuer, es brennt wie vertrocknetes Gras und schmort dunkle Flecken in die tote Haut darunter, das ekstatische Kreischen der Damen im Publikum verwandelt sich in schrille Entsetzensschreie. Juana wird mit einem Pulverfeuerlöscher traktiert und hastig zurück hinter den Vorhang gerollt, ihr Haar hat gebrannt, und ihre Haut ist versengt. Auch wenn sie nichts gespürt hat, ist ihre Karriere doch mit Sicherheit zu Ende, ich glaube nicht, dass da noch was zu retten ist. Das nervöse Publikum ist schnell versöhnt, als die platinblonde Vicky im strengen Marlene-Dietrich-Frack komplett mit Zylinder über die Bühne rollt, und als nach zwei weiteren Kandidatinnen noch einmal alle Teilnehmerinnen bis auf Juana zum großen Finale auf den Laufsteg gefahren werden, ist der peinliche Vorfall längst wieder vergessen. Zu donnernder Triumphmusik zieht noch einmal die ganze Parade der Schönheiten vorüber und reißt die Zuschauer von den Sitzen, sie stampfen noch im Stehen mit den Füßen, und ihre Handflächen prasseln aufeinander. Die Damen kreischen und werfen die Arme in die Luft, die Herren brüllen und pfeifen auf tief in den Mund geschobenen Fingern.

Wir von der Jury wählen unter tobendem Applaus Krankenschwester Rita mit dem kessen Knicks zur Schönsten der Schönen. Sie wird noch einmal auf die Bühne gefahren, und mit sicherem Schritt erscheint der gerührte Gastgeber und drückt ihr eine kleine Strasskrone ins Haar. Rita kann sogar mit einer langsam vorwärtssurrenden Hand nach dem kleinen goldenen Zepter greifen, das er ihr strahlend entgegenhält. Er klemmt es geschickt zwischen ihre starren Finger, es fällt aber trotzdem herunter, als sie wieder rückwärts hinter den Vorhang rollt. Zum Glück hat es kaum jemand gesehen, und der hübsche Brasilianer mit den seltsam eckigen Augen lässt das kleine Goldding mit einem raschen Tritt der Fußspitze hinter einer Falte des Vorhangs verschwinden. Der Applaus tost wie ein Sturm durch den Saal, ganze vier Mal muss der Gastgeber noch auf der Bühne erscheinen und sich verbeugen, und sogar Rita muss noch einmal auf den Laufsteg gefahren werden, bevor das begeisterte Publikum Ruhe gibt. Dann gehen die blendend weißen Scheinwerfer aus, und wieder ist es für einen Moment finster, ich halte den Atem an und lege die Hände auf meine heißen Wangen.

Eine intime Saalbeleuchtung wird angezündet, ein leises Streichquartett beginnt aus den Lautsprechern zu perlen. Eine etwas heisere Stimme lädt die anwesenden Journalisten hinter die Bühne zum Fotoshooting und verspricht noch ein paar besondere Enthüllungen. Die Juroren stehen auf und nicken sich erschöpft zu. Ich wehre ab, als der Fernsehmoderator mir die Hand schütteln will. Mir ist irgendwann der Kugelschreiber zerbrochen, der auf meinem Pult lag, und meine Handfläche ist voller blauer Tinte. Der Moderator lacht. Die kleine Journalistin, von der ich noch immer wissen möchte, wie sie sich hierher verirrt hat, sitzt zusammengekauert auf ihrem Stuhl und hat die Hände in die Lehnen gekrallt. Ihre Lippen zittern, ihre Augen sind riesig, und ihr Gesicht ist weiß wie ein Laken. Ich lege meine saubere Hand ganz sacht auf ihre Schulter, aber sie bemerkt es nicht.

Hinter der Bühne kommt Sean mir entgegen, wir fallen uns wortlos in die Arme.

»Ich glaube, der Filmtyp ist schon wieder weg«, sagt er, und ich brauche einen Moment, um mich an den potentiellen Auftrag zu erinnern, von dem er am Telefon gesprochen hat.

»Ist mir vollkommen egal«, sage ich, er nickt.

Es gelingt mir, mich einem der vorübereilenden Champagnerkellner in den Weg zu stellen und zwei Gläser von seinem Tablett zu greifen. Wir trinken, ohne anzustoßen und ohne abzusetzen.

»Komm mit«, sagt Sean. »Ich hole noch mein Zeug, und dann nichts wie weg hier.«

Bevor ich antworten kann, ruft jemand von weitem seinen Namen.

»Bin gleich wieder da«, sagt Sean und verschwindet.

Ich sehe mich um und stelle erst jetzt fest, dass ich zwischen den Plexiglaskästen stehe, in die die Models wieder verpackt werden. Kristallsärge für eine Ewigkeit, die längst begonnen hat. In einer Ecke stehen die Stahlapparaturen, die sie über die Bühne getragen haben. Ohne die Körper darauf sehen sie noch viel mehr wie gewaltige Kreuze aus. Sie werden in die großen Sperrholzkisten gepackt und gehen zusammen mit den Models auf die Reise. Während ich noch die massigen Konstruktionen aus glänzendem Metall betrachte und mich frage, welcher Mechanismus die Augenlider von Eva bewegt hat, höre ich ein unterdrücktes Fluchen hinter mir und drehe mich um. Ein junger Mann in einem schmutzigen Blaumann hat Lydia auf den Armen und versucht, sie in einen der Plexiglaskästen zu bugsieren, aber die Bremsen der Räder sind nicht festgezogen, und die Bahre rollt unter ihr davon. Er kann sie nicht hoch genug heben, und ihre Beine stoßen immer wieder dagegen.

»Verdammt, nun mach dich nicht so schwer«, flucht der Mann und versucht, die Bahre mit der rechten Hand festzuhalten, die zwischen den Beinen von Lydia hervorlugt. Ihr champagnerfarbenes Abendkleid ist bis zum Bauchnabel hochgerutscht, sie trägt keine Unterwäsche. Dann rollt der Glassarg endgültig davon, der Frauenkörper gleitet aus den Armen des Arbeiters und fällt schwer auf den Boden. »Scheiße«, sagt er und tritt mit der Fußspitze gegen ihren Arm. Gerade will ich mich umdrehen und mit der aufkeimenden Übelkeit in mir verschwinden, da ruft er: »Hey, Lady, kannst du mir mal helfen?«

Ich fahre herum, zu entgeistert, um zu antworten. Verwirrt trete ich näher, auf ihn und auf Lydia zu, die ausgebreitet am Boden liegt. Der Saum des Kleides liegt wieder knapp über ihren Schenkeln.

»Nimmst du mal die Beine? Zu zweit geht es leichter.«

Er hat die Bremsen der Bahre festgezogen und schon die Schultern der Leiche gegriffen. Wie im Traum gehe ich in die Knie, greife Lydias makellose Knöchel und stelle fest, dass ihre Füße in den gleichen herrlichen Pradas stecken, die mir bei meinem Raubüberfall kaputtgegangen sind. Ich muss ein glucksendes Lachen unterdrücken, als ich daran denke, ihr den linken Schuh zu klauen und zu meiner Verteidigung zu sagen: Sie läuft doch sowieso nicht selbst. Mir wird schwindelig, und wieder schwillt die Übelkeit in mir. Ihre Füße sehen klein aus, ich glaube nicht, dass sie meine Schuhgröße hat. Beim Sturz auf den Boden hat sie ihren Lippenstift über die Schulter ihres Kleides geschmiert, darunter sind ihre Lippen kalkweiß. Als ich in ihr blasses Gesicht sehe, frage ich mich, wie alt sie gewesen sein mag, als sie zu Rodrigos Truppe stieß. An ihrem Hals ist das Make-up verwischt, die Haut darunter ist durchsichtig und blau.

Ein anaphylaktischer Schock vielleicht. Oder sie ist am Deckel eines Medizinfläschchens erstickt.

»Heute noch, wenn's geht«, sagt der Blaumann.

Ich umfasse Lydias Knöchel und spüre die Kälte der Haut unter meinen Fingern, mein Daumen schmiert blaue Tinte auf ihr rechtes Schienbein. Gemeinsam heben wir die Leiche an, um sie in den Kristallsarg zu legen, da klingelt in der Hosentasche des Arbeiters ein Mobiltelefon.

»Scheiße«, sagt er, »warte mal.«

Er lässt die Schultern von Lydia fallen und geht ran. Zum zweiten Mal klatscht der leblose Körper auf den Boden. Der Blaumann hat plötzlich etwas Dringendes zu tun und läuft in Richtung Bühne davon. »Bin gleich wieder da«, ruft er mir zu und ist verschwunden. Irgendwo in der Tiefe des Raumes höre ich zwei Stimmen miteinander reden.

»Was machen wir denn jetzt mit der Angekokelten?«, fragt die eine.

»Keine Ahnung, schmeiß sie halt auf den Müll«, sagt die andere, dann knallt eine Tür.

Ich stehe allein zwischen zwölf Kristallsärgen und zwölf metallenen Kreuzen und halte die Knöchel von Lydia in der Hand. Ich sehe zu ihr hinunter, ihr Kopf ist auf die Seite gerutscht, das linke Auge ist halbgeöffnet, und es sieht aus, als lächle sie mich an. Es gelingt mir noch, einen Schrei zu unterdrücken, dann lasse ich die kalten Beine der toten Frau fallen und renne aus dem Raum, am roten Vorhang vorbei und durch den Saal. Ich werfe Stühle um und remple jemanden an, ein Tablett mit Champagnergläsern fällt mit lautem Krachen zu Boden. Ich reiße die Tür der Halle auf und renne nach draußen in die weiße Wüste der Stadt.

Der Schnee liegt wie eine Decke über allem. Es hörte die ganze Nacht nicht auf zu schneien, und auch am nächsten Morgen kamen von Osten her immer wieder Wolken wie Containerschiffe, die ihre Fracht über der tief verschneiten Stadt abwarfen. Die Nachrichten sprechen von den schwersten Schneefällen seit Jahren, die Straßenbahnen haben aufgehört zu fahren. Immer wieder sorgen schwere Sturmböen für Schneeverwehungen, die Menschen bleiben in den Häusern. Alles ist weiß.

Ich liege betäubt in der kühlen Stille meines Schlafzimmers, irgendwo zwischen Schlafen und Wachen. Mein Bett ist weit hinausgetrieben und wogt sanft auf und ab wie ein Boot auf dem Meer. Durch meine halbgeöffneten Augen kann ich Lea sehen. Sie sitzt in der kleinen Werkstatt hinter ihrem Geschäft, horcht auf die Glocke über der Ladentür und poliert einen schmalen Titanring mit eingelassenen Brillanten. Sie hat den Laden aufgeschlossen, obwohl ohnehin niemand kommen wird, neben ihr auf der Werkbank dampft eine Tasse Jasmintee. Das Telefon klingelt, es ist Marie. Sie haben seit dem Abend im *Bomba* nicht mehr miteinander gesprochen. Sie reden über die vergangene Woche, über die Arbeit und über den Schnee. Und dann über mich.

»Was soll das heißen, du weißt nicht, wo sie ist. Wo soll sie denn sein?«

Ich sehe Marie, wie sie den Hörer zwischen Schulter und Ohr geklemmt hat und versucht, eine Zigarette aus ihren mühsam zusammengetragenen Tabakresten zu drehen. Sie hat die Filter von sämtlichen Zigarettenstummeln aus dem randvollen Aschenbecher abgebrochen und die wenigen unverbrannten Tabakkrümel dahinter auf eine Bibelseite gestreut. Sie arbeitet seit Tagen zu Hause und hat viel zu tun. Sie hat einen neuen Auftrag an der Angel, und das schaurige Badezimmer des Jetset-Ehepaars ist auch noch nicht fertig. Sie hat mehrmals der Versuchung widerstanden, ihren papierübersäten Schreibtisch mit Feuerzeugbenzin in Brand zu setzen, neben ihr stehen sämtliche ihrer blassblauen Espressotassen mit eingetrocknetem Kaffeesatz am Boden. Auch wenn es ihr widerstrebt, wird sie heute noch die Wohnung verlassen müssen, um Zigaretten und Espresso zu kaufen.

»Lea, bitte. Ich würde nicht fragen, wenn ich es wüsste. Ich mache mir Sorgen«, sagt Marie.

»Was ist denn überhaupt passiert?«

»Ich weiß es nicht. Sie war doch Jurorin bei dieser Leichenshow, hast du davon gehört?«

»Großer Gott, ja, es lief ja auf allen Kanälen. Entsetzlich.« Sie hört auf, an dem Ring zu feilen, ihre Hand greift fester nach den Hörer.

»Ich war sehr erschrocken, als ich davon erfahren habe. Wenn ich das vorher gewusst hätte, hätte ich versucht, es ihr auszureden.«

Marie lacht gutmütig.

»Wahrscheinlich ohne Erfolg, du weißt ja, wie sie ist. Ich glaube aber, sie hat vorher selbst nicht gewusst, was da läuft, der Knalleffekt gehörte ja dazu. Jedenfalls ist sie seitdem wie vom Erdboden verschluckt. Sie kommt nicht ins Atelier, sie ist nicht zu Hause, sie geht nicht ans Telefon und ruft auch nicht zurück.«

Sie begutachtet die improvisierte Zigarette, die ihr gelungen ist, und zündet sie zufrieden an.

»Glaubst du, sie steht unter Schock?«, fragt Lea.

»Schon möglich«, sagt Marie und beginnt dann, sich um Schadensbegrenzung zu bemühen. »Aber mach dir mal keine Sorgen, es geht ihr sicher gut. Sie hat sich bestimmt zu Hause verschanzt und geht nur nicht an die Tür. Ich dachte nur, dass du vielleicht was von ihr gehört hast.«

»Vielleicht hat man ihr einen Totschläger über den Schädel gezogen und sie in einen dieser Kristallsärge gesteckt. Dann ist sie jetzt vermutlich auf dem Weg zu ihrer nächsten Show.«

Marie wird für den Bruchteil einer Sekunde blass. Genau wie ich. Humor ist nicht Leas starke Seite, das weiß jeder, der sie kennt. Und doch passiert es ungefähr einmal im Jahr, dass sie einen Volltreffer landet, und das immer in einem ausgesprochen heiklen Moment. Darin liegt das Begnadete, denn diese Kühnheit erwartet man nicht von ihr. Marie fängt sich vor mir, und sogar noch bevor Lea ihren eigenen Erfolg bemerken kann.

»Ach, Unsinn«, sagt Marie. »Es ist schließlich immer noch ein Schönheitswettbewerb. Außerdem«, fährt sie fort, und das breite Grinsen in ihrem Gesicht ist einem nachdenklichen Stirnrunzeln gewichen, »hätte man sie dafür zehn Jahre früher totschlagen müssen. Sie ist sogar für ein totes Model zu alt.«

Ich sehe die beiden vor mir, wie sie in Gelächter ausbrechen. So ist das also, wenn man Freunde hat. Dabei hätte ich an dem Wettbewerbsabend einen Freund gut gebrauchen können: jemanden, der meine wunderschönen Winterstiefel findet und mitnimmt. Ich vergaß sie in ihrem Versteck hinter der Sperrholzkiste und musste es in meinen Galapumps durch die Schneeverwehungen nach Hause schaffen. Die Schuhe sind ruiniert, und ich fror mir fast die Füße ab. Allerdings bemerkte ich es kaum.

»Aber mal im Ernst«, sagt Marie dann, »du hast nichts von ihr gehört?«

»Nein«, erwidert Lea.

»Wann denn zuletzt«, will Marie wissen.

»Einen Tag vor dem Wettbewerb, wir waren zusammen aus.«

»Hm. Sean weiß jedenfalls auch nichts. Er hat nach der Show bei mir angerufen, mitten in der Nacht. Wollte wissen, ob sie bei mir wäre. Sie wollten eigentlich noch was trinken gehen, aber sie war plötzlich weg. Jemand will gesehen haben, wie sie rausgerannt ist, als wäre der Leibhaftige hinter ihr her.«

»Kann ich ihr nicht verdenken. Wieso war Sean denn da?«

»Warum wohl«, seufzt Marie, »weil er immer da ist, wo Maja ist. Das weißt du doch.« Sie schüttelt den Kopf. »Aber im Ernst, er war als Visagist da. Er hat die kleinen Leichen geschminkt, kannst du dir das vorstellen? Wie in einem Bestattungsinstitut.«

»Gott, nein. Entsetzlich. Stimmt es eigentlich, dass sie bei jedem Mädchen angesagt haben, wie alt sie wurde und woran sie gestorben ist?«

»Keine Ahnung. Jedenfalls hat Sean sich Sorgen gemacht und gemeint, es wäre nicht ihre Art, so einfach abzuhauen. Was ja auch stimmt. Er kann sie auch nicht erreichen.«

»Sie steht bestimmt unter Schock. Meinst du, dass es was mit ihm zu tun hat? Also nicht mit Sean. Du weißt schon, mit ihm.«

Marie brummt zustimmend. »Ja, ich denke schon.«

»Wie lange ist er jetzt eigentlich schon tot?«

»Achtzehn Monate.«

»Wieso weißt du das so genau?«

»Ach, wir sprachen neulich mal drüber.«

»Sie hat ihn sehr geliebt, oder?«

Marie greift nach dem Aschenbecher, aus dem die zerpflückten Filter quellen. Sie drückt ihre Notfallzigarette aus und sieht aus dem Fenster ihres Arbeitszimmers in den schneebedeckten Hof.

»Ja«, sagt sie, »das hat sie.«

Sie überlegt einen Moment.

»Lassen wir ihr ein bisschen Zeit, du weißt ja, wie sie ist. Sie will bestimmt nur ihre Ruhe haben und meldet sich schon, wenn was ist. Sicher taucht sie bald von allein wieder auf.«

»Hast du ihr eigentlich inzwischen von dir und Erik erzählt?«

»Nein.«

»Marie, das wird aber mal Zeit. Ihr seid jetzt fast einen Monat zusammen.«

»Nun, wie du weißt, ist es im Augenblick nicht möglich, ihr überhaupt irgendwas zu erzählen. Und selbst wenn es das wäre, ist es momentan wohl kaum der richtige Zeitpunkt, sie anzurufen und zu sagen: Du, übrigens, ich habe jetzt einen Kerl. So wie du damals, weißt du noch? Du weißt schon, der, der jetzt tot ist. Tolle Idee, Lea.«

»Ich verstehe dich ja. Aber lange geht das nicht mehr gut. Ich hätte mich neulich um ein Haar verquatscht, und bestimmt hat sie ihn bei der Vernissage gesehen und vielleicht auch im *Bomba*. Du musst es ihr sagen, sonst findet sie es selbst raus. Und das ist noch viel schlimmer.«

»Du mit deiner Engelsgeduld«, seufzt Marie, »wahrscheinlich hast du Recht. Entschuldige.«

»Schon okay.«

»Ich mache mir Sorgen um sie, verstehst du? Und zwar schon lange.«

»Natürlich. Ich doch auch.«

»Die Situation ist aber auch einfach zu blöd im Moment. Na ja, was soll's. Wir warten erst mal ab, bis sie wieder auftaucht, und dann sehen wir weiter. Sag mir Bescheid, wenn du was hörst, ja? Und dann reden wir noch mal.«

»So machen wir das. Mach's gut, ja?«

»Na klar. Du auch.«

Lea legt den Hörer auf und betrachtet prüfend den polierten Titanring. Sie schiebt ihn auf den Ringfinger und lässt die Brillanten im scharfen Licht der Arbeitslampe funkeln. Als sie den Ring auf dem Finger zu drehen beginnt, schneidet eine übriggebliebene raue Stelle in ihre Haut. Seufzend nimmt sie ihn ab und fängt wieder an zu polieren. Sie fährt zusammen, als die Türglocke läutet, aber sie hat sich nur verhört.

Sɪᴇ ʜäᴛᴛᴇɴ sɪᴄʜ ᴋᴇɪɴᴇ Sorgen machen sollen, ich war zu Hause. Ich ging nicht an die Tür, wenn es klingelte, ich nahm das Telefon nicht ab. Ich stand überhaupt nicht aus dem Bett auf. Die Tage kamen und gingen, ich schlief die meiste Zeit. Und träumte. Die ganze Zeit über, ein einziges Dauerfeuer von Bildern. Manchmal brach ich für Augenblicke daraus hervor, lag für eine Weile wach, spürte in Ansätzen den Raum um mich herum und dachte nach, versuchte, mich zu erinnern, versuchte auseinanderzuhalten, was ich geträumt hatte und was wirklich passiert war. Meistens schlief ich über dem Gedanken wieder ein, auch wenn ich versuchte, wach zu bleiben, und mich an das Denken klammerte wie an ein Floß auf offener See. Einmal wachte ich auf, weil ich ihn gesehen hatte, ihn, Teile von ihm. Seine Augen, irgendwo losgelöst in den Himmel geklebt, seine seltsam dünne Hand mit dunkelblauen Adern unter der Haut, die hinter der Armbanduhr aufhörte wie abgehackt, ein Stück karierte Kleidung, das einen Fluss hinunterschwamm. Ich fuhr hoch und konnte nichts sehen, der Bildersturm auf der Rückseite der Lider hatte mich blind gemacht. Ich suchte ihn mit den Händen, suchte das Bett um mich herum ab und fand ihn nicht, ich lehnte mich über den Rand der Matratze und fuhr mit den Händen durch die Luft und über den Teppich und unter das Bett und fand ihn nicht und schlief wieder ein.

Manchmal war es dunkel, wenn ich aufwachte, manchmal hell. Wenn ich aus dem Fenster sah, sah es immer gleich aus, alles weiß. Manchmal wachte ich auf und schleppte mich durch die Wohnung, in die Küche und ins Badezimmer, langsam und zittrig wie nach einer schweren Krankheit. Einmal saß ich am Küchentisch, die Alba war aus dem Rahmen gestiegen und spielte Schach mit mir. Sie rauchte dünne Zigarillos, die sie einzeln aus einer verborgenen Tasche in ihrem weißen Kleid zog, und sie trank Portwein aus einem riesigen Pokal. Ich starrte verbissen auf das Spielbrett und wollte unbedingt die Partie gewinnen, aber die Alba führte jedes Mal einen grauenhaft raffinierten Zug aus, der mich eine meiner Figuren kostete. Ihre Dame richtete ein Massaker in meinen Reihen an, an ihrer Hand glänzte der goldene Siegelring. Ich griff nach meinem König und sah zu spät, dass es eine Falle war. Ich zog die Hand zurück und wollte mit meinem Läufer ihren Springer schlagen, da sagte sie ernst und spielerisch: Na, na! Berührt – geführt. Das letzte Feld für meinen schwarzen König war eingemeißelt zwischen ihren weißen Türmen. Schachmatt, sagte sie fröhlich. Dann streckte sie die Hand aus und deutete mit dem Finger nach unten. Ich sah an der Tischplatte vorbei auf den Boden, und die Stühle und der Tisch standen mitten in einem Fluss, der aschgrau unter unseren Füßen vorbeirauschte. Ich sah fragend zu der Alba auf, aber sie schnippte nur die Asche von ihrem Zigarillo auf das Schachbrett, und es verwandelte sich in eine honigfarbene Katze. Die Alba warf ihren Zigarillostummel und den Portweinpokal in den Fluss, dann griff sie nach ihrem schwarzen Spitzenschal, den sie über die Stuhllehne geworfen hatte, nahm die Katze auf den Arm und stand auf. Du hast verloren, sagte sie mit den Füßen auf dem Wasser, aber den König schlägt man nicht, der bleibt immer stehen. Bringst du mich noch nach Hause?

Es steigt sich allein so schlecht über den Rahmen, und sie lächelte und deutete entschuldigend auf das lange Kleid. Ich war sicher, dass ich nicht auf dem Wasser gehen könnte und ertrinken würde, deshalb schüttelte ich den Kopf. Wie unhöflich du bist, sagte sie stirnrunzelnd, immerhin bin ich dein Gast. Dann ging sie über das eilig strömende Wasser durch die Küche ins Wohnzimmer davon. Ich habe dich nicht eingeladen, wollte ich sagen, doch dann überlegte ich es mir anders und rief ihr nach, warte, es tut mir leid. Ich stand auf, und meine Füße traten ins Leere, ich fiel ins Wasser, das eiskalt war und mir den Atem raubte wie ein harter Schlag auf die Brust. Ich schlug mit dem Kopf auf den Küchenfliesen auf, zog mich mühsam an einem Stuhl in die Höhe und kroch zurück ins Bett. Sofort fiel ich wieder zurück in das wirre Zucken der Bilder.

Einmal habe ich die Wohnung verlassen, ich kroch hervor wie ein Tier aus seinem Bau. Ich war hungrig, und der Kühlschrank war leer. Ich schlich zum Supermarkt wie eine Diebin. Ich nahm keinen Wagen, ich raffte zusammen, was ich tragen konnte, schnell und wahllos. An der Kasse musste ich warten, ich trommelte unruhig auf dem klebrigen Fließband herum, die Augen fielen mir immer wieder zu. Die Kassiererin nannte eine Summe, die ich nicht verstand, ich hörte nur eine Folge von Tönen, die keinen Sinn ergaben. Ich warf einen Geldschein hin, stopfte die Beute in eine Plastiktüte und verließ das Geschäft, ohne auf mein Wechselgeld zu warten. Jemand rief hinter mir her, ich ging schneller und zog den Kopf zwischen die Schultern. In meiner Wohnung zwängte ich die Einkaufstüte in den Kühlschrank, ohne sie auszupacken, schälte mich aus den Schuhen und dem Mantel und warf mich ins Bett. Ich glaubte zu hören, dass es draußen hinter den Dachfenstern wieder anfing zu schneien. Sie hatten Recht, die beiden, am Telefon. Es hatte mit ihm zu tun. Alles hat mit ihm zu tun.

Ich liege ausgestreckt auf dem Bett und zeichne mit den Augen die Muster auf der schneebedeckten Scheibe nach. Es war vorbei, so plötzlich, dass es mich selbst überraschte. Ich war aufgewacht und hatte genug. Draußen war es hell. Ich hatte ausgeschlafen. Alles war wieder an seinem Platz, manches an seinem alten, manches an einem neuen.

Am anderen Ende der Stadt besteigt Sean ein Flugzeug nach New York. Ich habe das Mobiltelefon angeschaltet und die eingegangenen Nachrichten gelesen. Er werde ein paar Tage weg sein, schreibt er, beruflich. Er hat Glück, es hat aufgehört zu schneien. Ich kann ihn sehen. Er zieht den Trolley hinter sich her, den er als Handgepäck eingecheckt hat, und hat im Duty-free-Shop die englische Schokolade gekauft, die er so mag. Er trägt das blaue Hemd, das ich ihm zum Geburtstag geschenkt habe, und macht sich Sorgen um mich. Ich greife zum Telefon und tippe eine Nachricht an ihn, alles in Ordnung, Schatz, gute Reise, aber er hat das Telefon schon für den Achtstundenflug ausgeschaltet und in der Wartehalle die Zeitung aufgeschlagen.

Marie sehe ich auch. Sie hat ihren Aschenbecher ausgeleert, die Espressotassen abgewaschen und ist nach draußen gegangen, ist durch den Schnee gestapft und hat Kaffee und sechs Päckchen Zigaretten gekauft. Sie hat Erik nach Hause geschickt, der die Nacht über bei ihr war, und hat seinen blauen Pullover in ihren Schrank gehängt. Jetzt sitzt sie wieder an ihrem Schreibtisch unter dem hellen Kegel der Arbeitslampe, guckt aus dem Fenster und kaut auf einem Bleistift. Ich schicke eine Nachricht an ihre Nummer, bin bald wieder da, arbeite nicht so viel. Sie greift nach dem summenden Telefon neben sich und setzt die halbmondförmige Lesebrille auf, von der keiner weiß, dass sie sie heimlich trägt. Sie lächelt, pass auf dich auf, bis bald, schickt sie zurück und steht auf, um Kaffee zu machen. Sie bemerkt nicht, dass sie mit dem Ärmel die Brille vom Schreibtisch wischt, sie fällt herunter und landet lautlos auf dem Teppich. Als sie wiederkommt, tritt sie drauf, und das linke Glas zerbricht.

In einem anderen Teil der Stadt sitzt Lea hinter ihrer Ladentheke und sieht nach draußen auf die tief verschneite Straße, keine Menschenseele ist unterwegs. Sie überlegt, ob sie den Laden zumachen soll, weil sowieso niemand kommt, aber ihr Pflichtgefühl ist stärker. Sie stützt das Kinn in die Handfläche und harrt aus, im Radio läuft ein Bericht über die sagenhafte Nofretete. Lass uns doch demnächst mal einen Kaffee trinken, schreibe ich, aber ihr Telefon liegt oben in der Wohnung. In ein paar Stunden, nachdem sie zur regulären Zeit den Laden abgeschlossen und den Schmuck im Safe verstaut hat, wird sie nach oben gehen, meine Nachricht lesen und zurückschreiben, sehr gern, es ist schön, von dir zu hören.

Ich schalte das Telefon ab und lasse es neben mich auf das Bett fallen, ohne den bläulichen Schein aus dem Display ist es dunkel unter den schneebedeckten Scheiben. Draußen wird es bald dämmern. Hoch über den Wolken bestellt Sean einen Tomatensaft, Marie macht die Schreibtischlampe aus und schaltet den Fernseher an, Lea lässt die Badewanne volllaufen und kann die neue Flasche Badeöl nicht finden, die sie gekauft hat. Ich frage mich, was der Taxifahrer tut. Der Maler. Alex. Meine Hand spielt mit dem Telefon. Ich tippe sachte ein paar Zahlen ein.

Der nächste Tag ist der Tag, an dem ich zurückkehre. Ich schließe die Augen, atme tief durch und schalte auf Autopilot. Ich werfe mich in die Mechanik des Alltags, in das Geheimnis der Automatismen. Die Hände falten die Ränder der Filtertüte, der Fingernagel streicht den Falz glatt. Das gebürstete Aluminium der Kaffeemühle, die Bohnen dosieren, kein Hindernis. Routinierte Bewegungen, tausendfach erprobt. Es geht, man muss sich dazu nicht beisammen haben. Man kann von dem langen Schlaf noch ganz zersprengt, ganz auseinandergebrochen sein. Ich sehe meinen Händen beim Arbeiten zu, kleine, flinke Wesen, die ihre Aufgaben verrichten, wenn man sie nur machen lässt. Wasser einfüllen, den kleinen roten Schalter umlegen, traumwandlerische Sicherheit. Nur die Mülltüte mit den Scherben sieht mich voller Häme an. Der Aschenbecher, den Sean aus dem *Fjodor* für mich stahl, und zwei Kaffeetassen aus meinem unersetzlichen Jugendstilservice, unwiederbringlich verloren. Ich schüttle zornig den Beutel, es klingt wie ein leises Gelächter.

Dann einstudierte Handgriffe im Badezimmer, duschen, anziehen, Haare föhnen. Die Jeden-Morgen-Choreographie. Es kann nichts passieren. Das Telefon klingelt, es ist Lea, die sich darüber freut, dass ich wieder da bin. Sie will sich mit mir treffen, ich sage zu. Sie hört sich besorgt an, und ihre Stimme klingt nach Kirche und nach Museum, nach Erhabenheit und Krankenhaus. Sie redet wie mit einer Patientin, die gerade eine komplizierte Operation hinter sich hat und mit schweren Lidern in die Neonröhre im Aufwachraum blinzelt. Wir verabreden uns für den nächsten Tag auf einen frühen Kaffee, nach dem sie dann in ihren Laden gehen kann. Später werde ich Marie anrufen und irgendwann noch Sean drüben in Amerika. Alles wird wie immer sein und als wäre es nie anders gewesen. Ich schließe die Haustür ab und gehe die Treppen hinunter, in der Mülltüte in meiner Hand kichern die Scherben. Ich werfe den Beutel in den Müllcontainer und ziehe den Deckel darüber zu. Im Radio haben sie gesagt, dass die Straßenbahn wieder fährt. Die Stadt funktioniert wieder. Wir funktionieren alle wieder.

Auf dem Bürgersteig ist eine halbmeterbreite Schneise freigeräumt, rechts und links davon liegt der Schnee wie ein dickes Kissen. Ein paar vereinzelte Passanten sind unterwegs, sie frösteln und haben es eilig. Ich ziehe den Kopf zwischen die Schultern und wickle den Mantel um mich. Die unermüdlichen Räumfahrzeuge haben der Stadt die Arterien geputzt und die weißen Massen von den Straßen geschoben. An manchen Stellen haben sie so hohe Wälle aufgetürmt, dass ich kaum darübergucken kann. Auf den Ästen der kränklichen Kastanie liegt kaum eine Flocke, es ist zu windig, die dürren nackten Zweige schlagen klirrend gegeneinander. Die Wolken sehen zornig aus. Für einen Moment will alles davonfließen, als könnte der Putz sich nicht an den Fassaden, die Haut sich nicht in den Gesichtern der Menschen halten. Alles will hinab, in einen riesigen Abfluss in der Mitte der Straße hinein. Aber der Moment dauert nicht lange, die Dinge halten aneinander fest, die Welt ist noch ordentlich verklebt.

In der schneebedeckten Grünanlage an der Straßenecke steht ein kleiner kahler Busch, ich weiß aus der Erinnerung an gelbe Blüten, dass es sich um eine Forsythie handelt. In den dünnen Ästen hüpft ein Schwarm Spatzen herum, die sich mit schrillen Stimmen gegenseitig anschreien. Ich bin versucht, stehen zu bleiben und herauszufinden, worum der Streit sich drehen könnte, aber ich beschließe, dass es mich nichts angeht. Im Vorübergehen sehe ich eines der Tiere, einen dünnen Vogel mit glänzend schwarzen Augen und zerzaustem Gefieder. Er hockt unbeweglich auf einem der dürren Zweige und sieht mich an. Ich muss lächeln, aber etwas in meiner Brust zieht sich fröstelnd zusammen. Es ist, als balle sich eine Faust in mir und versetze mir von innen heraus einen Hieb gegen die Rippen, der mir den Atem nimmt. Ich zucke zusammen und taumle aus der freigeräumten Schneise in den kniehohen Schnee. Die Straße beginnt sich zu drehen, es rauscht laut in meinen

Ohren, und aus den Augenwinkeln kriecht Schwärze heran. Ich schüttle den Kopf und schnappe nach Luft, der schwarze Vorhang zieht sich widerwillig zurück. Unter dem Forsythienbusch ist die honigfarbene Katze aufgetaucht und späht aus zusammengekniffenen Augen zu dem struppigen Vogel empor. Bevor ich etwas unternehmen kann, schnellt der schlanke Körper durch die Luft, und der wehrlose Spatz klemmt zwischen den zusammengeschlagenen Vorderpfoten. Die spitzen Zähne wühlen sich zwischen die glänzenden Federn, und der schrille Entsetzensschrei des Vogels verstummt. Der kleine Schwarm in den Zweigen darüber ist längst in alle Richtungen auseinandergestoben, die Katze ist bei der Landung tief in den Schnee gesunken. Sie dreht den Kopf und sieht mich aus den geschlitzten Augen an, den leblosen Vogelkörper zwischen den Kiefern. Ich starre ihr in die spindelförmigen Pupillen, dann beginne ich zu rennen.

Am Ende der Straße steht die Bahn auf den Gleisen, ich schlüpfe in den hinteren Waggon, als schon die roten Lichter aufflammen und das Warnsignal ertönt. Die Türen schließen sich mit einem lauten Zischen. Ich streiche mir die Haare aus dem Gesicht und lasse mich auf einen freien Platz sinken. Ich sehe mich eilig um und versuche, müde und gelangweilt auszusehen.

Ich denke an den Kopf von Goya, das lenkt mich ab. Ich frage mich, wie jemand dazu kommt, das Grab eines toten Malers zu öffnen und seinen Schädel zu stehlen. Ich sehe es vor mir. Mit einem Spaten auf der Schulter schleicht er einen sandigen Pfad entlang, einen Hügel hinauf, dem Friedhof zu in einer Neumondnacht. Unten rauscht leise der Fluss, sonst ist es still, nur ein leiser Windhauch streicht über die Platanen, die den Weg säumen. Die Sterne funkeln hoch oben am Himmel, und weit in der Ferne zieht Nebel über den Golf von Biscaya. Wenn man ganz genau aufmerkt, kann man hören, wie das Friedhofstor in den Angeln quietscht. Dann durchdringt der blanke Spaten die Erde und dann ein dumpfer Stoß. Der Spaten ist auf morschem Holz. Was für ein Geräusch macht es, frage ich mich, wenn man den Schädel von einem Körper abtrennt. Ich fahre mit der linken Hand mein Genick entlang und versuche, den Übergang zwischen Wirbelsäule und Schädel zu ertasten. Ich spüre eine kräftige Sehne unter der Haut, die sich spannt, wenn ich den Kopf neige. Ob noch Sehnen da waren, als der Grabräuber zuschlug, frage ich mich. Wie lange dauert es wohl, bis nur noch Knochen in der Erde liegen. Wie lange kann man das Gesicht noch erkennen, und wie lange ist das geschmacklose weiße Totenhemd noch da. Ich hätte verhindern müssen, dass sie ihn in den scheußlichen Fetzen zwingen, aber auf die Idee kam ich nicht. Die Erinnerungen steigen auf wie Luftblasen vom Grund eines schlammigen Sees. Ich schüttle heftig den Kopf und verjage den Gedanken wie eine Wespe im Spätsommer, von der man nicht genau weiß, ob sie nur lästig oder auch gefährlich ist.

Die Bahn legt sich ächzend in eine Kurve, ich stehe schwankend von meinem Sitz auf und hangle mich an den Haltestangen entlang zur Tür. Es sind noch vier Stationen bis zu meinem Atelier, aber ich will nicht in das stille Dachgeschoss hinauf. Ich gehe die Straße hinunter zur U-Bahn-Station. Ich halte an einem Zeitungskiosk, um Zigaretten zu kaufen. Ich muss warten und lese die Schlagzeilen der Tageszeitung. Das Feuilleton bringt einen Artikel über Goya. Ich kaufe die Zeitung und steige die abgetretenen Stufen zum Bahnsteig hinab.

Der Umweg ist lange fällig. Ich hätte längst die Schaufenster der Flaniermeilen abklappern sollen, um zu sehen, was dort aushängt. Meine Kollektion drängt, und ich weiß nicht, was in dieser Saison getragen wird. Ich habe es versäumt, mich um die aktuellen Kollektionen zu kümmern. Ich hatte die Kataloge im Briefkasten, hineingesehen habe ich kaum. Wenn ich es doch tat, schaute ich mir meistens nur die Models an und wunderte mich über die glattgebügelten Gesichter. Ich steige in die U-Bahn, die Türen schließen sich mit einem lauten Fauchen. Ich bekomme eine Sitzbank für mich allein, gegenüber sitzt eine alte Frau, die einen leeren Vogelkäfig auf dem Schoß balanciert. Die Ärmel ihres Wintermantels sind am Ende abgenutzt und ausgefranst, die Hände, die daraus hervorragen, sind alt und knotig und rot von der Kälte. In dem eingefallenen Gesicht unter der roten Wollmütze leuchten schwarze Augen, als wäre in ihrem Kopf etwas aufgegangen wie ein langsamer Komet. Ich schließe die Augen und überlasse mich der Fahrt durch den dunklen Tunnel. Das Holpern des Waggons wirft meinen Kopf hin und her, ich taste nach der Armlehne, aber da ist keine. Ich öffne die Augen erst wieder, als meine Station aufgerufen wird, die alte Frau ist verschwunden. Die Bahn kommt jammernd zum Stehen. Ich schlüpfe durch die verkratzten Türen und gehe die Treppen hinauf, dem schweren grauen Himmel entgegen.

Der halbe Turm der Gedächtniskirche zeigt mahnend in die Wolkenhaufen, ich gehe vorbei, den Kurfürstendamm hinunter.

Mein Kopf fühlt sich leer an, als ich mir eine Zigarette anzünde und die Auslagen betrachte, die Farben und Muster flimmern vor meinen Augen. Ich zucke zusammen, als hinter mir ein Feuerwehrwagen vorbeifährt und das Martinshorn einschaltet, aber als ich mich umdrehe und dem davonrasenden Fahrzeug hinterhersehe, kommt mir das ohrenbetäubende Heulen wie die Warnung eines günstigen Geschicks vor. Den Kurfürstendamm hinauf direkt auf mich zu kommt die wunderlich schöne Helena. Ich trete hastig von dem Schaufenster zurück, aber ich finde keine andere Deckung als eine der großen Werbevitrinen, die in regelmäßigen Abständen auf dem Fußweg stehen. Dass ein Versteck aus Glas ein schlechtes Versteck ist, findet auch Helena und bremst ihren eiligen Schritt. Ich gebe vor, etwas in meiner Handtasche zu suchen.

»Maja!«, flüstert sie.

Ihre Stimme ist rau und belegt, sie klingt, als hätte sie sich heiser geschrien. Ich trete hinter der Vitrine vor und spiele die Überraschte.

»Helena!«

Mir fällt der Abend in ihrem Loft wieder ein, die Schickeria, der Champagner, die Dias, das Bild im Flur. Ich warte auf den Vorwurf, zu früh und ohne Abschied von ihrer Party verschwunden zu sein, doch der erste Blick in ihr Gesicht verrät mir, dass die Rüge nicht kommen wird. Der gefährliche Luxusvamp ist bleich und verquollen. Die faszinierend weit auseinanderstehenden Augen sind rot und blutunterlaufen, dunkle Ringe haben sich tief in ihre Wangen gefressen. Die Nase ist geschwollen, die Lippen sind rissig, die Haut teigig und ungesund. Sogar die blonde Echthaarperücke ist strähnig und zerzaust. Ihr beigefarbener Kaschmirmantel hat einen hässlichen dunklen Fleck an der Hüfte. Sie riecht wie ein Whiskeyfass.

»Ich habe keine Zeit«, sagt Helena und greift nach meinem Arm. Ihre Hände zittern, auf ihren Nägeln kleben splitternde rote Lackreste. Die entzündeten Augen sehen sich hektisch um. Ihre Stimme ist kaum mehr als ein Flüstern, als sie sagt: »Sie sind hinter mir her, du weißt schon. Wegen, du weißt schon, wegen Horst.«

Sie sieht mich an wie ein Kind, das seiner Mutter eine Verfehlung beichten muss. Ich kann nur langsam nicken.

»Dabei war das ein Missgeschick«, flüstert sie, »verstehst du, ein Missgeschick. Wir haben uns gestritten, ich wurde wütend, und dann, du weißt schon, du weißt, wie ich bin.«

Ihre Finger graben sich in meinen Arm, und plötzlich schreit sie: »Er hatte es verdient! Verstehst du, er hatte es verdient!«

Ich befreie mich aus ihrem Griff und weiche zurück. Mein Brustkorb krampft sich zusammen. Es fühlt sich an, als würde etwas aus allen Richtungen ineinanderfließen und in meinem Inneren gerinnen. Helena sieht mich ungläubig an, in ihren weit aufgerissenen Augen klirrt etwas. Sie prallt von mir zurück und taumelt rückwärts den Gehweg entlang. Sie schwankt von einem Fuß auf den anderen wie eine betrunkene Tänzerin, sie findet das Gleichgewicht nicht, ihre Beine drohen unter ihr nachzugeben. Sie stolpert rückwärts davon und wirft die Arme von sich, sie taumelt zwischen den parkenden Autos hindurch und auf die Straße. Dann lautes Reifenquietschen und ein dumpfer Aufprall, dann das laute Krachen von Blech auf Blech. Autotüren werden auf- und zugeschlagen. Von allen Seiten strömen Leute heran. Niemand achtet auf mich. Ich drehe mich um und gehe unbemerkt davon.

»Okay, Killer, du hast sie nicht umgebracht.«

Es ist schon wieder ein ordentliches Stück Spott in Maries Stimme, als ich nach einem halben Klingelton das Telefon abnehme. Ich hatte sie von zu Hause aus angerufen und ihr von dem Vorfall erzählt. Nicht alles. Ich hatte gesagt, ich hätte sie versehentlich geschubst. Marie hatte alarmiert geklungen und gesagt, sie würde vorbeikommen, aber ich hatte abgewehrt. Finde heraus, was mit Helena ist, hatte ich gesagt. Gib mir einen Moment, hatte sie geantwortet und aufgelegt. Ich war zehn Minuten lang in der Wohnung auf und ab gegangen, hatte zwei Zigaretten geraucht und einen Fingernagel abgeknabbert.

»Sie ist im Krankenhaus, es geht ihr gut. Sie schläft jetzt. Es ist kaum was passiert, der Wagen hat gut gebremst und sie nur leicht an der Hüfte erwischt. Eine kleine Prellung, mehr nicht. Dürfte sie ohnehin kaum gemerkt haben, sie war voll wie ein Pisstopf.«

»Mit wem hast du geredet?«

»Mit Horst. Er sagte –«

»Mit Horst?«

»Mit wem denn sonst?«

»Schon gut.«

»Er ist bei ihr. Sie soll über Nacht dableiben, weil sie sie trockenlegen wollen, ansonsten hätte sie gleich nach Hause gekonnt. Er macht sich fürchterliche Vorwürfe, weil sie sich gestritten haben und sie seinetwegen so blau war.«

Marie lacht.

»Er hat eine Platzwunde an der Stirn, weil sie einen Stiletto nach ihm geworfen hat, ist das nicht toll? Und das Beste ist, das ist schon das zweite Mal. In Brasilien hat sie einen Parfümflakon nach ihm geworfen und ihn an der Schläfe erwischt, er musste ins Krankenhaus, hat er mir erzählt. Jedenfalls ist er jetzt butterweich und vergeht fast vor Sorge um sie. Am Ende hast du sogar noch was Gutes angerichtet, als du sie auf die Straße geschubst hast.«

»Ich habe dir gesagt, dass das ein Unfall war.«

»Na klar doch. Ich werde trotzdem mein Testament aufsetzen, bevor wir uns das nächste Mal sehen. Nur zur Sicherheit.«

Sie lacht laut in den Hörer. Ich seufze erschöpft.

»Na ja, Gott sei Dank. Ich weiß nicht, was im Moment mit mir los ist.«

»Du brauchst ein bisschen Ruhe, das ist alles. Hör mal, ich habe nicht viel Zeit. Treffen wir uns morgen im *Saragossa*? Wir haben uns noch überhaupt nicht gesehen, seit du wieder aus der Versenkung aufgetaucht bist.«

»Stimmt. Ja, gern. Aber ein bisschen später, okay? Ich treffe mich morgens erst mit Lea.«

»Was, morgens? Bevor sie in den Laden geht?«

»Sie macht meinetwegen eine Stunde später auf.«

»Wie hast du denn das geschafft?«

»Eigentlich frage ich mich das auch. Sie hat's aber von sich aus angeboten.«

»Zeichen und Wunder, kann man da nur sagen. Was hältst du von ein Uhr?«

»Das schaffe ich. Also morgen.«

»Ja. Und mach dir nicht so viele Gedanken. Versuch mal, ein bisschen zu schlafen.«

»Geschlafen habe ich eigentlich genug, mir macht mehr das Wachsein Probleme. Bis morgen. Und danke.«

»Klaro, Killerbraut. Merk es dir und denk dran, wenn du mich mal vors Auto schubsen willst.«

»Ich geb mir Mühe. Versprochen.«

Als ich am nächsten Morgen das Haus verlassen will, fällt mein Blick in das oberste Fach meines Schuhschranks, in dem mein ruinierter Prada-Schuh mit dem abgebrochenen Absatz liegt. Es kommt mir vor, als läge der Überfall in einer weit entfernten Vergangenheit, an die ich mich kaum noch erinnern kann. Ich seufze, als ich an den Abend mit Sean im *Fjodor* denke, an dem er den kleinen Glasaschenbecher für mich stahl und ich mich weigerte, über den Taxifahrer zu reden. Auch das scheint schon wieder unvorstellbar lange her, obwohl es gerade vorgestern war, dass ich Alex zum letzten Mal sah. Und nach meinem Auftritt war es wirklich das letzte Mal, denke ich und verscheuche den Gedanken. Ich ziehe die Wohnungstür hinter mir zu und drehe den Schlüssel im Schloss. Es hat in der Nacht noch ein bisschen geschneit, aber gegen Morgen begannen die Wolken lichter zu werden. Als ich die Haustür öffne und auf die Straße trete, bricht die Sonne durch, der aufgetürmte Schnee beginnt zu gleißen, die Luft ist klar und kalt. Ich gehe die freigeräumte Schneise entlang und werde langsamer, als der Forsythienbusch vor mir auftaucht. Misstrauisch spähe ich unter das verwaiste Gestrüpp. Der Spatzenschwarm ist nicht mehr da, und die Katze ist auch nicht zu sehen. Aber auf der Schneedecke liegen ein paar kleine, flaumige Federn. In meiner Tasche klingelt das Telefon, es ist Sean aus New York. Die Verbindung ist grauenhaft und klingt nach Übersee.

»Liebes, Gott sei Dank, endlich erreiche ich dich. Alles in Ordnung?«

»Ja, mein Lieber«, sage ich, »schön, dich zu hören. Geht's dir gut?«

»Du hast uns einen ganz schönen Schrecken eingejagt, weißt du das?«

»Sorry«, sage ich, »kommt nicht wieder vor.«

»Ich bin morgen wieder da. Dann besprechen wir mal alles in Ruhe, ja?«

»Alles klar. Was machst du jetzt am Telefon? Wie spät ist es bei Euch?«

»Halb vier morgens, ich komme gerade nach Hause.«

»Ich dachte, du bist da zum Arbeiten.«

»Ich war beim Geburtstag einer Freundin. Schrecklich, sage ich dir. Ich weiß nicht, wann das passiert ist, aber alle Leute haben auf einmal Kinder, es ist das Accessoire der Saison. Wie damals die Mobiltelefone. Du bist abgemeldet, wenn du keins hast. Die ganze Wohnung war voll davon.«

»Klingt nach einer richtig guten Party.«

»Kann ich nicht sagen. Ich hab mich schon am frühen Abend aus dem Staub gemacht und bin ausgegangen.«

»Und ganz allein nach Hause gekommen?«

Er seufzt theatralisch.

»Du hast keine Ahnung, wie groß die Konkurrenz geworden ist – und wie jung. Es war entsetzlich. Ich habe den ganzen Abend in einer Ecke gestanden und versucht, faszinierend auszusehen, aber nicht mal das hat funktioniert.«

»Armer Schatz. Dann schlaf dich mal aus. Augenringe machen noch älter.«

»Muss ich mir Sorgen um dich machen?«

»Mach dir lieber Sorgen um deine Krähenfüße. Du kommst in die Jahre.«

Ich höre ihn lachen.

»Leider wahr. Vielleicht sollten wir beide heiraten und ein paar von diesen Kindern kriegen, bevor es zu spät ist.«

»Vergiss es. Du kannst nicht dem erstbesten Mädchen einen Übersee-Antrag am Telefon machen, nur weil du in einer schummerigen Bar keinen Kerl abgekriegt hast.«

»War 'nen Versuch wert«, sagt er und gähnt.

»Versuch's weiter. Und jetzt geh schlafen.«

»Pass auf dich auf, Schatz. Hab dich lieb.«

»Bis bald.«

Die Straßenbahn ist pünktlich, ich komme rechtzeitig in der kleinen Brasserie am Helmholtzplatz an. Lea wartet trotzdem schon auf mich und hat mir einen Strauß

Schneeglöckchen mitgebracht. Sie sieht mich groß an, als ich vorschlage, wir sollten die Krankenschwester rufen und um eine Vase bitten, darum küsse ich sie rasch auf die Wange und sage ihr, dass ich mich freue, sie zu sehen. Ein paar Minuten später bringt die Kellnerin zwei große Milchkaffeetassen und eine kleine Vase, und Lea beginnt, auf mich einzureden. Sie traut sich nicht zu fragen, wo ich die letzten Tage war oder was bei dem Schönheitswettbewerb passiert ist. Also redet sie, ohne Luft zu holen, mit einer aufgesetzten guten Laune, die nach rosafarbenem Lippenstift klingt. Es tut mir leid, dass ich ihr so wenig helfe, aber ich bin zu sehr in Gedanken. Ich kann nicht aufhören, über die kleine Journalistin nachzudenken, die beim Wettbewerb neben mir in der Jury saß. Mir ist auf dem Weg hierher wieder eingefallen, woher ich sie kenne.

Es war vor über einem Jahr, und ich war gerade im Begriff zu lernen, dass Ruhm und Ehre zu den vergänglichsten Erdengütern überhaupt gehören. Helena hatte ein paar meiner Kleider bei einem großen Mode-Event geparkt, die Organisatorin war eine Freundin von ihr. Das Ganze wurde ein ordentliches Spektakel, meine Kleider kamen gut an, und ich war daraufhin ziemlich angesagt. Als am nächsten Morgen die Sonne aufging, war ich es branchengemäß bereits nicht mehr, aber die kleine Journalistin hatte mich um ein Interview gebeten. Sie war eigentlich Volontärin bei einem Wirtschaftsmagazin, wollte aber über Mode schreiben und über mich, für ein kleines trendiges Stadtmagazin, das sie mit ein paar Freunden aus der Taufe heben wollte. Wir waren in einem Café am Helmholtzplatz verabredet. Es regnete aber in Strömen, also rief ich sie an und bat sie zu mir nach Hause. Der kurzfristige Ruhm hatte ein paar Allüren hinterlassen.

Ich löffle den Schaum von meinem Kaffee, während Lea sich am anderen Ende des Tisches um Kopf und Kragen redet. Ohne dass ich es bemerkt hätte, hat sie sich in das denkbar ungünstigste Thema manövriert und setzt mir ausführlich die Probleme mit ihrem Lebensgefährten auseinander. Ich sehe die Verzweiflung in ihrem Gesicht, sie weiß genau, dass dies das Letzte ist, wovon ich etwas hören will. Aber sie ist schon mittendrin in ihren ernsthaften Überlegungen, ihn abzuservieren, weil es einfach nicht funktioniert. Sie ist nicht mehr sicher, ob er der Richtige ist. Ob ich das verstehe. Ich nicke abwesend und sehe an ihr vorbei aus dem Fenster, wo der Schnee auf den Straßen in der Morgensonne flimmert. Dann ist er es eben nicht, denke ich, so einfach ist das. Und vielleicht ist es auch besser so.

»Eigentlich ist das Ganze nur ein Problem der Lebenseinstellung. Im Gegensatz zu mir ist er der Meinung, dass man heutzutage, also ich meine …«

Ich nicke zustimmend.

Die kleine Journalistin hatte sich mir als Claire vorgestellt, und ich hatte lachen müssen, als ich sie hereinbat. Der Hosenanzug aus dem Kaufhaus, der frisch aufgetupfte Schönheitsfleck über der Oberlippe und die Art, wie sie »Ich freue mich, Sie kennenzulernen« sagte, verriet deutlich, dass sie eigentlich eine Silke oder vielleicht eine Daniela war, die mühsam vierzig Pfund abgenommen, den Pferdeschwanz gegen eine Meg-Ryan-Frisur und die randlose Brille gegen farbige Kontaktlinsen getauscht hatte. Ich mochte sie, es war offensichtlich, dass sie bereit war, für das, was sie wollte, hart zu arbeiten. Vielleicht hätte es mich nicht verwundern sollen, dass sie es bis in die Jury von Re-Creation geschafft hatte, wo sie dann mehr bekommen hatte, als sie hatte haben wollen. Genau wie ich. Gegen Ende des Interviews und beim dritten Glas Sherry hatten wir beinahe den Punkt des vertrauten Plaudertons erreicht, und nachdem sie mich nach meiner Lebenseinstellung gefragt hatte, gab sie zu, beschwipst zu sein und das Wort indifferent nicht zu kennen. Ich führte aus, dass man jederzeit über die Straße gehen könne, ohne den Siebeneinhalb-Tonner kommen zu sehen. So etwas passierte andauernd, sagte ich in ihr erschrockenes Gesicht, man sollte darauf vorbereitet sein, in jeder Minute draufgehen zu können. Und man sollte sich bewusst sein, dass es der Welt egal sein würde. Ich lachte, zündete mir eine Zigarette an und bot die Packung zum wiederholten Male Claire an, diesmal griff sie zu und inhalierte. Wir wussten beide nicht, dass ich keine Ahnung hatte, wovon ich redete. Claire wandte sich schon zum Gehen, als ihr Blick auf meinen Skizzenblock fiel, der auf dem Couchtisch unter einer Illustrierten hervorlugte. Sie schielte neugierig darauf und fragte, ob das schon neue Entwürfe seien und ob sie sie sehen dürfe. Ich zuckte mit den Schultern, zog den Block hervor und überschlug die obersten Blätter, die allesamt Halbaktstudien zeigten, die ich an einem faulen Sonntagnachmittag auf meinem Sofa angefertigt hatte, direkt vom Modell.

Einer der Modeentwürfe im hinteren Teil des Blocks gefiel ihr besonders, und ich riss das Blatt heraus und schenkte es ihr. Da sie die Skizze nicht annehmen wollte, ohne mir auch etwas zu schenken, zog sie einen kleinen Schlüsselanhänger aus Steingut von ihrem Schlüsselbund und gab ihn mir. Es war eine dieser fetten, winkenden Katzen, die ich riesengroß und aus Plastik aus den Schaufenstern von Asia-Läden zu kennen glaubte. Claire sagte, es sei eine Maneki Neko und ein japanischer Glücksbringer, sie habe ihn in Tokio gekauft. Die Katze hebe die Pfote, weil sie das Glück herbeiwinke. Wir verabschiedeten uns, und ich brachte sie zur Tür. Ich sah sie bis zum Tag der neuen Schöpfung nicht wieder und erfuhr nie, ob die erste Ausgabe ihres Stadtmagazins jemals erschienen war. Die winkende Katze befestigte ich noch am selben Tag an meinem Schlüsselbund. Wenige Tage später ließ ich meine Handtasche in der Straßenbahn liegen, so dass ich sämtliche Schlösser austauschen lassen musste und mein Telefon, etwas Bargeld und ein teures Edelstahlfeuerzeug einbüßte. Auch diese Tasche war von Chanel. Wem die Maneki Neko Glück bringen würde, hatte Claire nicht gesagt.

»Maja?«

Leas Stimme dringt laut und störend in meine Gedanken.

»Was?«, frage ich. Mein Kaffee ist kalt.

»Ist alles in Ordnung? Du hast mir ja gar nicht zugehört.«

»Doch, habe ich«, sage ich und wage den Versuch, »es ging um deine Lebenseinstellung.«

Lea sieht mich zweifelnd an.

»Was hast du denn da?«, fragt sie. »Der ist ja niedlich. Woher hast du den?«

Sie zeigt auf meine Finger, zwischen denen plötzlich der Schlüsselanhänger aus Steingut baumelt. Erschrocken lasse ich ihn in die Handfläche gleiten und schließe die Finger darum.

»Aus Tokio«, sage ich.

»Den habe ich noch nie bei dir gesehen! Wie süß der ist!«

»Ich habe ihn erst neulich wiedergefunden. Du, es ist gleich elf, musst du nicht los?«

»O je, ja. Ich verschwinde noch mal schnell, dann können wir gehen, ja?«

Lea steht auf, ich gebe der Kellnerin ein Zeichen. Während sie sich umdreht, um ihr Portemonnaie zu holen, nehme ich den Schneeglöckchenstrauß aus der kleinen Porzellanvase auf dem Tisch und werfe die winkende Katze hinein.

Im Atelier lege ich meinen Mantel über den Tisch und drehe die Heizung auf. Ich überlege, ob ich die Kaffeemaschine einschalten soll, aber es ist eigentlich schon zu spät, um noch etwas anzufangen. In meiner Tasche steckt die Zeitung von gestern, ich glätte die zerknitterten Seiten und beginne, sie durchzublättern. Ich hangle mich durch die Schlagzeilen, überfliege einen Bericht aus Russland und suche dann den Artikel über Goya. Ich bin schnell enttäuscht und lese ihn nicht zu Ende, der Kopf ist nicht gefunden worden. Die wenigen Spalten zwischen den großformatigen Abbildungen bringen nicht mehr als eine schwüle Predigt über den Mann, der die Welt neu sehen gelehrt hat.

Ich sehe Goya immer in einem Meer von Kerzen vor

mir, einen Besessenen, der sieht bis zur Erschöpfung. Vielleicht, weil er langsam taub wurde und sämtliche Töne am Ende nur noch Erinnerung waren. Erinnerungen sind nicht viel. Ich stelle mir vor, wie er stattdessen malt, in einem großen, leeren Raum, die Vorhänge zugezogen, aber das Zimmer heller als der Tag, weil Hunderte von Kerzen brennen, die die Luft heiß und stickig machen, alles riecht nach Wachs. Er muss die Dunkelheit vertreiben, die ihm wie Blindheit vorkommt. Ich bin mir sicher, dass er irgendwann an den Punkt gelangt war, an dem er zu viel gesehen hatte. Es kann nicht gut sein, zu viel zu sehen.

Ich schiebe die Zeitung zur Seite und sehe ihn vor mir, in der Zeit bevor man ihn in die kühle Erde von Bordeaux hinunterließ und die Würmer herbeirief, bevor man das glatte Brett über seinen Körper nagelte und seine Lider schloss, damit er nicht mehr sehen musste. Ich sehe ihn vor mir, wie er mit geschlossenen Augen und gefalteten Händen in dem weiß ausgeschlagenen Buchensarg lag, in dem entsetzlichen weißen Totenhemd. Alles war so widerwärtig weiß. Ich hatte einen Strauß feuerrote Rosen mitgebracht und wollte sie ihm auf die weiße Decke in den Sarg legen, aber man verbot es mir und schickte mich zurück in die Reihe der Trauernden. Meine Rosen verschwanden abseits in einem bunten Haufen von Sträußen, um den Sarg herum standen weiße Lilien.

Ich zünde mir eine Zigarette an und blättere den Rest der Zeitung durch, ich mache nur noch einmal bei den Todesanzeigen halt und lese die Gedichtzeilen und Bibelsprüche. Ich ziehe einige Jahreszahlen voneinander ab und rechne aus, wie alt die Verstorbenen geworden sind, und für einen Moment denke ich, es ist eine ganze Menge, wenn man lebt. Ich drücke die Zigarette in der Mitte des Aschenbechers aus und sehe auf die Uhr, es ist Zeit zu gehen.

Im *Saragossa* wartet Marie schon auf mich. Sie begrüßt mich, fragt rasch, ob alles in Ordnung ist, und macht nicht viel Aufhebens. Und dann beginnt sie umgehend damit, mich auf so charmante Art und Weise zu beleidigen, dass ich ausgelastet bin und an überhaupt nichts anderes mehr denken kann als daran, zumindest die eine oder andere Unverschämtheit zu parieren. Das Essen ist gewohnt ausgezeichnet und endet mit der schlechten Nachricht, dass es keinen Mokka mehr gibt. Der Kellner in der schwarzen Schürze bringt uns zum Trost zwei große Tassen Filterkaffee, die aufs Haus gehen. Wir lehnen uns zufrieden zurück und rauchen Zigaretten, alles ist wie immer.

»Habe ich eigentlich was verpasst die letzten Tage über?«, will ich wissen.

»Eine schreckliche Geburtstagsparty bei dieser Melanie«, sagt Marie und gähnt, »sonst nichts.«

»Wieso denn schrecklich?«

»Schrecklich langweilig. Ich habe ernsthaft darüber nachgedacht, mich einzunässen, nur damit irgendwas passiert. Und was hast du die ganze Zeit über getrieben?«

»Nicht viel. Geschlafen. Gelesen. Ein bisschen gearbeitet.«

»Ich hab vor ein paar Tagen bei dir Sturm geklingelt, hättest ruhig aufmachen können.«

»Unten oder oben?«

»Unten, an der Haustür.«

»Dann hab ich's gar nicht gehört, die Klingel ist seit ein paar Tagen kaputt. Nur der Summer tut's noch.«

»Gut zu wissen. Dann kann ich ja lange in der Kälte stehen.«

»Sorry. Jemand hat auch ein paar Mal an meiner Wohnungstür geklingelt, warst du das auch?«

»Nee. Ich hab dich zum Teufel gewünscht und bin wieder gegangen.«

»Ich muss dir noch was beichten«, sage ich. »Ich habe mich mit dem Taxifahrer getroffen, er war bei mir.«

Ich rühre ein bisschen in meiner Kaffeetasse und denke mit Bedauern zurück. An ihn und den Nachmittag, der mich den blauen Aschenbecher und zwei unersetzliche Kaffeetassen kostete.

»Wie meinst du das, er war bei dir?«

»Wie ich es sage, er war bei mir.«

»In deiner Wohnung?«

»In meiner Wohnung.«

»Wie kam das denn?«

»Was soll das heißen, wie kam das denn. Du sagst das, als wäre es etwas vollkommen Abwegiges! Ist das so ungewöhnlich, dass ich mal einen Mann in meiner Wohnung habe?«

»Nun ja ...«

Marie zieht vielsagend die Augenbrauen in die Höhe und betrachtet prüfend ihre Nägel. Ich beuge mich über den Tisch, nehme den Keks, der auf ihrer Untertasse liegt, und werfe ihn in ihren Kaffee.

»Hey, spinnst du?«

Sie beeilt sich, den Keks, der sich rasch aufzulösen beginnt, mit ihrem Löffel aus der Tasse zu fischen.

Ich betrachte prüfend meine Nägel und sage: »Strafe muss sein.«

Unterdessen ist es Marie gelungen, den Keks, der bereits einen erheblichen Teil seiner Konturen eingebüßt hat, auf den Löffel zu bugsieren. Sie betrachtet die schleimige, vom Kaffee dunkel gefärbte Masse, dann dreht sie den Löffel in ihrer Hand, so dass der Stiel auf mich zeigt, und legt einen Finger auf das runde Ende. Mit dem so entstandenen Katapult zielt sie auf mein Gesicht.

Sie lächelt zärtlich und sagt leise: »Schachmatt!«

»Das wagst du nicht«, sage ich erschrocken und hoffe, dass ich Recht habe.

»Sicher?«, fragt sie, und ihr Lächeln verschwindet.

»Du würdest die Konsequenzen nicht überleben«, sage ich ernst.

Marie verzieht das Gesicht und feuert das Kekskatapult auf mich ab wie jemand, der nichts mehr zu verlieren hat, sie zielt aber großzügig an mir vorbei. Die breiige Keksmasse saust über meine linke Schulter und klatscht auf den Bilderrahmen an der Wand hinter mir. Marie und ich brechen in schallendes Gelächter aus. Der Kellner schaut kurz zu uns herüber, und ein paar Gäste sehen zu uns her. Ich drehe mich um und betrachte die Keksmasse, die den Bilderrahmen hinunterzulaufen beginnt.

»Du hast echt 'nen riesengroßen Dachschaden«, sage ich zu Marie.

»Danke, Süße. Das ist lieb von dir.«

Marie und ich, wir verstehen uns. Wir bestellen noch

einen Kaffee und hoffen, dass der auch aufs Haus geht. Als der Kellner kommt, lehne ich mich weit zur Seite, um den Keksbrei an der Wand zu verbergen, woraufhin Marie wieder zu lachen beginnt. Der Kellner stellt die beiden dampfenden Tassen vor uns ab, und Marie und ich sehen uns prüfend an.

»Iss deinen Keks«, befiehlt Marie mit schneidender Stimme und sieht mich drohend an, die Hand schon am Löffel.

»Du zuerst.«

»Gleichzeitig.«

»In Ordnung.«

Marie nimmt einen Schluck Kaffee und zündet sich eine von meinen Zigaretten an.

»Jetzt erzähl mir von dem Taxifahrer«, verlangt sie.

»Da gibt es eigentlich gar nicht so viel zu erzählen. Ich hatte ihn doch seinerzeit morgens auf der Straße abgebürstet, du weißt schon, nach dem Abend im *Bomba*, was mir ein paar Stunden später schon wieder leid getan hat. Also habe ich beschlossen, das noch mal zu revidieren –«

»Wozu ich dir im Übrigen geraten habe.«

»Stimmt, ja! Komisch, das ist alles so weit weg. Es kommt mir vor, als wäre das schon ewig her.«

Marie sieht mich prüfend an, aber sie sagt nichts.

»Na ja, dann kam jedenfalls der Schönheitswettbewerb dazwischen, und ich hatte was anderes zu tun. Aber danach habe ich ihn dann angerufen und –«

»So, von jetzt an langsam. Wann war denn das überhaupt?«

»Das war vorgestern. Jedenfalls habe ich ihn angerufen und gefragt, ob er auf einen Kaffee zu mir kommen will und –«

»Du hast was?«

»Meine Güte, die Geschichte dauert noch drei Tage, wenn du mir ständig ins Wort fällst. Ich –«

»Entschuldige bitte«, grinst Marie.

Ich schüttle den Kopf. »Dann eben nicht.«

»Ach, komm schon. Ich kann es nur einfach nicht fassen, dass du dir am helllichten Nachmittag Alexander den Großen ins Bett holst. Apropos, wie groß war er denn jetzt eigentlich, hatte er –«

»Hey, Moment mal. Erstens war es überhaupt nicht helllichter Tag, es dämmerte draußen schon. Und zweitens meinte ich nicht Kaffee, sondern Kaffee.«

»Entschuldige bitte, aber: hä?« Sie mustert mich und sagt: »Passiert dir das eigentlich öfter, dass die Leute nicht die geringste Ahnung haben, wovon du redest?«

Ich drohe, den Kellner um einen weiteren Keks zu bitten. Wir grinsen uns an.

»Ich hätte wissen müssen, dass du den Unterschied nicht kennst«, sage ich. »Also, wenn du einen Typen fragst, ob er auf einen Kaffee mit zu dir kommt, dann fragst du ihn in Wirklichkeit, ob er mit dir schlafen will.«

»Ja, genau so mache ich das«, strahlt Marie. »Und?«

»Und: Wenn ich einen Typen frage, ob er auf einen Kaffee mit zu mir kommt, dann frage ich ihn in Wirklichkeit, ob er auf einen Kaffee mit zu mir kommt.«

»Du warst also nicht mit ihm im Bett.«

»Nein.«

»Du hast ihn zum Kaffee in deine Wohnung geholt, um Kaffee mit ihm zu trinken.«

»Ganz genau. Ich habe Kaffee gesagt, Kaffee gemeint und Kaffee gekocht.«

»Gott, wie langweilig. Und was war dann?«

Ja, was war eigentlich dann.

»Gern«, hat er gesagt, »ich habe in zwei Stunden Feierabend. Dann komme ich vorbei.«

Eine Stunde und fünfundfünfzig Minuten später stand ich im Wohnzimmer hinter dem Vorhang und spähte über die Balkonbrüstung auf die Straße hinunter, bis ich durch die schwächliche Kastanienkrone sein Taxi um die Ecke biegen sah. Er fährt einen ganz schön heißen Reifen, dachte ich noch. Ich beobachtete, wie er den Wagen parkte und ausstieg, dann ging ich in den Flur und versuchte den Moment abzupassen, in dem er auf die kaputte Klingel drückte, um den Summer zu betätigen. Ich öffnete die Wohnungstür und sah zu, wie er die letzten Stufen heraufkam. Er lachte mich an, küsste mich zur Begrüßung auf die Wange, schenkte mir einen kleinen Kaktus und roch nach Shampoo und ein bisschen Wunderbaum.

»Schön, dass du Zeit hattest«, sagte ich, hängte seine Jacke auf und stellte das stachelige Gewächs stirnrunzelnd auf den Wohnzimmertisch. Im Vorübergehen drückte ich unbeholfen seinen Arm, was sich gut anfühlte. Er legte eine Hand auf meine Schulter, ganz kurz.

»Tolle Wohnung«, sagte er, als ich in die Küche ging, um Kaffee aufzusetzen.

»Danke«, rief ich zurück, »setz dich doch.«

Das Telefon klingelte, ich ging zurück ins Wohnzimmer, wo er schon auf dem Sofa saß. Ich meldete mich, aber aus dem Hörer kam nur Rauschen und ein leises elektrisches Summen. »Hallo?«, fragte ich noch einmal, aber es antwortete niemand, ich legte wieder auf.

»Keiner dran«, sagte ich zu meinem Gast.

»Dann war's wohl nicht so wichtig«, sagte er und lächelte. Davon war ich nicht ganz überzeugt, aber ich zuckte zustimmend mit den Achseln und ging zurück in die Küche, wo der Kaffee zischend aus der Maschine zu laufen begann. Ich öffnete den Hängeschrank, griff zwei Kaffeetassen und fegte dabei den Aschenbecher aus dem *Fjodor* hinunter. Das blaue Stück Glas schlug krachend auf den weißen Fliesen auf und zersprang in tausend Stücke.

»Scheiße«, sagte ich.

Aus dem Wohnzimmer kam die Stimme meines Gastes und fragte, ob etwas passiert sei.

»Schon okay«, antwortete ich, »war nur ein Aschenbecher.«

Es war ja auch nur ein Aschenbecher. Trotzdem sah ich mit wachsendem Unbehagen in das Meer aus winzigen, leuchtend blauen Splittern, die in Mustern, Zeichen und Figuren auf dem Boden verstreut lagen. Mir war auf einmal, als ob auf jeder Scherbe ein Name stünde. Und dann fuhr plötzlich ein Windstoß in den Raum, was seltsam war, denn das Küchenfenster war fest verschlossen. Für einen Moment flog die weiße Gardine auf, und für den Bruchteil einer Sekunde sah ich den dämmerroten Abendhimmel über den Dächern der Stadt. Weit entfernt im Westen, aber groß und bedeutend, klebte eine mächtige weißgraue Wolke mit einem Gesicht darin, mit einer Stirn, einem Kinn und tiefen, leeren Augenlöchern. Ich ließ die beiden Tassen fallen, die ich in den Händen hielt, und sie zerschellten auf dem Boden in mehrere große Teile, die sich zwischen die blauen Scherben legten.

»Ist alles in Ordnung?«, drang seine Stimme besorgt aus dem Wohnzimmer, ich antwortete nicht. Der Vorhang war längst wieder zugefallen und hatte sich milchig weiß über das Fenster gelegt, da drehte ich mich um und ging mitten durch die Scherben, die unter meinen Schuhsohlen kreischend zerbarsten, zurück ins Wohnzimmer.

Er entdeckte etwas in meinem Gesicht und sah mich fragend an, ich beeilte mich, ihn um Entschuldigung zu bitten und etwas von einem dringenden Termin zu faseln, den ich vergessen hätte. Ich müsste eigentlich längst dort sein und käme viel zu spät. Ein wichtiger Kunde, keine Ahnung, wie ich das hatte vergessen können. Ich trieb ihn vor mir her aus der Wohnung, während ich mich wieder und wieder entschuldigte und Wiedergutmachung versprach. Irritiert, aber ohne Widerstand ließ er sich seine Jacke aufdrängen. Im Flur entschuldigte ich mich noch einmal, schob ihn ins Treppenhaus und schloss die Tür hinter ihm. Ich lehnte mich erschöpft gegen die Wand und wartete, bis ich seine Schritte auf der Treppe nicht mehr hören konnte, dann ging ich in die Küche und horchte, ohne den Vorhang aufzuziehen, auf das Echo seiner Schritte im Hof und das Öffnen und Schließen der Haustür. Als er weg war, ließ ich mich auf das Sofa fallen, auf die Stelle, an der er gesessen hatte, und blickte lange auf die gegenüberliegende Wand. Später stand ich auf und ging in die Küche, wo der Kaffee auf der Warmhalteplatte wartete. Ich schüttete die Kanne in den Ausguss und wagte es nicht, den Vorhang zurückzuziehen und den Westhimmel über der Stadt zu prüfen, aber ich kehrte die Scherben vom Boden auf und sah dabei nicht hin.

»Ach, gar nichts war dann«, sage ich zu Marie. »Ich hatte gerade Kaffee aufgesetzt, da klingelte sein Telefon, und er musste noch mal fahren, weil ein Kollege sich krank gemeldet hatte und er einspringen musste.«

»Was für ein Pech«, sagt Marie und sieht mich mitleidig an.

»Ja, so könnte man es nennen«, sage ich und verrühre mit dem Löffel die Tropfen am Boden meiner Kaffeetasse zu einem Muster, das auch ein Gesicht sein könnte.

»Sag mal«, frage ich, um das Thema zu wechseln, »was weißt du eigentlich über die Sache mit Lea und ihrem Kerl? Sie hat heute Morgen so komische Andeutungen gemacht, aber so richtig erzählen wollte sie mir nichts.«

Ich behalte lieber für mich, dass sie eigentlich eine ganze Menge erzählt hat und ich bloß nicht zugehört habe. Obwohl Marie das verstehen würde. Wer denn, wenn nicht sie.

»Das scheint ja nicht so gut zu laufen. Machen die jetzt Schluss?«

»Ach, frag mich nicht. Ich glaube, das geht schon seit Monaten, aber mit mir redet sie auch nicht darüber. Wenn du mich fragst, ist diese Beziehung längst zu Ende, sie haben es nur beide noch nicht gemerkt. Oder sie haben es gemerkt und trotzdem beschlossen, beim Status quo zu bleiben und so zu tun, als wäre nichts.«

»Nur um nicht allein zu sein? Das hat doch aber auch kein Format.«

»Du predigst zu einer Bekehrten.«

»Ja, vermutlich. Aber wo wir gerade beim Thema sind: Dein Erik war doch auch mehr als eine Sache für eine Nacht, oder?«

Sie sieht erstaunt auf und mustert mich beinahe ängstlich. »Ja«, sagt sie, »tut mir leid, dass ich dir nicht davon erzählt habe.«

»Ist okay. Hast du den denn wirklich im *Bomba* kennengelernt?«

»Nein, das ging schon eine Weile vorher. Du hast ihn auch schon mal gesehen, du bist nach der Vernissage von Alexander dem Großen in ihn reingerannt. Ich musste doch so lachen, als das passiert ist.«

»Ich hab nur noch reichlich verschwommene Erinnerungen an diesen Abend, und das ist auch ganz gut so, glaube ich. Und wie hat das nun angefangen mit euch?«

Marie zieht einen Flunsch. »Ach, du weißt doch, wie so was anfängt. Wir tranken Champagner, und er küsste mich, das Übliche eben.«

»Nicht der schlechteste Anfang. Nimmt bestimmt auch ein gutes Ende.«

»Was meinst du?«

»Na ja, zwei Kinder, Junge und Mädchen, Doppelhaushälfte im Umland und ein paar Kilo auf den Hüften. Einmal im Jahr vielleicht Urlaub auf Rügen.«

Marie schlägt mir mit ihrem Kaffeelöffel auf die Hand.

»Ins Umland kriegst du mich nur, wenn du mir vorher den Schädel einschlägst. Rügen eingeschlossen.«

»Na, wart's mal ab«, grinse ich, »eh du's dich versiehst, zeigt er dir im Katalog den neuen Carport, den er auf die Auffahrt stellen will, und ihr fahrt am Samstagnachmittag in den Baumarkt, um einen Rasenmäher auszusuchen.«

»Rasenmäher! Ich hab noch nicht mal 'nen Mixer!«

»Versprich mir, dass ich mitkommen darf, wenn ihr den kauft.«

»Versprochen. Wir werfen vorher was ein, das kommt bestimmt höllisch gut.«

Als der Kellner die Rechnung bringt, staune ich darüber, wie spät es geworden ist.

»Hat sich der große Alexander in der Zwischenzeit noch mal bei dir gemeldet?«, fragt Marie, während wir unsere Mäntel überziehen.

»Nein.«

Und nach meinem Auftritt wird er das auch nicht, denke ich.

»Hm. Das ist aber ganz schön unhöflich.«

Mir fällt auf die Schnelle nichts zu seiner Verteidigung ein.

»Ach, wahrscheinlich hat er einfach nur viel zu tun. Und eigentlich ist mir das auch ganz recht so. Ich bin im Moment genug mit mir selbst beschäftigt.«

Ich spüre wieder Maries prüfenden Blick auf mir, und ich weiß genau, was sie sagen will. Aber sie zieht nur die Schultern in die Höhe und sagt: »Schade. Ich hätte ihn dir gegönnt.«

Im Rausgehen fällt mir ein, dass ich Marie sehr gut hätte sagen können, dass Alex meine Telefonnummer gar nicht hat. Erst da wird mir klar, dass er sich wirklich nicht bei mir melden wird. Es sei denn, er fragt Sean nach meiner Nummer. Aber warum sollte er.

Es ist dunkel, als ich aus dem Atelier nach Hause komme, mir ist kalt, und ich freue mich auf ein heißes Bad. Während ich vor meiner Wohnungstür stehe und nach dem Schlüssel suche, wird die Tür plötzlich von innen geöffnet. Die Frau, die herauskommt, hat meine Größe, die gleichen blonden Haare und sieht überhaupt genauso aus wie ich. Sie hat sogar den gleichen Mantel an, der ihr besser steht als mir. Ich sehe zu, wie sie mit einem verträumten Blick um die Augen die Tür hinter sich ins Schloss zieht und an mir vorbeigeht, ohne mich im Mindesten zu beachten. Ihr Haar fällt über ihre Schulter, als sie den Schlüssel in ihre Handtasche gleiten lässt. Ich könnte schwören, dass ich genau die gleiche habe. Hatte. Bis zu dem Tag, an dem sie mir auf der Straße vor dem Geldautomaten gestohlen wurde. Am Ende hat sie auch noch meine Pradas an, denke ich, aber sie geht schon, eine Hand am Geländer, die Treppe hinab, und ich kann ihre Füße nicht mehr sehen. Ich betrachte noch einmal meine Wohnungstür, die sie gerade vor meiner Nase abgeschlossen hat, und weil mir nichts einfällt, das ich ihr hinterherrufen könnte, gehe ich ihr nach. Hoffentlich hat sie nicht den Herd angelassen, denke ich noch. Ich habe manchmal Angst, das zu vergessen. Sie geht durch den Hof und tritt auf die Straße, ich husche hinter ihr her, bevor die Tür sich wieder schließt. Sie bleibt stehen und blinzelt in den pechschwarzen Streifen Himmel, der über den Dächern zu sehen ist. Die schmale Sichel des Mondes ist schon aufgegangen und glänzt silbrig in der klaren Luft. Die Frau, die aussieht wie ich, dreht sich um und geht die Straße entlang. Im Vorbeigehen wirft sie einen Blick in die Auslagen der kleinen Buchhandlung im Nachbarhaus und nickt der Beethoven-Büste im Schaufenster freundlich zu. Gut sieht sie aus, denke ich staunend, und dabei sehe ich sie nur von hinten. Auch mein Parfum passt zu ihr. Ein leichter Wind geht durch die Straße und spielt in ihren Haaren, der graue Mantel flattert ein wenig. Am Straßenrand liegen zu hohen Wällen aufgetürmt die Schneemassen der letzten Tage. Sie geht die Straße entlang, verträumt und ohne Eile. Beinahe zärtlich setzt sie auf dem schneebedeckten Pflaster einen Fuß vor den anderen, während sie leise zu summen beginnt. Ich bleibe dicht hinter ihr. Ein Taxi biegt um die Ecke und schnellt die Straße entlang, an ihr vorüber, bremst plötzlich, kommt zum Stehen und setzt zurück. Die Scheibe auf der Beifahrerseite fährt hinab, sie wendet den Kopf, und er ruft nach ihr. Sie tritt heran, beugt sich hinunter, streicht die Haare zurück und späht durch das Fenster. Im Inneren des Wagens lacht er sie an, mit den schönen Händen am Lenkrad, die ungewöhnlich dunklen blauen Augen glänzen im schwachen Licht des Armaturenbretts. Sie lächelt und sagt etwas, das ich aus der Entfernung nicht verstehen kann. Er beugt sich über den Sitz und öffnet die Tür für sie, und ich steige ein, ohne nachzudenken, lasse mich in den Sitz sinken und ziehe die Tür hinter mir zu. Er lächelt mich an, und seine weißen Zähne schimmern im Dunkeln, ich lächle zurück. Er sagt etwas, aber ich kann es nicht verstehen, seine Stimme ist zu leise, oder ich bin zu weit entfernt. Es ist auf einmal, als triebe ich hoch über der Erde durch das schwarze All und seine Stimme dringe nur wie ein leiser Schall aus großer Entfernung an mein Ohr. Ich lausche angestrengt und kann ihn trotzdem nicht verstehen. Ich lächle und sehe ihn an, er streckt die Hand aus, als wolle er sie auf meine legen, aber er wagt es nicht und zieht sie verlegen wieder zurück. Ich muss lachen und strecke die Hand nach seiner Schulter in dem blauen T-Shirt aus, und als meine Fingerspitzen den Stoff berühren, sieht er mich an, und etwas zerbricht in seinen Augen. Dunkle Schleier ziehen durch das ungewöhnliche Blau und fließen zu großen schwarzen Flecken zusammen und fressen sich in sein Gesicht, und vor meinen erstaunten Augen löst er sich in Schwärze auf. Für einen kurzen Moment sitze ich allein in dem Taxi, und meine ausgestreckte Hand zeigt ins Leere. Es wird blendend hell im Inneren des Wagens, als die Scheinwerfer eines Autos auf uns zurasen, alles wird weiß, ich halte die Luft an und stehe wieder vor meiner Wohnungstür und habe endlich den Schlüssel in meiner Handtasche gefunden. Ich schließe die Tür auf und gehe hinein, im Wohnzimmer klingelt das Telefon.

Ich stoße mit dem Knie gegen den Couchtisch, stolpere und fege einen Stapel Zeitschriften auf den Boden. Ich schaffe es nicht mehr rechtzeitig, den Hörer abzunehmen, es ertönt nur noch das Freizeichen. Ich werfe das Telefon wütend aufs Sofa und reibe mein schmerzendes Knie, dann gehe ich in den Flur und ziehe Mantel und Schuhe aus, bevor ich anfange, die Zeitschriften vom Boden aufzulesen. Zwischen zwei Magazinen fällt mir der ramponierte Umschlag mit der fremden Briefmarke in die Hände, der am gleichen Tag ankam wie die Einladung zu »Re-Creation«. Seltsam, dass ich ihn ganz und gar vergessen hatte. Ich hebe die übrigen Zeitschriften auf, setze mich aufs Sofa und drehe den Brief in den Händen. Er ist dünn und zerknittert, der Umschlag ist aus sonnengebleichtem Papier. In der Ecke klebt eine fremdländische Briefmarke, die nicht abgestempelt ist, und in verblasster, schwarzer Tinte steht mein Name darauf, in der großen, eckigen Handschrift, die ich viel zu gut kenne und schon sehr lange nicht mehr gesehen habe. Mir fällt ein, dass der Brief ein merkwürdiges Geräusch gemacht hat, als ich ihn aus dem Kasten nahm, ein leises, beinahe zärtlich raues Rascheln war herausgekommen. Ich stehe auf und hole meinen alten Messingbrieföffner aus dem Schreibtisch, den ich sonst nie benutze, weil ich sämtliche Briefe meist schon unten am Kasten mit den Fingern aufreiße. Die scharfe Schneide zerreißt den dünnen Umschlag, und als ich ihn in der Hand drehe, um das einzelne, mehrfach gefaltete und auf beiden Seiten eng beschriebene Blatt darin herauszuziehen, rieselt ein wenig feiner weißer Sand hervor. Ich taumle zurück aufs Sofa, dehne das Couvert mit zwei Fingern auf, halte mein Gesicht dicht darüber und atme ein. Sofort kann ich das Meer riechen und den Sand und den warmen Wind im schweren, satten Grün. Ich schließe die Augen und lehne mich zurück, ich kann noch den Brief aus der Hand legen, dann gleitet auch schon alles davon. Ich sinke in die Tiefe, alles ist Wasser, ich schwimme tief unten in der dämmrigen Flut durch ein kühles, türkisfarbenes Meer, dem Strand entgegen, dort, wo das Wasser heller und flacher wird. Noch ein paar kräftige Stöße mit den Armen, und ich bin an Land, ich öffne die Augen, ich bin wieder da.

Wir waren zusammen im Urlaub, einmal im Leben. In den entferntesten Tiefen der Region, die wir schlechterdings den Süden nennen, auf einer Insel, unserer Insel, wie wir mit demselben Recht beschlossen, mit dem alle anderen es tun. Die Tage waren uns zwischen den Fingern zerronnen wie das Wasser des azurfarbenen Ozeans. Jeden Tag hatte die Sonne auf den weißen Sand herabgeglüht und war wie dicker Honig auf das dunkle Grün getropft, das kilometerweit den Strand säumte. Wir hatten uns im Schatten zerrissener Strohhüte in die müden Augen geblinzelt und die Gesichter in den salzigen Wind gehalten. In den Nächten hatten Millionen von Sternen gefunkelt, und der Mond hatte wie ein bleicher Knochen über dem schwarzen Meer gestanden und die Wellen zum Glänzen gebracht. Nur am letzten Abend war ein Sturm aufgezogen und hatte turmhohe Wolken über den Himmel gewälzt, aus denen die ganze Nacht über dicke Regentropfen auf die Erde gestürzt waren. Am Morgen des letzten Tages war der Himmel genauso grau wie das Meer, das Grün fleckig und matt und der weiße Sand dunkel und schwer, der Wind war streng und peitschte über das aufgewühlte Wasser. Wir ließen uns nicht abhalten, gruben die bloßen Füße in den feuchten Sand und streiften mit dem kalten Wind auf der Haut dem rauen Ozean entgegen. Ich ging neben ihm und hielt seine Hand, und als ich ihn ansah, wunderte ich mich plötzlich darüber, wie zerbrechlich er aussah. Sein schlanker Oberkörper war von der Sonne terracotta-braun gebrannt, und trotzdem stand er für einen Moment vor dem fahlen Himmel und dem fleckigen Strand und sah aus, als wäre er aus bemaltem Glas. Er lächelte mich an, und ich strich das Haar aus seiner Stirn. Seine Augen waren grau wie das Meer. Wir liefen gemeinsam in die harten Wellen hinein, und ich sehe es vor mir, wie wir bis zu den Hüften in dem schiefergrauen Wasser standen und er mich in der harten Brandung küsste, vor unseren Augen war alles Zukunft.

Neben mir klingelt das Telefon. Ich fahre zusammen, mein Fuß stößt gegen den Couchtisch und wirft ihn fast um, der Brief rutscht vom Sofa und fällt auf den Boden, der weiße Sand rieselt auf den Teppich. Ich reiße die Augen auf, mein Herz rast von dem plötzlichen Erschrecken, und ich habe so hastig die Luft eingesogen, dass meine Lunge schmerzt. Ich nehme das klingelnde Telefon und schleudere es gegen die Wand. Meine Hände zittern, und mein Puls klopft bis in die Fingerspitzen. Ich lasse mich keuchend auf das Sofa zurückfallen und warte darauf, dass mein Herzschlag sich beruhigt. Schließlich hebe ich den Brief auf und drehe ihn vorsichtig mit der Öffnung nach oben, um wenigstens etwas von dem feinen Sand darin behalten zu können. Aber ich atme nicht noch einmal in den Umschlag hinein, ich falte das engbeschriebene Blatt nicht auseinander und lese kein Wort der vertrauten Schrift. Noch einmal sehe ich das kleine Haus am Rand der niedrigen Klippen vor mir, in dem wir wohnten, abgeschieden und glücklich unter der tropischen Sonne. Nach unserer Rückkehr war nicht mehr viel. Bei der Beerdigung hatten wir beide noch die

Reste der Urlaubsbräune in den Gesichtern. Seine Augen waren geschlossen, meine weit geöffnet. Das Herz war eine Handfeuerwaffe.

A<small>LLES WEISS.</small>

Meine Schritte quietschten auf dem grauen Linoleum, von dem schlaffen Körper hinter mir kam ein schleifendes Geräusch. In regelmäßigen Abständen tauchten rechts und links Türen auf, alle gleich, weiß lackierte Metalltüren mit silbernen Klinken, über mir leuchtete kalt und konstant das Neonlicht. Ich weiß nicht, warum ich es zuerst nicht über mich bringen konnte, eine der Türen zu versuchen, von denen ich schon zwanzig oder dreißig passiert hatte. Vermutlich, weil ich nur Zimmer dahinter vermutete, Zimmer wie das, aus dem ich gekommen war. Ich wartete auf etwas Konkreteres, Aussichtsreicheres. Eine große Glastür am Ende des Ganges vielleicht, eine Treppe, einen Fahrstuhl. Etwas, das nach Ausgang aussah. Ich zog die Leiche hinter mir her, die wie ein entsetzliches, fremdes Gewicht an mir herunterhing und an meinen Armen zerrte. Meine Schultern begannen zu schmerzen, und meine Finger gruben sich immer tiefer in das kalte Fleisch, das meinem Griff entgleiten und auf dem grauen Linoleum liegen bleiben wollte. Der Flur nahm kein Ende, in immer gleichem Abstand zogen rechts und links die weißen Türen an mir vorbei, von oben gleißte das Neonlicht. Ich wurde immer langsamer und müder, bis ich irgendwann in der Mitte des Ganges stehen blieb. Der schlaffe Körper entglitt endgültig meinen Fingern, die Beine klatschten schwerfällig auf den Boden. Ein neuer Gedanke hatte mich ergriffen, das alles dauerte zu lange. Ich hatte vor viel zu langer Zeit mein Zimmer verlassen, und ich war schon viel zu lange mit dem toten Körper unterwegs. Es war ein Wunder, dass mich noch niemand gesehen hatte. Eine kalte Welle Panik erfasste mich, ich sah mich eilig um. Ich würde allein weitergehen, den Ausgang finden, und dann wiederkommen und die Leiche mitnehmen. Vielleicht würde ich unterwegs auch etwas finden, womit ich den Körper leichter transportieren könnte. In der Zwischenzeit würde ich ihn verstecken. Rechts von mir war eine Tür, und links noch eine, beide völlig gleich im weißen Licht. Keine versprach etwas, die eine war genau wie die andere. Das Gefühl, keine Zeit mehr zu haben, stieg wieder drängend und erstickend in mir hoch. Wieder schloss ich die Augen und drehte mich eilig mit ausgestrecktem Zeigefinger im Kreis. Als ich stehen blieb und die Augen öffnete, zeigte mein Finger den Gang entlang, in die Richtung, aus der ich gekommen war, was ich nur daran sah, dass der Kopf der Leiche in diese Richtung wies. Wie eine riesige Kompassnadel lag der tote Körper da, und aus dem zerfallenen Gesicht grinste es mir entgegen. Ich sah eilig weg, aber es war zu spät, ich hatte schon hingesehen. Ich schüttelte zornig den Kopf, packte die schlaffen Beine und zerrte die Leiche auf die Tür auf der linken Seite zu, ließ das eine Bein achtlos fallen und drückte die blitzende Metallklinke herunter. Die Tür schwang leicht und geräuschlos auf. Der Raum dahinter sah genauso aus wie der, aus dem ich gekommen war. Weiße Wände, weißes

Licht, ein Bett und ein Sessel. In der Ecke auf dem Boden kauerte eine zusammengesunkene Gestalt, die unter einem strähnigen Schopf blonder Haare ängstlich in Richtung des Bettes starrte, auf dem ausgestreckt ein lebloser Körper lag. Ich ließ auch das andere Bein fallen und wich zurück, entschlossen, über die starre Leiche hinwegzusteigen und mit aller Kraft den Gang entlang davonzurennen. Da begriff ich, dass sich etwas verändert hatte. Das zerfallene Gesicht mit den leeren Augenhöhlen und den nackten weißen Zähnen darin war wie eine Maske von ihm abgefallen, ich sah deutlich, wie es in mehreren großen Scherben neben ihm lag. Darunter war ein Gesicht, das ich kannte.

Nachdem ich schreiend aufgewacht war, beschloss ich, nicht mehr schlafen zu können und vor allem nicht mehr zu wollen. Die Nacht grinste durch die Fenster wie eine Katze mit Sternenaugen, für einen Moment war ich sicher, dass unter dem Fußboden etwas wohnte. Wenn ich die Luft anhielt, konnte ich es hinter der Tapete atmen hören. Ich machte in der ganzen Wohnung Licht und vertrieb mir die Zeit mit einem Haufen Bügelwäsche und den Kreuzworträtseln in einem alten Stapel Magazine. Dann ging ich im Wohnzimmer auf und ab und wartete darauf, dass die Sonne aufging. Die Winternacht klebte wie ein dicker weißer Vorhang in den Fenstern.

Als im Schlafzimmer der Wecker klingelt, sitze ich auf der Küchenfensterbank, habe den Bademantel fest um mich gewickelt und meine dritte Tasse Kaffee eingeschenkt. Es rauscht gemütlich in den Heizungsrohren, aber ich friere noch immer. Ich zünde mir eine Zigarette an, mir wird von den ersten Zügen schwindelig, und ich drücke sie auf der Untertasse aus. Ich stehe vorsichtig auf, schütte den Kaffee weg und gehe ziellos in der Wohnung umher. Hinter den Fenstern hört es überhaupt nicht mehr auf zu schneien. Seans Flugzeug soll heute Morgen landen. Nach einer langen heißen Dusche fühle ich mich besser, und die zweite Zigarette schmeckt mir wieder. Dann ruft Sean an.

»Hallo Liebes, bin gerade gelandet.«

»Großer Gott, bei dem Schneegestöber? Das ging?«

»Mit Müh und Not. Hätte auch nicht gedacht, dass ich in diesem Leben noch mal anfangen würde zu beten. Ein echter Kamikazeflug. Habe ich dich geweckt? Ich wollte so schnell wie möglich deine Stimme hören.«

»Das war genau richtig so, ich hab mir tierische Sorgen gemacht. Ich habe bei diesem Wetter immer schon Angst, in die Straßenbahn zu steigen.«

»Ich normalerweise auch. Aber ich musste dringend weg aus New York. Erinnert mich einfach zu sehr an meine Midlife-Crisis.«

»Armer Schatz.«

»Geht's dir gut? Du klingst so komisch.«

»Nichts weiter. Hab kaum geschlafen und grässliche Kopfschmerzen. Und du? Klingst auch nicht gerade wie das blühende Leben.«

Er gähnt laut. »Jetlag. Aber das geht schon, bis heute Abend bin ich wieder fit. Sehen wir uns? Sagen wir, gegen neun?«

»Sorry du, geht nicht. Hab schon was vor.«

»Ach so? Ich überlebe nur knapp einen Landeanflug durch die weiße Hölle, und du willst mich nicht mal sehen? Gehst du etwa fremd? Triffst du dich mit einem anderen Mann?«

»Genaugenommen sogar mit zweien«, sage ich, »wenn alles klappt.«

»Du Luder. Erzähl mir alles.«

»Ein andermal. In Ruhe und bei Moosbeerenwodka, okay?«

»Gut. Denk wenigstens an mich.«

»Tu ich doch pausenlos.«

»Wir hören uns bald, ja?«

»Sicher. Schlaf dich aus. Ich muss los.«

Ich stapfe durch den frischen Schnee, der schon wieder als neue Schicht auf den Straßen und Wegen liegt, und es schneit immer noch, in dicken, wattigen Flocken. An der zerkratzten Glastür des Blumengeschäfts ist eine kleine Messingglocke angebracht, die ein nervöses Gebimmel anstimmt, als ich eintrete. Der feuchte Geruch nach Pflanzen und Blüten lässt mich zurückweichen, und ich überlege, den Laden wieder zu verlassen, aber da erscheint aus dem Hinterzimmer eine Verkäuferin in einer langen grünen Schürze, begrüßt mich, als ob sie auf mich gewartet hätte, und sieht aus wie ein dicker runder Apfel.

»Was kann ich Schönes für Sie tun?«, fragt sie und deutet mit weit ausgebreiteten Armen in ihren Laden, so als würde sie mir alles darin schenken wollen. Ich bitte um rote Rosen, sie schmunzelt verschwörerisch.

»Die sind heute Morgen ganz frisch hereingekommen«, sagt sie und deutet auf einen großen Kübel mit einer imposanten Menge langstieliger, tiefroter Rosen darin. »Aus Holland. Die Sorte heißt Opium«, fügt sie hinzu. Ich nicke beeindruckt.

»Wie viele möchten Sie?«

»Ich weiß nicht«, gebe ich zu, »zwölf, denke ich. Oder nein, lieber elf.«

Liebevoll löst sie eine Rose nach der anderen aus dem dichten Gewirr der glänzend grünen Blätter und sammelt sie in der Hand, die riesigen Blüten sind noch kaum geöffnet.

»Ein bisschen Schleierkraut dazwischen oder noch was Grünes?«

Ich schüttle den Kopf, sie nickt zufrieden. Dann zupft sie mit flinken Fingern ein paar verwachsene Blätter von den Stielen, bindet die Rosen zusammen und schlägt sie in Papier ein. Ich zahle, sie reicht mir den Strauß und schmunzelt wieder verschwörerisch. Ich verlasse eilig den Laden, bevor sie auf die Idee kommen kann, etwas Unpassendes zu sagen.

Die Straßenbahn kämpft sich tapfer durch den Schnee, rechts und links kriechen die Autos im Schritttempo voran und haben die Scheinwerfer eingeschaltet, die Scheibenwischer laufen auf vollen Touren und wedeln weiße Klumpen auf die Straße. Ich steige aus, ziehe das schwarze Filzbarett tiefer ins Gesicht und eile die Stufen zur U-Bahn hinunter, die ein Angestellter in orangeroter Sicherheitskleidung gerade mit dem Besen vom Schnee befreit. Der Boden des Waggons ist eine Lache aus Schmelzwasser, die Scheiben sind von innen beschlagen, und es riecht nach feuchter Wolle und nassem Hund. Ich bin froh, als ich nach drei Stationen wieder aussteigen kann. Als ich die Stufen hinaufgehe, ist es, als würde man in einen weißen Vorhang hineinlaufen, die Flocken fallen so dicht, dass der Himmel kaum zu sehen ist. Auch die hohe, schmutzig weiße Mauer verschwimmt in dem lautlosen Treiben. Ich gehe dicht an dem zersprungenen Putz entlang und blinzle den Schnee davon, der mir in die Augen weht. Als ich das schmiedeeiserne Tor erreiche, hört es plötzlich auf. Ich schüttle den Schnee von meinem eingewickelten Rosenstrauß und öffne die kleine geschmiedete Tür neben dem großen Tor. Sie schwingt mit einem leisen Quietschen auf.

Eine dicke weiße Decke liegt über allem, man kann kaum sehen, wo man ist. Ein paar lange, weiße Hecken stückeln die hügelige Leere in verschieden große Teile, von den immergrünen Blättern der kugelförmigen Büsche ist nichts zu sehen. Große, alte Bäume stehen reglos da und strecken ihre eingeschneiten Äste in den Himmel und über die Erde. Zwischen den sanften weißen Hügeln ragen die Steine in die Höhe, der Schnee türmt sich auf ihnen und klebt in ihren Gesichtern, so dass die Zahlen und Buchstaben darin kaum zu sehen sind. Ich bleibe dicht neben dem Tor stehen und lasse meinen Blick über die weiße Ödnis gleiten. Ich bin nicht sicher, ob ich den Weg finde, ich war schon lange nicht mehr hier. Ich war überhaupt erst einmal hier. Die schmalen Pfade, von denen ich mich zu erinnern glaube, dass sie mit Schotter und kleinen Kieseln bedeckt waren, sind nicht zu erkennen. Ich packe den Rosenstrauß fester und stapfe in den kniehohen Schnee hinein. Wenn die Steine nicht wären, wüsste ich nicht, ob ich auf den Pfaden gehe oder über die Gräber. Ich versuche mich an den Weg zu erinnern, den wir damals gingen, hinter dem Sarg her, aber alles sieht so anders aus. Damals knirschte der Schotter unter den Füßen, und Glockenschläge hallten durch die Luft. Die Luft war warm, und alles war grün. Ich stampfe mit großen Schritten durch die weiße Decke und beginne, den Schnee von den Steinen zu wischen und die Inschriften zu lesen. Einmal flattert ein aufgeschreckter Vogel über mich hinweg, und der Schnee knirscht unter meinen Fußsohlen, sonst ist es still. Ich weiß nicht einmal, ob ich an der richtigen Stelle suche. Ich stolpre über Wege und Gräber und wische einen Stein nach dem anderen frei, ich kann ihn nicht finden, es ist alles so entsetzlich weiß hier.

Es dauert lange, aber irgendwann finde ich ihn. Ich stoße auf seinen Namen, als ich einen Stein mitten in einer der endlosen Reihen freiwische, die ich Stück für Stück abgearbeitet habe. Ich betrachte den geschmacklosen hellen Marmor und stelle fest, dass ich den Stein nie gesehen habe. Ich bin damals gegangen, bevor das Grab zugeschüttet wurde, und nie wiedergekommen. Ich lese die wenigen Zeichen, die von ihm übrig sind, ein paar Buchstaben, ein paar Zahlen, bronzefarbene Aussagen, alle vertraut und eingebrannt wie eine Narbe im Hirn. Ich sehe mich um. Auf der linken Seite, die Gräberreihe hinunter, liegt alles tief verschneit unter friedlichen, weißen Hügeln. Auf der rechten Seite habe ich eine Spur der Verwüstung hinterlassen. In der Schneedecke klaffen tiefe Fußstapfen und ziehen eine löcherige Fährte über die Gräber, deren Steine eilig frei gewischt sind.

Ich lese die Zeichen auf seinem Marmorstein wieder von vorne, und dann noch einmal. Ich weiß nicht recht, was ich tun soll. Was Leute überhaupt an Gräbern tun. Vielleicht bin ich deswegen nie hier gewesen, weil ich es nicht weiß, weil es wie ein Geheimnis ist, das mir niemand verraten hat. Ich betrachte ratlos den weißen Hügel zu meinen Füßen, in der Mitte sind zwei Löcher, die ich hineingestampft habe. Zu jeder anderen Jahreszeit ist es einfach, da kann man ein Grab pflegen wie ein Stück Garten, man kann abgefallene Blätter aufsammeln oder Pflanzen gießen oder die Erde harken. Ich beuge mich vor, um zumindest die dicke Schneeschicht von der Oberseite des Steins zu wischen, aber dann entscheide ich mich doch dagegen. Es ist in Ordnung, so wie es ist. Mir fallen die Blumen wieder ein, die ich vergessen habe, obwohl ich sie schon die ganze Zeit über in der Hand halte. Ich wickle die langstieligen Rosen aus dem aufgeweichten Papier, die großen, geschlossenen Blüten glühen dunkelrot. Ich halte den Strauß in der Hand, und weil ich nicht recht weiß, wohin damit, stelle ich ihn einfach mitten auf das Grab, in einen meiner Fußabdrücke hinein, der im Schnee klafft wie eine Vase.

Die Rosen sehen prächtig aus auf dem Schnee, und ich bin mir sicher, dass dies das einzige Grab auf dem Friedhof ist, auf dem ein solcher Strauß steht. Ich trete zurück und lese wieder die Inschrift, ich weiß nicht, ob ich noch etwas tun sollte, ob ich hier noch etwas zu tun habe. Ich stehe unschlüssig im Schnee herum und warte darauf, dass etwas passiert, alles ist still. Ich strecke die Hand aus, um den Stein anzufassen, und ziehe sie wieder zurück, ich greife nach den Rosen und fahre mit den Fingerspitzen über die Blüten, ohne sie zu berühren. Erschöpft atme ich aus und lege für einen Moment die

Hände vor mein heißes Gesicht, dann hebe ich das zerknüllte Papier von dem Rosenstrauß auf und stopfe es in meine Manteltasche. Okay, sage ich, ich muss weiter. Ich drehe mich um und stapfe durch den Schnee davon. Vor dem schmiedeeisernen Tor schaue ich noch einmal zurück und folge mit den Augen der Schneise, die ich in den Schnee getrampelt habe. Ich kann tatsächlich in der weißen Ferne die Rosen glühen sehen. Ich öffne das quietschende Türchen neben dem Tor mit einem kräftigen Fußtritt, aber es reicht nicht. Ich trete noch einmal dagegen und noch einmal.

Ich gehe wieder an der weißen Mauer entlang, hinter der die alten Bäume ihre schneebeladenen Äste in die Höhe recken. Ich spüre die schlaflose Nacht auf meinen Schultern und laufe langsam, eingehüllt in eine dichte Müdigkeit. Am Mehringdamm trauen sich die Ladenbesitzer aus ihren Geschäften hervor, um vor ihren Schaufenstern die letzte Ladung frischen Schnees beiseitezufegen. In einer türkischen Bäckerei kaufe ich ein großes Plätzchen aus dunklem Honiggebäck. Ein paar Häuser weiter sind wir uns einmal begegnet, zufällig. Das war ganz am Anfang, kurz nachdem wir uns kennengelernt hatten, an einem der ersten kühlen Tage nach einem endlosen, ermüdend heißen Sommer. Es war früher Abend und roch nach Herbst, ich war auf dem Weg zu Marie und hatte einen großen Umweg zu Fuß gemacht, weil die Luft so schön war. Er kam aus einem Laden und hatte noch die Zigarettenschachtel in der Hand, die er gerade gekauft hatte. Er trug eine ganz neue Lederjacke, die bei jeder Bewegung knirschende Geräusche machte wie Schritte im Schnee und mir schrecklich in die Nase stank, als er mich zur Begrüßung in die Arme nahm. Ich lachte ihn deswegen aus, und er trug es mit Fassung. Ein paar Tage später waren wir wieder dort, dieses Mal verabredet. Wir gingen ins Kino und tranken Wein, lange nach Mitternacht gingen wir im Viktoriapark spazieren. Wir stiegen auf die Spitze des Kreuzbergs und sahen hinunter in die schlafende Stadt, und vielleicht beschlossen wir in dieser klaren Nacht im beginnenden Herbst, gemeinsam zu überwintern.

Ich biege vom Mehringdamm ab und umkreise den tief verschneiten Park, ohne hineinzugehen. Es ist noch immer alles voller Zeichen, es ist, als hätte alles Bedeutung. Ich bin umgeben von einer Welt, die alles weiß. Alles spricht, und die unzähligen Stimmen hallen in meinem Kopf wider, die Fülle der Echos bringt mich um den Verstand. In der Bergmannstraße gehe ich in ein kleines Café und trinke einen doppelten Espresso, ohne meinen Mantel auszuziehen. Ich blättere durch eine Zeitung, um etwas in der Hand zu haben, die Buchstaben führen vor meinen Augen einen wirren Tanz auf, dem ich erschöpft zusehe. Ich zahle und gebe zu viel Trinkgeld, schlage den Mantelkragen hoch und folge der Straße bis zum Südstern. Von dort gehe ich in Richtung Norden weiter. Ich überlege, ob ich bei Marie klingeln soll, aber sie ist bestimmt nicht zu Hause. Ich kann nicht vermeiden, dass ich am Urban-Krankenhaus vorbeikomme, in das sie ihn damals brachten, in den frühen Morgenstunden mit Blaulicht und Sirene, obwohl es schon lange zu spät war. Wir konnten nichts für ihn tun, sollen sie gesagt haben, ich weiß nicht, ob es stimmte, ich war nicht dabei. Ich war zu einer Messe nach München geflogen und schlief in dem verwinkelten Eckzimmer eines idiotisch teuren Designerhotels, in dem alles weiß war. Sie hatten versucht, mich anzurufen, aber ich hatte mein Telefon ausgeschaltet. Ich war nicht einmal aufgewacht.

Hinter dem Krankenhaus schimmert matt und bleiern der Urbanhafen, auf dem ein paar schläfrige Enten ihre Bahnen ziehen. Ich zerbrösle das Honiggebäck zwischen den Fingern und werfe es in das unruhige Wasser, aber die scheiß Enten sehen es nicht einmal. Ich gehe an Maries Wohnung vorbei und den Landwehrkanal entlang, unter den Trauerweiden am Ufer hindurch und an den prächtigen Jugendstilfassaden der Altbauten vorbei, in denen wir uns immer eine Wohnung gewünscht haben. Wie der ganze verdammte Rest von Berlin, denke ich verächtlich und halte ein Taxi an, um ins Atelier zu fahren.

Ich lasse mich erschöpft auf die Rückbank sinken, während der Wagen langsam durch die Straßen gleitet. Aus den Lüftungsschlitzen weht trockene warme Luft bis zu mir nach hinten, ich lehne mich mit der Schläfe an das kühle Glas der Scheibe und sehe nach draußen. Im Radio brabbelt leise und einschläfernd der Verkehrsfunk und meldet zahlreiche Unfälle, ich unterdrücke ein Gähnen.

Draußen auf dem Bürgersteig geht wie in Zeitlupe eine gebückte Gestalt entlang, ich sehe ihr verwundert nach, als wir an ihr vorbeifahren, mir ist, als würde ich sie kennen. Sie ist alt und kugelrund, hat eine schäbige Winterjacke aus Webpelz an und trägt eine dicke Traube von Plastiktüten in jeder Hand. Das kann sie nicht sein, denke ich, sie kann unmöglich hier sein. Ich schüttle den Kopf und bin sicher, dass ich mich getäuscht habe. Wir fahren langsam weiter, das Brummen des Motors und die Wärme der Heizung machen, dass mir die Augen zufallen.

Ich kenne sie aus meiner Heimatstadt und sah sie oft durch die Straßen gehen. Jeder kannte sie, weil sie immer da war, sie gehörte zur Stadt wie das Rathaus und der aufgegebene Rangierbahnhof. Ich erinnere mich an einen ungewöhnlich heißen Monat Mai, in dem die Sonne schwelte wie im August. Ich wurde sechzehn. In diesem Monat sah ich sie jeden Tag, wenn ich am Mittag durch die Hauptstraße nach Hause ging. Sie trug ein geblümtes Kleid mit großen Schweißflecken unter den Achseln, ihre langen grauen Haare waren strähnig und begannen an den Enden zu verfilzen. Sie lief die Straßen entlang, den ganzen Tag über, ohne jemals irgendwo anzukommen. In jeder Hand trug sie zehn oder zwölf prall gefüllte Plastiktüten und schnaufte unter der Last, niemand wusste, was sie darin mit sich herumtrug. Manchmal setzte sie sich auf eine Bank, um auszuruhen, aber es dauerte nie lange, und sie stand wieder auf und ging weiter. An diesem Tag im Mai setzte sie sich auf eine Bank vor einer der kleinen Grünanlagen, die in regelmäßigen Abständen die Fußgängerzone durchzogen. Sie betrachtete versonnen die Blumen in dem schmalen Beet, die von den Geschäftsinhabern reihum mit großen Gießkannen durch die Hitze gepäppelt wurden, und begann ein intensives Selbstgespräch, ohne auch nur einen der abgenutzten Tragegriffe aus der Hand zu lassen. Das ist meine Lieblingsfarbe, hörte ich sie traumverloren sagen. Immer wieder unterbrach sie die Betrachtung der Blumen, um die vorbeigehenden Menschen misstrauisch zu beäugen und ein drohendes Zischen auszustoßen, wenn jemand zu dicht an ihr vorüberlief. Dann zog sie ihre Tüten dichter zu sich heran und wachte stolz und eifersüchtig über ihren Besitz. Die Stimme des Taxifahrers weckt mich aus meinen Gedanken.

»Hast du den Kopf von Goya?«

Ich reiße die Augen auf und hebe den Kopf.

»Was?«, frage ich entgeistert.

»Wir fahren über'n Zoo, ja?«, wiederholt er.

Ich richte mich im Sitz auf.

»Was?«, wiederhole ich verständnislos.

»Wir fahren über Bahnhof Zoo«, sagt er, Wort für Wort, er hat sich über die Schulter umgedreht und sieht mich irritiert an. »Ist 'n ziemlicher Umweg, aber rund um den Großen Stern is allet dicht.« Er deutet auf das Radio. »Überall Unfälle.«

»Das ist mir vollkommen egal«, fahre ich ihn an, was mir schon im selben Moment wieder leid tut. »Fahren Sie, wie Sie denken«, füge ich etwas versöhnlicher hinzu.

Er zuckt mit den Achseln, sieht geradeaus und denkt wahrscheinlich, was für eine Irre. Warum immer ich. Warum steigen die Bekloppten immer ausgerechnet in meinen Wagen.

Wir brauchen eine halbe Stunde für die Strecke, der Schnee hat die Stadt wieder fest im Griff. Als wir vor meinem Atelier ankommen, steht direkt vor dem Haus ein kleiner Mann in einem schwarzen Mantel und winkt dem Taxifahrer hektisch zu. Es läuft mir kalt den Rücken hinunter, es ist der Adler, der einen großen, altmodischen Reisekoffer in der Hand hält. Während der Fahrer noch in seinem schwarzen Kellnerportemonnaie nach meinem Wechselgeld wühlt, ist der Adler schon auf die Straße getreten und klopft mit einem einzelnen Finger gegen das Fenster der Beifahrertür. Er hat sich so weit vorgebeugt, dass die lange Vogelnase beinahe gegen die Scheibe stößt.

»Ist ja schon gut«, murrt der Fahrer und lässt mit einem Knopfdruck das Fenster herunter.

»Sind Sie frei?«, fragt es gehetzt von draußen, die Stimme klingt wie etwas, das durch einen großen Haufen verrosteter Nägel kriecht.

»Wenn Se sich nur noch einen Moment gedulden wollen, mein Herr«, sagt der Fahrer mit einer Ironie, die ich ihm nicht zugetraut hätte, und reicht mir mein Wechselgeld. Ich halte den Atem an und öffne die Tür, während er ein Klemmbrett aus dem Handschuhfach nimmt und etwas zu notieren beginnt. Ich steige aus dem Wagen, und der Adler steht blass und dünn neben mir. Auf meinen hohen Absätzen überrage ich ihn um mehr als einen Kopf. Ich betrachte ihn, wie er mit seinem gesenkten Vogelkopf auf der Straße steht, von einem Fuß auf den anderen tritt und durch die halbheruntergelassene Scheibe unruhig in das Innere des Wagens späht, und ich frage mich, warum ich einmal solche Angst vor ihm hatte. Auch das kommt mir vor, als wäre es unfassbar lange her. Ich schließe die Wagentür hinter mir und nicke ihm zu, er bemerkt mich gar nicht. Er klopft wieder mit der Fingerspitze gegen die Scheibe und sagt mit rasselnder Stimme: »Verzeihen Sie, ich habe es sehr eilig.«

»Sehn Se sich mal um, mit eilig ist hier heute jar nischt«, sagt der Taxifahrer und greift nach dem Sprechteil seines Funkgeräts. »Steigen Se schon ein«, fügt er hinzu, »geht gleich los.«

Der Adler richtet sich auf und wuchtet den Koffer in die Höhe, er sieht aus, als ob er ihn kaum tragen könnte.

»Brauchen Sie Hilfe damit?«, höre ich mich fragen. Es gibt eine Art von Hässlichkeit, die uns mitleidig macht.

Er dreht den Kopf wie zu der Quelle eines Geräuschs, mit der er nicht gerechnet hat, und sieht geradewegs durch mich hindurch. In seinem Gesicht fehlt die Brille mit den runden Gläsern, ich kann zum ersten Mal seine Augen sehen. Sie sind klein und dunkelbraun, und es liegt ein milchig-weißer Schleier darauf. Ich fahre erschrocken zurück.

»Einen Moment bitte«, sagt er höflich und so leise, dass ich seine Stimme ertragen kann. Er zieht ein dunkles Brillenetui aus abgegriffenem Schlangenleder aus der Manteltasche und lässt die beiden schalenförmigen Hälften auseinanderschnappen, im Inneren leuchtet dunkelrotes Futter. Er nimmt seine goldgeränderte Brille heraus und schiebt sie umständlich auf die lange Nase, das linke Glas ist zerborsten und sieht aus wie ein großes Spinnennetz. Er verstaut das Etui wieder in der Manteltasche, dann blinzelt er mich an und fragt, so als ob er mich erst jetzt hören könnte: »Wie bitte?«

In seinem Blick ist keine Spur des Erkennens.

»Brauchen Sie Hilfe, mit dem Koffer?«, wiederhole ich. »Der sieht schwer aus.«

Er sieht mich an, als hätte ich etwas Dummes gesagt, dann beginnt er leise zu lachen, er hält sich dabei die Hand über den schmalen Mund. Es klingt, als schüttle man einen Sack mit Scherben. »Oh, gar nicht, gar nicht«, sagt er, er kichert beinahe, »er ist überhaupt nicht schwer, gar nicht.« Wieder hebt er den Koffer an und zerrt an dem altmodischen Holzgriff wie an einer kaum zu tragenden Last. Dann geht er um den Wagen herum, wobei er mich vor sich hertreibt, denn zwischen dem Taxi und den parkenden Autos am Straßenrand ist kein Platz zum Ausweichen. Am Heck des Wagens wuchtet er den Koffer mit einer schnellen Bewegung auf die Kofferraumhaube.

»Sehen Sie«, kichert er und blinzelt mich verschwörerisch an, »sehen Sie, ich brauche eigentlich gar kein Taxi. Ich brauche es eigentlich gar nicht. Ich muss nur …«

Er späht durch die Heckscheibe ins Innere des Wagens, wo der Taxifahrer unbeweglich auf dem Fahrersitz hockt und in das Funkgerät spricht.

»Ich muss nur«, sagt er etwas leiser zu mir, »ich muss nur diesen Koffer loswerden, darum habe ich das Taxi angehalten.« Seine Stimme wird noch leiser, sie windet sich feucht und glatt in meine Gehörgänge. »Ich werde ein Stückchen fahren, und dann den Fahrer bitten anzuhalten. Und dann werde ich rasch etwas Geld hinwerfen und aussteigen und dabei den Koffer vergessen. Sie verstehen schon, vergessen.« Er zeichnet mit den knotigen Zeige- und Ringfingern die Anführungszeichen in die Luft und reibt sich die mageren Hände.

»Er wird mich nicht aufhalten, weil ich ihm viel zu viel Geld hinwerfen werde. Und dann, dann sitzt er auf dem Koffer, und ich bin ihn los. Es ist nämlich so …«

Wieder blickt er mich verschwörerisch an und redet dann so schnell weiter, dass ich keine Chance habe, mich aus dem Staub zu machen, was mir inzwischen wie die beste Idee vorkommt.

»Es ist nämlich so, dass ich mir diesen Koffer vom Hals schaffen muss, ich kann ihn nicht mehr behalten, er hat mich schon beinahe ruiniert. Es ist nämlich so: Dieser Koffer verschlingt alles. Verstehen Sie? Er verschlingt alles, er frisst alles, und es bleibt nichts übrig. Er hat schon fast alles bekommen, was ich habe. Schon fast mein ganzes Leben, verstehen Sie, mein Leben!«

Hinter den Brillengläsern, dem ganzen und dem geborstenen, haben seine Augen ein ängstliches Flimmern begonnen. Ich gehe vorsichtig einen Schritt zurück und sehe mich hilfesuchend um, aber wir sind allein auf der Straße, und der Taxifahrer sitzt in seinem Wagen wie eine Statue, ich bin mir plötzlich sicher, dass er aufgehört hat zu atmen. Es ist, als stünde um uns herum die Zeit still. Der kleine Mann mit dem Raubvogelgesicht lässt die beiden schweren Messingverschlüsse aufschnappen und klappt den Deckel des Koffers auf. Ich will nicht, aber ich spähe doch hinein. Der Koffer ist vollkommen leer, das braune Seidenfutter, mit dem er ausgeschlagen ist, ist alt und zerschlissen.

»Ich zeige es Ihnen, passen Sie auf«, flüstert der Adler mir zu. Er sieht sich um und packt das zusammengeknüllte Papier des Rosenstraußes, das aus meiner Manteltasche ragt. »Sie erlauben«, flüstert er, zerrt das Bündel heraus und wirft es in den Koffer. »Nicht!«, will ich schreien, da hat er den Deckel schon zugeklappt. Eine Sekunde später macht er den Deckel wieder auf und zeigt mir das Innere des Koffers, das vollkommen leer ist. Der zusammengeknüllte Papierball ist verschwunden.

»Verstehen Sie jetzt?«, flüstert er, und seine Stimme bebt. »Verstehen Sie?«

Seine zitternden Hände greifen nach meinem Handgelenk, da reiße ich mich los, versetze ihm mit beiden Händen einen Stoß gegen die schmächtigen Schultern und laufe davon. Er schlägt hart gegen das Heck des Taxis, und ich renne an ihm vorbei, zwischen den parkenden Autos hindurch. Vor der Haustür bleibe ich stehen, wühle nach dem Schlüsselbund und suche panisch nach dem richtigen Schlüssel. Ich höre noch, wie sich hinter mir die Fahrertür des Taxis öffnet und der Deckel des alten Reisekoffers zuschlägt, dann stoße ich den Schlüssel ins Schloss und haste über die roten Kokosmatten auf den Fahrstuhl zu, ohne mich umzudrehen.

Oben im Atelier brauche ich nicht allzu lange, um mich zu beruhigen. Nach einer halben Stunde, zwei hastig gerauchten Zigaretten und einem großen Schluck aus der Grappaflasche, die ich für Notfälle wie diesen zwischen den Stoffballen im Lager verstecke, ist alles wieder in Ordnung. Ich gehe nachdenklich im Zimmer auf und ab und halte nur an, um in kleinen Schlucken aus meiner Kaffeetasse zu trinken. Irgendwann sind meine Beine so müde, dass ich nicht mehr stehen kann und mich setzen muss. Ich stütze die Ellenbogen auf den Tisch und das Kinn in die Hände und schließe für einen Moment die

Augen. Die schlaflose Nacht, das lange Gehen, das Gebuddle im Schnee und der Grappa tun gemeinsam ihre Wirkung. Als ich die Müdigkeit hereinbrechen fühle, stehe ich wieder auf und gehe auf und ab, ich befürchte, dass es hinter meinen Lidern nicht lange dunkel bleiben wird, wenn ich einschlafe. Mir ist, als könnte heute noch alles passieren. Ich muss wachsam bleiben.

Ich wühle zwischen den Stoffen auf meinem Arbeitstisch herum und beginne, die Konturen eines Oberteils aus sandfarbenem Batist zusammenzustecken. Als mir die Augen zufallen, schiebe ich den Stuhl zur Seite und arbeite im Stehen weiter. Eine halbe Stunde später habe ich einen grässlich aussehenden Kater geformt und versuche, die verbogenen Stahlstifte aus einer Korsage in den hochaufgerichteten Buckel einzunähen, während ich darüber nachdenke, ob ich mit dieser Kleidersache nicht den Beruf verfehlt habe. Stofftiere liegen mir richtig gut. Ich rücke meinen bequemen Polsterstuhl an den Tisch und nähe zwei giftgrüne Perlknopfaugen in das Tiergesicht. Als das Monstrum fertig ist, stelle ich es zufrieden zwischen meine Entwurfsskizzen und lege den Kopf auf den Tisch, auf einen kleinen Ballen nebelgraue Seide. Ich schließe die Augen und gähne. Ich bekomme noch einmal Angst, als der Schlaf wie eine dunkle, beunruhigend langsame Welle herankommt, und klammre mich an den Rand des Wachseins, an den Polsterstuhl unter mir und die graue Seide auf dem Tisch, aber es ist bereits zu spät. Meine Finger werden taub, und ich spüre sie nicht mehr, dann verliere ich den Halt und falle.

Natürlich war alles weiß, aber diesmal war es anders. Es war ein anderes Weiß. Nicht wie Kalk und Neon, sondern ein beruhigendes, tröstliches Weiß von allen Seiten. Ich lag in einem großen Bett, ein Kissen in meinen Rücken stützte mich, so dass ich halb aufrecht saß. Ich sah mich um. Die milchfarbenen Wände waren sanft gekrümmt, und ich dachte, das Zimmer, in dem ich lag, müsste in einem Turm sein. Auf der rechten Seite war ein Fenster, aber es gab dort nicht viel zu sehen. Nur Weiß. Dichtes, sanftes Weiß, das sich wie geknüllte Watte an das Glas schmiegte. Als wäre ich in einem ungeheuerlichen Turmzimmer hoch über der Erde, mitten in den Wolken. Ich lag in dem schneeweißen Bett, müde, schwer und glücklich. Es war, als wäre ich gerade erst nach einer langen Krankheit zu·mir gekommen, hätte gerade zum ersten Mal wieder die Augen geöffnet. Ich sah in die freundlichen Wolken hinaus und war sehr zufrieden.

Dann öffnete sich eine Tapetentür, die ich vorher nicht gesehen hatte, und auch die Tür war leicht gekrümmt wie die Wand. Und er kam herein, er. Sein Gesicht war ein Lächeln, und ich wunderte mich nicht, ihn zu sehen. Lächelnd kam er näher und setzte sich zu mir an das Bett, ich neigte mich zu ihm hinüber, und er zog mich in seine Arme. Ich lehnte den Kopf an seine Brust, und er legte sacht sein Kinn auf meine Schulter. Ich weiß nicht, wie lange wir so saßen, ohne uns zu rühren, bis ich mich aufsetzte und mit der Hand durch das weiche Haar in seinem Nacken fuhr, wie ich es früher gern getan hatte. Er lächelte mich an und strich mir das Haar aus der Stirn. Ich zog ihn zu mir auf das Bett und schmiegte den

Kopf an seine Schulter, und er legte den Arm um mich und küsste mich auf die Stirn.

Mit leiser Stimme begann ich ihm zu erzählen, wie schrecklich alles war, dass ich durch lange, weiße Gänge irren musste und die schwere Leiche wie einen nassen Sack hinter mir hergezogen hatte. Dass sie mich angegrinst hatte, mit dem lippenlosen Mund und den leeren schwarzen Augen, immer wieder, und dass ich versucht hatte, sie loszuwerden, und den Ausgang nicht hatte finden können, dass da immer nur die endlosen Gänge im Neonlicht waren und der tote Körper wie eine Zentnerlast an mir. Und ich wollte ihm noch viel mehr erzählen, wollte ihm alles erzählen, was passiert war, gestern und vorgestern und in den Monaten und Jahren, alles, woran ich mich erinnern konnte, nachdem er einfach weggegangen war. Und ich wollte ihm sagen, wie glücklich ich war, dass er wieder da war, und er lag neben mir und streichelte mein Haar, und mein Kopf lag weich an seiner Schulter, und alles war in Ordnung.

Und dann wurde mit einem lauten Krachen ein Schlüssel in ein Schlüsselloch gestoßen, ein Bolzen schnappte im Schloss, und eine Tür sprang auf. Plötzlich war das Turmzimmer in den Wolken nicht mehr da, und wir waren in meinem Schlafzimmer in meiner Wohnung, durch die Dachfenster sickerte fahles, graues Licht herein. Durch die weit aufgerissene Tür, die plötzlich mitten in der Wand klaffte, wankte eine Gestalt herein, eine Frau in einem blendend weißen Nachthemd, mit weit aufgerissenen Augen und zerzaustem blonden Haar. Sie taumelte schwankend im Zimmer herum, das viel zu eng für sie war, sie schien an die Decke zu stoßen und an alle

Wände, ihr Gesicht war zu einer hässlichen Grimasse verzerrt. Ich wollte schreien und konnte nicht, der Schrei blieb in meiner Kehle stecken und würgte mich. Die weiße Frau kam schwankend auf uns zu, ihre riesigen, himmelblauen Augen sahen uns nicht. Ihr Mund stand offen, und ihre Füße waren bloß, und ich begriff, dass sie eine Schlafwandlerin war, die nicht wusste, wo sie war, und nicht wusste, was sie tat. Sie wandelte nur schwankend im Zimmer umher, setzte einen zitternden Fuß vor den anderen, ohne zu wissen, wohin sie ging. Sie hatte beide Arme ausgestreckt und fuchtelte wild vor sich in der Luft herum, und ich sah erst jetzt, dass sie einen großen Strauß Rosen in der Hand hielt, aus dem tiefrote Blütenblätter rieselten. An ihrem linken Arm, am Handgelenk, baumelte der honigfarbene Körper einer Katze, und dort, wo das Tier die spitzen Zähne in ihre Haut geschlagen hatte, lief eine dünne Spur Blut ihren weißen Arm hinunter. Wieder versuchte ich zu schreien, und der Schrei würgte mich in der Kehle. Ich klammerte mich fest an ihn, der noch immer neben mir lag, dessen Arme fest um mich geschlossen waren. Ich warf den Kopf herum, um ihn anzuschreien, um ihn zu bitten, er möge etwas tun, er möge der Sache ein Ende machen. Und als ich ihn ansah, war er kaum noch da, sein Arm lag noch schwer auf mir, aber sein Gesicht war geschmolzen wie Wachs in der Sonne, es begann bereits, auf sein schneeweißes Hemd hinunterzutropfen, und an Stelle der schiefergrauen Augen starrte ich in leere, schwarze Höhlen. Da löste sich der Schrei in meiner Kehle, und ich schrie, so laut ich konnte, bis die verzerrte Fratze der Schlafwandlerin zerplatzte wie eine Seifenblase und alles verschwand.

Ich habe das Gesicht fest in die graue Seide auf dem Arbeitstisch gepresst. Als ich den Kopf hebe, um nach Luft zu schnappen, funkeln mich die grünen Augen des Stoffkaters an. Ich greife nach meiner großen Schneiderschere und trenne ihm mit einem einzigen Zuschnappen der Klingen den Kopf ab, der herunterfällt und unter den Tisch kullert. Dann versetze ich dem kopflosen Körper einen Fausthieb, der ihn durch das Zimmer fliegen lässt, er prallt gegen die Eingangstür und fällt auf den Boden. Ich spüre etwas Feuchtes am Arm und schiebe den Ärmel zurück, an meinem linken Handgelenk ist eine tiefe Bisswunde, aus der in mehreren dünnen Strömen das Blut läuft. Ich ziehe mit den Zähnen ein Taschentuch aus der Packung auf dem Tisch, drücke es auf die Wunde und wickle einen blauen Chiffon-Schal darum. Ich betrachte mein verbundenes Handgelenk, die Blutspuren auf dem grauen Stoffballen und den geköpften Kater auf dem Fußboden. Ich schüttle den Kopf und greife nach dem Telefon. Er geht nach dem dritten Klingeln ran.

»Alex? Hier ist Maja.«

Er ist überrascht, aber nicht zu überrascht.

»Hör mal«, sage ich, »ich weiß ja, dass das zwischen uns alles ein bisschen blöd gelaufen ist.«

Ich habe mir vorher nicht überlegt, was ich sagen würde. Er könnte meine verlegene Pause nutzen, um mir aus der Patsche zu helfen, aber er lässt die Gelegenheit mit der Ruhe des reinen Gewissens verstreichen. Ach was, gar nicht, könnte er sagen, oder schon in Ordnung. Aber er lässt mich zappeln.

»Ich würde mich trotzdem gern noch einmal mit dir treffen«, falle ich also mit der Tür ins Haus.

Für einen Moment ist es still, nur die Leitung zwischen uns rauscht leise. Ich spüre, wie mir das Blut in den Kopf steigt, und beginne zu bereuen, dass ich ihn angerufen habe.

Dann sagt er: »Du, ich habe im Moment wirklich viel zu tun. Andererseits dauert ein Treffen mit dir ja erfahrungsgemäß nur gute vier Minuten. Die kriege ich sicherlich mal dazwischen.«

Ich muss lachen. »Wir können ja mal sehen, wie die vier Minuten sich entwickeln, und dann unter Umständen noch vier Minuten dranhängen.«

»Klingt vielversprechend. Also gern. Wann?«

»Heute Abend?«

»In Ordnung. Wo?«

»Kommst du zu mir? Du weißt ja, wo ich wohne.«

Jetzt ist er ein bisschen überraschter.

»Kann ich machen. Du bist aber schon sicher, dass du nicht noch einen wahnsinnig wichtigen Termin hast?«

»Hör schon auf. Ich habe mich bereits entschuldigt.«

»Technisch gesehen hast du das nicht.«

»Gut beobachtet. Hatte ich auch nie vor. Bist du immer so dickköpfig?«

»Eigentlich nicht. Aber ich vergesse so schwer.«

»Na, da sind wir schon zu zweit«, seufze ich, »aber mir zuliebe versuchst du es?«

»Dich zu vergessen? Nein. Hatte ich auch nie vor.«

»Ganz reizend. Also bei mir, um acht?«

»Abgemacht. Ich wüsste nur noch gern, was ist, wenn die vier Minuten sich ganz gut entwickeln und die nächsten vier auch?«

»Ich weiß nicht. Vielleicht besprechen wir das bei einem Vier-Minuten-Ei. Beim Frühstück.«

Jetzt ist er sprachlos.

»Also bis heute Abend?«

»Ja. Ich freue mich.«

»Ich mich auch. Ciao.«

»Maja? Schön, dass du angerufen hast.«

Ich schließe das Atelier hinter mir ab und steige in den Fahrstuhl, in der verspiegelten Rückwand mit dem harten Neonlicht darüber sehe ich blass und verquollen aus. Ich lächle mir aufmunternd zu, aber es wird doch mehr eine Grimasse daraus. Unten im Hausflur stoße ich mit Nachdruck die Tür auf und trete selbstsicher auf die Straße, bevor ich vorsichtig nach rechts und links spähe. Es ist niemand zu sehen. Ich trete in die freigeräumte Schneise auf dem Gehweg und stelle fest, dass ich die Nase voll habe von dem verdammten Schnee. Ich ziehe die Augenbrauen zusammen und sehe prüfend zu dem vernarbten Himmel hinauf, der mit dicken Wolken bedeckt ist und neuen Schnee verspricht. Als ich um die Ecke biege, leuchten mir die roten Warnlichter der Straßenbahntüren entgegen, und einen Augenblick später rollen die beiden gelben Waggons ratternd davon. Ich verziehe das Gesicht und sehe mich nach einem Taxi um, aber dann erinnere ich mich daran, wie lange die Fahrt hierher gedauert hat, und beschließe, auf die nächste Bahn zu warten. Ich steige über einen grauen Wall aus Schneematsch, überquere die Straße und stelle mich in eine Ecke des gläsernen Wartehäuschens. Die Wartezeit gibt mir Gelegenheit zu einem kurzen Krisenstabstreffen mit meiner besseren Hälfte, denke ich und wähle Seans Nummer. Er klingt verschlafen.

»Ich bin's, Geliebter. Hab ich dich geweckt?«

»Nee«, gähnt er, »hab nur gedöst. Ich bin noch nicht ganz in der richtigen Zeitzone angekommen. Was gibt's?«

»Ich treffe mich heute Abend mit Alex.«

»Na endlich! Hast du ihn angerufen oder er dich?«

»Ich ihn.«

»Gut so. Wo geht ihr hin?«

»Er kommt zu mir.«

Mal wieder, hätte ich fast hinzugefügt, aber dann beiße ich mir auf die Lippen. Ausnahmsweise muss Sean nicht alles wissen.

»Hoppla!«, sagt er. »So kenne ich dich ja gar nicht.«

»Ich mich auch nicht«, gebe ich zu.

»Wär's dann nicht besser, ihr würdet euch erst mal auf neutralem Terrain treffen? Wozu die Eile?«

»Ach, ich weiß auch nicht. Ich hab mir gedacht, ich sollte einen Exorzismus durchführen, verstehst du? So mit allem drum und dran.«

»Verstehe«, sagt er nachdenklich.

»Ja, wirklich? Und glaubst du, dass ich das Richtige tue?«

Er überlegt, und es gefällt mir nicht, dass es in der Leitung so lange still bleibt.

»Ja«, sagt er schließlich. Mehr nicht. Nur ja.

Ich seufze. »Ich bin mir überhaupt nicht sicher, weißt du?«

»Kann ich mir vorstellen. Aber andererseits, wann ist man das schon.«

»Stimmt. Obwohl, ich war mir mal einer Sache sicher. Sogar verdammt sicher. Und dann habe ich festgestellt, dass ich mich trotzdem geirrt hatte.«

»Ach Schatz«, sagt er, »mach's dir nicht so schwer. Mach dir einen schönen Abend. Du magst ihn doch, oder?«

»Ja. Sogar sehr, denke ich.«

»Was soll dann schon schiefgehen.«

»Aber denkst du nicht, dass es unfair ist? Ich meine, weil ich eigentlich nur einen Exorzisten brauche?«

»Ist das denn alles, was du von ihm willst?«

»Natürlich nicht.«

»Na, siehst du. Und selbst wenn. Er kommt dabei doch ganz gut weg. Mach dir nicht so viele Gedanken, Männer sind nicht so kompliziert. Außerdem hat er doch auch nicht darauf bestanden, dich in einer gut beleuchteten Bar mit Anstandsdame zu treffen.«

»Hast Recht. Also abgemacht.«

»Ich drück dir die Daumen. Ruf mich an, sobald du kannst. Ich will wissen, wie's gelaufen ist.«

»Mach ich. Danke dir.«

Meine Straßenbahn kommt die blanken Gleise hinaufgeschnauft. Ich stecke das Telefon wieder in die Tasche und steige ein, die Bahn ist fast leer. Ich setze mich auf einen Platz am Ende des Waggons, lege das Gesicht in die Hände und reibe meine Stirn mit den Fingerspitzen. Als wir uns in Bewegung setzen, nehme ich die Hände vom Gesicht, auf dem Platz neben mir liegt ein abgegriffenes Brillenetui aus Schlangenleder. Ich fege es zornig vom Sitz, so dass es scheppernd in den vorderen Zugteil fliegt. Es schlägt krachend im Mittelgang auf den Boden und springt auseinander, eine goldgeränderte Brille fällt heraus und bleibt in einer dunklen Pfütze Schmelzwasser liegen. Das linke Glas ist geborsten. Vorn im Zug dreht sich eine Frau um und sieht mich aus zusammengekniffenen Augen an, ich strecke ihr die Zunge raus. Über ihren Schultern liegt ein honigfarbener Nerz.

Zu Hause drehe ich mich in der Mitte des Wohnzimmers um die eigene Achse und sehe mich prüfend um. Ich habe aufgeräumt, staubgesaugt und abgewaschen, geduscht, geföhnt und manikürt. Ich bin nervös und kann kaum glauben, dass meine Hände zittern. Ich zünde eine Zigarette an, als etwas Kleines, Hartes gegen die Fensterscheibe klirrt, dann noch etwas. Ich horche nach draußen und glaube, dass jemand meinen Namen ruft. Dann klirrt zum dritten Mal etwas gegen das Fenster, es klingt wie ein Kieselstein. Schon als ich die Balkontür öffne, höre ich von unten Maries Stimme.

»Komm auf den verdammten Balkon, Missy, oder ich schmeiße dir die Scheiben ein!«

Ich lehne mich weit über das Geländer, sie steht unten auf dem Gehweg im knietiefen Schnee und hat den Kopf in den Nacken gelegt. Das schwarze Leder des Nuttencapes glänzt gefährlich in dem spärlichen Licht der Straßenlaterne, das durch die dürren Zweige der Kastanie sickert.

»Was zum Teufel machst du da unten?«, rufe ich ihr zu.

»Ich klingle seit einer Ewigkeit! Warum machst du nicht auf?«

»Die Klingel ist kaputt, das habe ich dir doch erzählt. Du mit deinem versoffenen Gehirn!«

Sie schlägt sich mit der flachen Hand vor die Stirn.

»Stimmt ja! Hatte ich vergessen.«

»Wieso rufst du nicht an, anstatt mir meine Scheiben zu ruinieren? Übrigens bin ich überrascht, dass du mit deinen Streichholzärmchen so weit werfen kannst.«

Marie macht eine Superman-Pose.

»Mein Akku ist leer. Lässt du mich jetzt rein?«

»Geht nicht, ich kriege gleich Besuch. Den Taxifahrer.«

Marie reißt den Mund auf und strahlt über das ganze Gesicht. »Liebes, das ist ja phantastisch! Ich freue mich für dich!«

»Danke dir! Und jetzt zieh Leine, er muss jeden Moment hier sein.«

Sie geht ein paar Schritte zurück, um mich besser sehen zu können, dabei stolpert sie über die im Schnee versteckte Bordsteinkante hinunter auf die Straße, ich lache schadenfroh. Sie sieht mich drohend an, dann verzieht sie das Gesicht zu einem breiten Grinsen und ruft laut: »Hast du auch was zum Verhüten im Haus?«

Ich fasse mir verzweifelt an den Kopf.

»Musst du das über die ganze Straße brüllen?«

»Aber ja«, schreit Marie und tänzelt ein paar Schritte rückwärts, »es sollen ruhig alle hören, dass du endlich mal wieder flachgelegt wirst! Das ist schließlich ein Grund zum Feiern!«

In meiner Brust zieht sich etwas zusammen. Nein, denke ich, nein. Unten auf der Straße beginnt Marie einen wüsten Cheerleadertanz. »Go, Baby, go!«, kräht sie rhythmisch und lässt dazu die Hüften kreisen. Die dicke Schneedecke glitzert im schwachen Licht der Laterne. Meine Brust fühlt sich an, als würde das Blut darin gerinnen. Ein eisiges Gefühl schnürt mir die Kehle zu.

»Verschwinde«, flüstere ich nach unten, »verschwinde!«

Meine Stimme erstickt.

»Go, Baby, goooooooo yeah!«, schreit Marie, wirft die Arme in die Luft, legt den Kopf in den Nacken und strahlt mich an. Die unsichtbare Faust schlägt so hart gegen meine Rippen, dass mir die Luft wegbleibt. Im selben Moment biegt das Taxi um die Ecke und frisst sich zügig durch den löchrigen Schatten der Kastanie. Marie fährt herum, der lange elfenbeinfarbene Wagen hält auf sie zu. Dann sieht sie noch einmal zu mir hinauf, ihr kleines Gesicht im weißen Scheinwerferlicht ist blass und erschrocken. Es geschieht. Ganz leise, es quietschen keine Reifen, der Schnee ist zu dick. Der Wagen rutscht lautlos über die Fahrbahn. Dann hört man einen dumpfen Knall. Dann nichts mehr. Im Polizeibericht stand später, dass sie vier Meter weit geflogen ist, bevor sie auf dem Pflaster aufschlug und sich den Schädel brach. Der lange schwarze Mantel war durch die Nacht geflattert, und es hatte ausgesehen, als hätte sie Flügel.

»Wo ist die Beerdigung?«

»Irgendwo in der Mitte von scheiß Nirgendwo. Ich kann es immer noch nicht fassen, dass ihre Eltern sie zurück in das scheußliche kleine Drecksnest schleifen, aus dem sie immer nur weggewollt hat.«

»Jetzt wirst du ungerecht. Es ist doch verständlich, dass sie sie bei sich haben wollen.«

»Und wenn schon. Ihr Zuhause ist hier. Hier gehört sie hin, genau wie du und genau wie ich.«

»Also mieten wir ein Auto.«

»Ja. Du fährst. Ich will trinken.«

Sean nickt. Mein Gesicht spiegelt sich in den dunklen Gläsern seiner Sonnenbrille, der Schnee glüht in der Januarsonne.

DER MOTOR DRÖHNT LEISE, während rechts und links weiße Hügel vorbeirauschen. Der silbergraue Toyota ist ein schickes Auto. Schnell und gut gefedert, man spürt die Sprünge und Risse in der gut gestreuten Autobahn kaum. Die Sitze sind anatomisch geformt und auch nach mehreren Stunden Fahrt noch bequem, der Fußraum großzügig. Es gibt Seitenairbags, eine Klimaanlage und ein Schiebedach. Sean fährt viel zu schnell. Es ist noch früh am Morgen, noch nicht halb sieben, und es ist Samstag. Die dreispurige Autobahn ist beinahe leer, die wenigen Autos dümpeln verträumt dahin. Rechts rast ein Haus auf einem Hügel vorbei, an der Mauer lehnt ein rotes Damenfahrrad. Ich stelle mir vor, dass auf den verschneiten Feldern hinter dem Haus strahlend gelb der Raps blüht, dann sind wir vorbei. Ich sitze zusammengesunken auf dem Beifahrersitz, den rechten Arm auf die Ablage in der Tür gestützt, mir fallen immer wieder die Augen zu. Ich habe nicht viel geschlafen in den letzten Nächten. Immer wieder stürze ich in Millisekundenträume, Bilderfetzen leuchten auf wie im Flakfeuer. Orte, Gesichter, manchmal auch Stimmen, die sich mit dem leisen Dröhnen des Motors vermischen und unverständlich sind. Niemals Marie. Marie liegt in einer Kiste aus dunklem Kirschholz, aufgebahrt und hübsch gemacht. Sie wartet auf uns. Wir kommen. Ich schrecke immer wieder hoch, weil mein Ellbogen von der Ablage rutscht oder mein Kopf von der Stütze der Rückenlehne rollt. Wir reden nicht, wir rasen stumm dem offenen Grab entgegen, das irgendwo in der verschneiten Ferne gähnt. Hinter den geschwungenen Hügeln auf meiner Seite geht die Sonne auf, ich taumle zwischen dem Fahrzeuginneren und den flackernden Bildern hinter den Lidern hin und her. Einmal ist mir, als sähe ich eine kleine Gestalt in einem hellen Sommerkleid auf einer Autobahnbrücke stehen. Ich zucke zusammen, weil sie ein Bein über das Geländer schwingt, dann sind wir vorüber, aber Sean sieht noch lange nachdenklich in den Rückspiegel. Stunden später biegt der silbergraue Toyota auf den Parkplatz ein.

Wir steigen aus und sind steif und ungelenkig von der Fahrt. Lea ist bleich wie ein Laken, ihre Augen blinzeln stumpf in die kahlen Bäume. Ich stecke meine Hände in die Manteltaschen und sehe interessiert in die Gegend, um keine ihrer Hände nehmen zu müssen, die sie unruhig vor der Brust aneinanderreibt. Wir sind viel zu früh und sehen uns ratlos an, dann setzen wir uns in Bewegung. Alles ist dick verschneit, nur die Wege sind geräumt und gestreut. Es geht eine kleine Allee entlang, an deren Ende eine winzige Kapelle aus rotem Ziegelstein steht. Ein schlecht gepflasterter Pfad führt um sie herum und auf die graue Kirche zu, deren spitzer Glockenturm einsam in den wolkenverhangenen Himmel ragt. Der Friedhof liegt auf der anderen Straßenseite auf einem merkwürdigen kleinen Hügel, der wie eine ungesunde Schwellung in der flachen Landschaft kauert. Wieder führt eine Allee hinauf, die Bäume sind hoch und kahl. Wir gehen den hartgefrorenen Sandweg entlang, der Hügel ist überraschend steil und viel größer, als er aus der Entfernung aussieht. Die Sargträger werden es schwer haben. Am Ende der Allee gabelt sich der Weg in zwei Richtungen, wir biegen nach rechts, unter der dicken Schneedecke zeichnen sich Steine und Kreuze ab. Nach zwei weiteren Biegungen des Weges stoßen wir auf ein offenes Grab, das tief und dunkel im Schnee klafft wie eine hässliche Wunde. Daneben ist ein großer Haufen schwarzer Erde aufgeschüttet. Wir sehen uns um, rechts und links stehen ein paar Bäume, man kann hinunter auf die Dächer des Dorfes gucken. Die niedrigen Häuser scharen sich eng zusammengekauert um den grauen Kirchturm herum, und obwohl weißer Rauch aus den Schornsteinen kommt, sieht es nicht wohnlich aus. Der Himmel ist weit und leer.

»Es ist hässlich hier«, sage ich.

Sean und Lea antworten nicht. Wir stehen eine Weile unschlüssig herum und betrachten das kleine leere Grab, bis wir in dem eisigen Wind zu frieren beginnen. Wir drehen uns um und gehen den Weg zurück, den Hügel hinunter und an der Kirche vorbei in den Ort hinein. Am

Ende einer engen Kopfsteinpflasterstraße entdecken wir eine Konditorei, die geöffnet hat. Wir trinken schwarzen Kaffee, ich rauche ein paar Zigaretten. Die Sonne steigt hinter den schiefergrauen Wolken auf. Wir zahlen und gehen langsam auf die Kapelle zu, Lea zwischen Sean und mir. Vor dem roten Ziegelgebäude treffen wir Maries Eltern, und für einen Moment ist es, als wären sämtliche Nerven nach außen gekehrt. Ich schüttle die Hand der Mutter und die Hand des Vaters und trete, so schnell ich kann, wieder von den weinenden alten Menschen zurück, weil ein dunkler, pochender Schmerz durch meinen Unterleib fährt. Ich wickle mich fester in meinen Mantel. Ich zucke zusammen, als Marie vor mir steht. Ihr Gesicht sieht aus, als wäre alles darin ein Stück nach links gerutscht, die Haare sind zu dunkel und zu glatt. Sie sieht mich an wie eine Fremde, in den geröteten Augen ist kein Erkennen. Ihre Schwester. Ich schüttle ihre Hand, wir sagen nichts.

Jemand sagt, dass wir in die Kapelle zur Einsargung müssen, es bleibt uns nichts erspart. Hinter den schmucklosen Flügeltüren ist ein kleiner, fensterloser Raum. Auf der einen Seite steht eine lange Holzbank, auf der Menschen mit gesenkten Köpfen sitzen, vermutlich Familienangehörige. Ich sehe wieder die Mutter und den Vater. In der Ecke stehen vier alte Männer mit glänzenden Trompeten, Posaunen und Tubas in den Händen.

»Blechbläser«, stöhne ich. Ich hasse Blechbläser. Marie hasste Blechbläser. »Wo ist hier überhaupt die Bar«, sage ich leise zu Sean. »Auf Familienfesten ist doch immer der Sprit umsonst.«

Er stößt mir den Ellbogen in die Seite, als hätte ich etwas Unanständiges gesagt. Erst jetzt sehe ich, dass auf der anderen Seite des Raumes ein offener Sarg steht. Ein kleines hübsches Püppchen liegt darin, von dem man uns glauben machen will, dass es Marie ist. Ihre Haare sind glatt und brav gescheitelt, wie sie überhaupt noch nie ausgesehen haben, und sie trägt ein perlweißes Totenhemd aus billigem Glanzsatin, das sie nur anhaben kann, weil sie sich nicht wehren konnte. Ihre Hände sind auf der Brust gefaltet und kalkweiß, die Wangen sind blassrosa, und die Lippen schimmern lachsfarben.

»Was haben die mit ihr gemacht?«, frage ich entsetzt, »das ist sie doch gar nicht!«

Sean sieht mich streng an und zischt: »Sei still!«, wie zu einem unartigen Kind.

»Aber sieh sie dir an!«, verlange ich. Er ignoriert mich, faltet die Hände vor dem Schoß und sieht nach unten.

Um den Sarg herum ist ein Meer aus Lilien und weißen Rosen aufgebaut. Lea geht in die Knie und legt die Blumensträuße nieder, die wir mitgebracht haben. Ich habe nicht bemerkt, dass sie sie aus dem Kofferraum geholt und mitgenommen hat.

»Sie sieht aus wie Barbie in Aspik«, sage ich zu Lea, als sie wieder aufgestanden ist und sich neben mich gestellt hat. Sie wirft mir einen erschrockenen Blick zu.

»So was kannst du doch nicht sagen«, flüstert sie.

»Warum nicht?«, erwidere ich in Zimmerlautstärke. »Wenn's doch so ist. Und guck dir die Blumen an. Hier sieht's aus wie bei der Hochzeit von Elton John.«

Inzwischen treffen mich irritierte Blicke aus den verweinten Gesichtern der Trauernden, die dicht aneinandergedrängt auf der Holzbank hocken wie Hühner auf der Stange.

»Glotzt nicht so blöd«, sage ich zu ihnen. »Was zieht ihr hier auch für ein Theater ab? Warum habt ihr sie zurechtgemacht wie Schneewittchens scheiß Patentante? Sie war eine vulgäre Säuferin, und das habt ihr auch gewusst.«

Ich sehe in entsetzte Gesichter, Sean packt mich am Arm und will mich zum Ausgang zerren, aber ich bin noch lange nicht fertig.

»Sie wollte in ihrem nuttigen schwarzen Ledermantel beerdigt werden, das hat sie mir gesagt. Holt ihn raus und gebt ihn ihr! Sie wollte ihn mir nicht vererben, der wird mit mir verscharrt, hat sie gesagt. Sie hatte einen Organspendeausweis, wusstet ihr das? Wahrscheinlich wird ihr schnapsgetränktes Herz in diesen Minuten einem Pavian eingepflanzt, und mir hat sie nicht mal den scheiß Ledermantel gegönnt, so war sie nämlich!«, schreie ich.

Die ersten dunklen Anzüge springen von der Bank auf, als ich einen der Blumensträuße aus dem Weg trete und auf den Sarg zugehe, aber ich bin schneller. Ich boxe Marie auf die Schulter und schreie in ihr Gesicht.

»Was hast du überhaupt dazu zu sagen? Tu nicht so, als ob du mich nicht hörst, du Schlampe!«

Dann erinnere ich mich an nicht mehr viel. Die Männer in den dunklen Anzügen packen mich und schleifen mich aus der Kapelle, irgendwo rechts und links neben mir schwimmen die bleichen Gesichter von Sean und Lea. Ich glaube, ich beschimpfe die Anzugträger und versuche, ihnen gegen die Schienbeine zu treten. Hinter mir, im Inneren der Kapelle, beginnt das Blechbläserquartett eilig einen Trauermarsch. Am Ende der Allee tritt der Adler hinter einem Baum vor und sieht zu mir herüber. Aus meinen Augenwinkeln ziehen dicke schwarze Vorhänge heran.

Ich kann meine Arme und Beine nicht bewegen. Als ich die Augen öffne, die ich vor Schmerz zusammengekniffen habe, sehe ich breite Ledergurte über meinen Handgelenken, die meine zu Fäusten geballten Hände auf das Laken pressen. Der Raum ist weiß gekachelt, um mich herum stehen Apparate in glänzenden Metallgehäusen, die hochfrequent fiepen und grünleuchtende Aussagen machen. Armdicke Kabelbündel quellen überall hervor. Um mich herum gehen geschäftige Gestalten auf und ab, manche in grünen und manche in weißen Kitteln, die Gesichter hinter Mundschutzbandagen verborgen. Mein Gefühl sagt mir, dass ich mich vor den Weißen in Acht nehmen muss. Zwischen ihnen und mir wölbt sich blass und riesenhaft mein nackter Bauch empor, so angeschwollen, dass ich kaum darübergucken kann. Etwas tut weh.

»Es geht los«, sagt eine Stimme hinter einem Mundschutz nicht zu mir. Einer der Grünen tritt heran, zwischen Mundschutz und Papierhaube sind ein Paar Augen zu sehen, die mich betrachten wie ein seltenes Insekt. »Achtzehnter Monat«, sagt die Stimme.

»Ich sehe es mir an«, sagt einer der Weißen und bekommt den kurzen dicken Stab eines Ultraschallgeräts gereicht. Seine Hand, die in einem weißen Latexhandschuh steckt, drückt einen Knopf am Schaft des Geräts,

und an der Spitze beginnt eine schlanke Rundklinge mit
einem leisen Summen zu rotieren. Als ich zu schreien
versuche, merke ich, dass zwischen meinen Zähnen ein
dicker Schlauch klemmt, der tief in meinem Hals steckt
und irgendwo in einem der Apparate verschwindet. Ich
bäume mich in den Ledergurten auf und werde wach,
ich bin zu Hause. Ich liege auf dem Bauch, meine beiden Arme sind unter mir eingeklemmt und eingeschlafen. Ich drehe mich um und schüttle die tauben Glieder,
die an mir hängen wie fremde Gewichte. Neben mir auf
der Bettkante sitzt der Adler und sieht mich an, sein Gesicht ist klar und aufgeräumt. Die goldgeränderte Brille
ist nicht da, seine Augen sind tiefe dunkle Seen. Er lächelt. Auf seinen langen braunen Flügeln glänzen kleine Tautropfen, neben ihm steht griffbereit der alte Reisekoffer. Ich nicke ihm zu und reibe meine prickelnden
Arme. In der Küche warte ich neben der blubbernden
Maschine, bis der Kaffee durchgelaufen ist, dann fülle
ich eine große Tasse und klettere damit auf die Fenster-
bank. Es ist, als säße ich im Inneren einer Schneekugel.
Es rauscht gemütlich in den Heizungsrohren, ich trinke
meinen Kaffee und sehe hinaus in die weiße Welt.

»Du hast nichts verpasst«, hat Sean später einmal zu
mir gesagt, »es hätte auch die Beerdigung von Mutter Te-
resa sein können. Eine Lüge nach der anderen.«
   Er und Lea waren mit in die Kirche gegangen, während ich in dem gemieteten Toyota saß, wo ich mich
beruhigen sollte. Am anderen Ende der Allee war unter

dem ohrenbetäubenden Trauermarsch der Blechbläser der Sarg verschlossen worden. Den Trauernden hatten die Schädel gedröhnt, die winzige Kapelle war viel zu klein für die lauten Instrumente. Sean und Lea folgten der Trauergemeinde, Lea hatte trotz der flachen Absätze Probleme mit dem schlecht gepflasterten Weg. Es hatte wieder leicht zu schneien begonnen.

»Glaubst du, dass sie zurechtkommt?«, fragte Lea leise.

»Bestimmt«, sagte Sean, »sie braucht nur etwas Zeit.«

»Sie war schon die letzten Tage über so merkwürdig. Gestern am Telefon hat sie mich angeschrien.«

»Sie ist durcheinander. Es muss schrecklich gewesen sein.«

»Sie hat es vom Balkon aus mit angesehen?«

»Ja. Und dann ist sie runtergerannt, wie eine Furie, hat Alex gesagt. Marie war auf der Stelle tot. Sie ist auf sie zugestürzt, hat sie herumgerissen, gerüttelt und angeschrien. Dann hat sie sie an den Knöcheln gepackt und wollte sie von der Straße zerren, sie könne doch nicht dort liegen bleiben, hat sie immer wieder gesagt. Alex hat sie kaum davon abbringen können, sie hat auf ihn eingeschlagen, als er es versuchte. Zum Glück war die Polizei ziemlich schnell da, Alex hatte die Notruftaste in seinem Taxi gedrückt.«

Lea fuhr sich mit der Hand durch das Gesicht und sagte nichts. Sie gingen nebeneinander durch die weit geöffneten Flügeltüren der Kirche und suchten sich einen Platz auf einer der hinteren Bänke. Das eisige Gemäuer war nicht geheizt. Nach mehreren nicht mitgesungenen Kirchenliedern und nicht mitgesprochenen Gebeten, obwohl man bei Lea nie wissen konnte, waren sie auf den Parkplatz gekommen. Sean hatte mich in die Arme genommen und gefragt, ob ich mit auf den Friedhof kommen wollte, ich hatte den Kopf geschüttelt. Ich blieb im Wagen sitzen und sah zu, wie sie sich dem Trauerzug anschlossen und als Letzte hinter dem Sarg hergingen, den vier grauhaarige Männer mit Zylindern und weißen Handschuhen den Hügel hinauftrugen. Hinter ihnen ging das Blechbläserquartett, das wieder den gleichen Trauermarsch angestimmt hatte. Ich verdrehte die Augen und wartete. Im Wagen wurde es kalt. Irgendwann sah ich die ersten schwarzen Gestalten den Hügel herunterströmen, sie schlugen den Pfad in Richtung Dorf ein. Es dauerte eine Weile, bis ich Sean und Lea erkennen konnte, die sich aus dem schwarzen Strom lösten, auf den Parkplatz zukamen und in den Toyota stiegen.

»Sie gehen zum Leichenschmaus«, sagte Sean, »du legst vermutlich keinen Wert darauf.«

Ich schüttelte den Kopf, er nahm meine Hand.

»Das Grab wird jetzt zugeschüttet. Möchtest du anschließend noch einmal hin?«

»Nein«, sagte ich.

Wir hatten schon über eine Stunde Autobahn hinter uns, als ich von Sean wissen wollte, wie es war. Man hatte uns mit dem Wagen gelinkt, das Radio funktionierte nicht.

»Wir haben kaum etwas mitbekommen«, sagte Sean, »wir standen ganz hinten. Wir waren die Letzten am Grab, da waren schon fast alle wieder weg. Zum Glück auch das Blechbläserquartett, das ununterbrochen gespielt hat. Immer denselben Trauermarsch, immer wieder von vorn. Und je kälter die Finger wurden, desto schiefer haben sie gespielt.«

Ich lachte leise und sah aus dem Fenster, über die schneeweißen Felder, die kreiselnd vorüberzogen.

»Ich kann es nicht erwarten, nach Hause zu kommen«, sagte ich. »Ich hasse das verdammte Umland.«

»Es sind über drei Stunden Fahrt«, lachte Sean, »das würde ich nicht gerade Umland nennen.«

»Alles, was nicht Berlin ist, ist Umland«, sagte ich, und er nickte zustimmend. Auf der Rückbank war Lea eingeschlafen, wir rauschten leise durch die tiefverschneite Landschaft. In der Ferne schimmerte Berlin.

»Ich würde euch ja nach Hause fahren«, sagte Sean später und sah auf die bläulich leuchtende Digitaluhr im Armaturenbrett. Es war dunkel geworden, und hinter den Scheiben leuchteten Straßenlaternen, Scheinwerfer und die kleinen, viereckigen Fensterhöhlen in den Häusern rechts und links.

»Aber die Autovermietung macht um fünf zu.«

»Dann bringen wir zuerst den Wagen weg«, sagte Lea von hinten und gähnte verstohlen. Sean nickte und lenkte den Wagen auf eine Linksabbiegerspur. Wir schafften es gerade noch rechtzeitig. Lea und ich warteten vor dem hell erleuchteten Büro auf Sean, der drinnen die Rückgabe abwickelte. Dann gingen wir gemeinsam den Bürgersteig entlang. Es sah wieder nach Schnee aus, man spürte es in der Luft. Der Platz vor der U-Bahn-Station war wie ausgestorben, ein paar Taxis standen auf der Straßenecke, der kalte Wind trieb eine leere Plastiktüte vorbei.

»Ich steige hier ein«, sagte Lea, »für mich sind es nur vier Stationen.«

»Ich denke, ich werde ein Taxi nehmen«, sagte Sean. »Und du?«, fragte er mich. »Kommst du mit mir?«

Ich schüttelte den Kopf. »Ich glaube, ich laufe noch ein Stückchen«, sagte ich.

Wir verabschiedeten uns. Sean und ich sahen zu, wie Lea die Stufen hinunterging. Wir standen da wie Großeltern, die neben dem Lichtschalter im Flur stehen und warten, bis die Schritte des Kindes nicht mehr zu hören sind, weil das Treppenlicht manchmal zu kurz brennt und das Kind, das schon über dreißig ist, nicht fallen soll. Als Lea unter der gepflasterten Erde verschwunden war, gingen Sean und ich auf eines der wartenden Taxis zu. Wir nahmen uns ungeschickt in die Arme, dann öffnete er die Tür und setzte sich auf die Rückbank, ich warf die Tür hinter ihm zu. Der Motor sprang an, und der Wagen schob sich langsam aus der Haltebucht, der Blinker flammte auf, und das Taxi rollte in einer scharfen Kurve auf die ausgestorbene Straße. Hinter der Heckscheibe drehte Sean sich um und winkte mir zu, ich winkte zurück. Ich sah ihm nach, bis der Wagen in der Dunkelheit verschwunden war, dann ging ich los, die Straße hinunter, die sich irgendwo in der Ferne verlor.

Wladimir Kaminer bei Goldmann

„Erst staunt man. Dann lacht man.
Dann sieht man die Welt mit anderen Augen."
Woman

Sven Regener bei Goldmann

„Grandios!"
Die Welt

„Rührend komisch,
eben Herr Lehmann,
wie man ihn liebt."
Freundin

Claudia Schreiber bei Goldmann

„Eine der schrägsten Liebesgeschichten
der letzten Jahre."
Buchmarkt

Claudia
Schreiber
Emmas Glück

Roman

»Endlich mal eine Lovestory, die sowohl kurios ist,
als auch viel Tiefgang hat.« Freundin

GOLDMANN